みらいへの教育
Education for the Future

私に帰る旅

My Journey of
Finding the True Self

Akemi Okabe

岡部明美

学芸みらい社
GAKUGEI MIRAISHA

プロローグ——私を呼ぶ声

遠くから私を呼ぶ声が聴こえる。とても懐かしい声。子供の頃に聴いていたやさしい父の声だ。父が「こっちに来い。戻って来い」と叫んでいる。私はこの時、父の声よりも、もっと懐かしさを感じる場所にいた。平和で穏やかでやすらぎに満ちた場所。私はここにずっといたいと感じている。でも、父の声が、私をその場所から引き戻そうとする。だんだん私を呼ぶ声の数が増えてくる。母の懐かしい声も聴こえてきた。遠いところから聴こえてきた〝その声〟は、次第に耳元で叫ばれているると感じられるほどに大きくなってきた。

喉が苦しい。からだが痛い。「もうやめて！」と私は言いたいのに声にならない。肉体の苦痛に耐え切れなくなり、私はだんだん意識が戻りはじめる。目を薄く開けて見た。ベッドの周りには夫、両親、義母、義父、見知らぬお医者さんと看護婦さんが見えた。みんな心配そうな顔をして私を覗《のぞ》き込んでいる。

私は、両手両足をひもでベッドにくくりつけられていた。からだ中からたくさんの管が出ている。喉からも頭からも管が出ていた。どうやら私の頭には全く髪がないようだ。お医者さんが私に尋ねる。「ここはどこですか?」「あなたのお名前は?」「お年はいくつですか?」そして「私の指は何本ありますか?」と指を三本立てて聞いている。

ここは一体どこなんだろう。私はなぜ見知らぬお医者さんに、こんな子供に尋ねるようなことを聞かれているのだろう。なぜみんながこんなに心配そうな顔をして私を見ているのだろう。私は、さっきまで産婦人科の四人部屋で、赤ちゃんにあげるお乳を搾っていたはずなのに、なぜこんな見知らぬ個室に移され、サイボーグのようなからだになってベッドにくくりつけられているのだろう。私にはこれが夢なのか、現実なのか、さっぱりわからなかった。

翌日、脳外科のお医者さんから、私が出産後、脳腫瘍《のうしゅよう》と水頭症《すいとうしょう》を発病したこと、一刻を争うような危険な状況にあり、非常に厳しい手術だったが、とりあえず腫瘍の摘出には成功したことを告げられた。しかし、ここから本当に生還できるかどうかは、私の生命力にかかっていると言われ、私は背筋が寒くなった。初めての出産を楽しみに入院した病院で、赤ちゃんも無事に生まれ、私は母になった喜びを味わうはずだった。しかし、そんな気持ちを味わう間もなく、私は産後十日目にいきなり自分の死に直面させられたのだ。

一体、私の人生に今何が起きているのか。あの孤独で苦しかった時代をようやく抜けて、やっとつかんだ幸福なのに、なぜこんな目にあわなければいけないのだろう。私はこんな肉体的苦痛と死の恐怖を味わわなければいけないほど何か悪いことをしたのだろうか。私の人生は間違っていたのだろうか。失敗だったのだろうか……。私は、今、自分の身に起きていることが受け入れられず、混乱していた。

私が、何よりもショックを受けたのは、お腹の中で新しい生命が育《はぐく》まれている時に、私の頭の中に、私を滅ぼす腫瘍が一緒に育っていたということだった。生命の〝創造と破壊〟が、私の人生の中で同時進行で起きていたという事実は、否応《いやおう》なく私の心の深い部分に大きな問いを残した。その問いは、生まれて初めて真正面から天に向かって私が投げかけた問いでもあった。

「なぜ私はこんな病気になり、どうしてまたこの世に戻されたのだろう？」

「人は死んだらどうなるの？」

「なぜこの世はこんなに苦しみに満ちた世界なの？」

「人はいつか必ず死ななければならないのに、何のために人は生まれるの？」

ある朝、看護婦さんから言われた言葉に驚いた。

私は、産後、あまりの頭痛の激しさで意識不明になり、その後、緊急開頭手術をすることになった。その看護婦さんは、脳の手術をする前に私の頭髪を剃《そ》った人だった。その時に、麻酔をかけられて意識のないはずの私が、目を閉じたまま、「看護婦さん、私の髪の毛全部なくなっちゃうの？悲しいなあ」と言ったというのだ。

「えっ、どういうこと？　だって私は、術後に麻酔から醒《さ》めるまで、自分の病気のことは全く知らなかったわけだし、ましてや、手術の前に髪を全部剃られたことなど全く記憶にないのに。一体、これはどういうことなんだろう……」

私は、幽体離脱とか、超常現象、臨死体験、過去生、神秘体験といった、怪しげな精神世界が大嫌いだった。神さまとか、魂、霊魂といった宗教色の強い言葉も、人との会話の中ではできるだけ使わないように心がけていた。私の理性や知性は、これまで目に見えない精神世界や非科学的な世界については、「近づくな」「慎重に」と、きちんとブレーキをかけてくれていたのだ。

それにしても、私が、父の呼ぶ声を聴きながらも、「ずっとここにいたい」と感じていた、あの故郷のような懐かしい場所とは一体どこだったのだろう？　意識を失っているのに、看護婦さんに髪を失う悲しみを訴えていた私とは誰なのだろう？

この不思議な体験は私に、自分とか、人間とか、この世界を知る、〝もうひとつの窓〟があることを教えてくれたように思えた。人は体験の中で、何かを感じ、何かを思い出し、何かに気づいてしまったら、もう元の人生には戻れない。私の〝人生の質〟は、この体験以降、根底から変容しはじめた。信じられないような偶然が頻繁に起こるようになり、何か大きな力が人生に働き出したのだ。

自立と自己実現を目指し、ひたすら前と上だけを見て走り続けてきた二十代、三十代の日々。しかし「死へと至る病」をきっかけに、私は生まれて初めて自分の内面と向き合うことになった。その中で生まれたいくつもの〝気づき〟を詩や散文の形で書き留めたのが、拙著『もどっておいで私の元気！』（善文社、一九九六年）だった。この自己の内面への気づきは、私の生き方を大きく変えてくれた。そして本書『私に帰る旅』では、前著には全く書かなかった、その具体的な内なる旅のプロセスを書こうと思う。前著から約十二年もの歳月が流れたのは、私自身の体験をきちんと消化できるまでに、それだけの時間が必要だったからだ。それほどに一つひとつの体験や出会いが意味深く、不可思議で、ある大いなるものの導きを感じさせるものだった。

心の深い海に漕ぎ出した私の内なる旅——。

何度も暴風雨に見舞われ、右往左往、七転八倒だらけの、とてもぎこちない探求と気づき、そして変容の航海記録。私のそんな体験が、本書を手にとってくださった方々の〝心の小さな灯台〟と〝内なる自由の翼〟になってくれたらとてもうれしい。

「人生の試練を、幸福の扉を開けるチャンスにしたい」

「自分を愛し、人を愛し、人生を愛し、自分のいのちを輝かせて生きたい」

「健康を取り戻して、自分が本当にやりたい仕事を見つけたい」

「自分の人生の目的や、この世界への贈り物として自分が携えてきたものを知りたい」

「でも、一体どうやったらその人生に出発することができるのだろう？」

もしあなたが今、心からそう思っていらっしゃるのなら、この本の中には、あなたの〝いのちに響き合う言葉〟がきっとあるはず。そう信じ、願っている。

私に帰る旅

目次

第6章　心という深い海……201

第1章 人生の踊り場

泣きながら生まれる赤ちゃん。涙をこらえて生きていく大人。

私はいつから、悲しい時やつらい時に、人前で泣けなくなってしまったんだろう。

こわくて不安でたまらない時も平気なふりをしていた自分。

つらくて、自分がこわれていきそうな時も歯をくいしばって涙をこらえていた自分。

＊　＊

生きてゆく中で、人は幾度もこの突然の痛み、傷を経験しているから、自分を守るために鎧を着る。二度とこんな悲しい思いをしたくないから、二度とこんな痛みは感じたくないから。

鎧を一枚一枚重ねるごとに、人は臆病になっていく。

でも、どんなに用心深くなっても、人は、人との関わりなしに生きていくことはできないのだから、突然の傷から人は永遠に逃れられないのだ。

無傷で生きていくことができないのなら、せめて上等な傷を負いたい。その傷が、自分を成長させ、人生をより深く生きていくために必要だったと後で思えるような傷……。

人生を楽しむこと、今を味わうこと

私は一体いつ頃から、人生を楽しむことや、〝今を味わう〟ということを忘れてしまったのだろう。仕事や人間関係も含め、人生そのものが面白くて仕方がなかった時期が確かにあったのに。気がついたら私の頭の中はいつも〝次〟にしなければいけないことや、達成すべき目標の〝未来〟でいっぱいになっていた。そのプレッシャーと緊張感から逃げるために、一時しのぎのストレス解消に逃げ込むようになっていった。

しかし、いつしかそんな気休めの楽しみすら、私にとってはもう何の慰めにも励ましにもならなくなっていた。お手軽な気分転換をすればするほど、私の心の中には、ただ空しさだけが残った。心のやすらぎや、自分の内側からあふれてくるイキイキ、ワクワクする喜び、自分が生きているという実感――それらが、私の人生からいつの間にかこぼれ落ちてしまった。

そんな人生を生きていた私が久々にゆったりと流れる時間の中で、「今」を生きる喜びを味わっていた。私のお腹の中の子が、「人生の休み時間」という贈り物を連れてやってきたのだ。休めるということが、こんなにもうれしいと感じるほど、私は行き詰まり、新しい人生を心の深い部分では求めていたのだと思う。

渦中にいる時というのは問題に気づきにくいのだろうか。私はいつもそうだ。仕事だけではなく、人間関係も含めて、渦中にいる時は何が問題の本質なのかがわからない。離れてみて、終わってみて「ああ、そうだったのか」と初めて自分の問題に気づく。賢い人だったら、渦中にいても、何らかの変化の兆しや、起きている問題が自分に教えようとしていることが何なのかを感じて、軌道修正しながらバランスをとっていくのだろうけれど、私は手ひどく痛い思いをするまでは気づかない。

人の心は少しずつ変わっていくから、自分がいつ頃からワーカホリックになっていったのか、人間関係や生きることがしんどくなっていったのかはよくわからない。気がついたら、にっちもさっちも行かなくなっていたのだ。

こんなふうに久しぶりに過去を振り返る時間を持ってみて初めて、「そうか、私、ほんとは立ち止まりたかったんだ」という自分の本当の気持ちに気づく。どうして私はいつもこうなのだろう。なぜ自分の本当の感情に気づくまでに「時差」があるのだろう。いや正確に言えば、心に痛みを伴う感情だけが、決まって極端に時差があるのだ。

階段に踊り場があって息を整えられるように、本当は人生にも何度かは踊り場が必要なのだと思う。私は今どこにいるのか、どこに向かおうとしているのか、私はこれでいいのか、私が人生に本当に求めているものは何なのか……。

私にようやく訪れたこの人生の休み時間は「今を感じる心」と「過去を振り返る心」の余裕をもたらしてくれた。こんなふうに何かを待ちわびて時を過ごす感覚というのは久しくなかった。子供の頃には待ち遠しいことがいっぱいあった。遠足、夏休み、お祭り、お正月、家族旅行……。大きな行事だけでなく、今日はクワガタ捕り、明日はメダカすくい、あさっては筏《いかだ》作りといった小さな予定にいたるまで、好きなことや、やりたいことで頭がいっぱいだった。

私は夏生まれのせいだろうか、子供の頃の記憶には夏の風景が多い。電線に連なる赤トンボの群れ。ウニやサザエを採って遊んだ海。筏下りを楽しんだ川遊び。天の川を見ながらの山のキャンプ。蟬時雨《せみしぐれ》を聴きながら木陰に吊るしたハンモックで昼寝した時の心地よさ。蚊帳《かや》の中で弟たちと騒ぎながら寝た真夏の夜の眠りの楽しさ……。からだが、それぞれの夏を記憶している。子供の頃の夏休みは、永遠に近い感覚があった。だから、「去り行《ゆ》く夏」は、いつも少しだけ淋《さび》しかった。「去り行く春」も「去り行く冬」も全然淋しくなんかならないのに、夏の終わりは、もう二度とは戻らない大切なものを失くした時の感覚に似ていて、私はいつも少しだけ物悲しかった。

大人になってからの夏は、去年も今年もそう変わらないのに、子供の頃の夏休みは、不思議に毎年新しかった。うれしいことや悲しいこと、こわいことや感動も、それぞれの夏にいつも新しい体験が加わった。時がゆるやかに過ぎていた頃だ。「時間がゆったり流れている」と感じるのは、自分がやさしい気持ちになっている時なのかもしれない。社会に出て仕事を始めてからの十数年、全力疾走で駆け抜けるような生き方をしてきた。この忙しかった年月は、私の中から、しなやかさや柔らかさ、無邪気さや遊び心が失われていった日々でもあった。

忘却の彼方《かなた》の仕事

私は妊娠がわかったその日に産婦人科を三軒ハシゴした。飲み屋のハシゴはよくしたけれど、まさか、産婦人科までハシゴするなんて思ってもいなかった。出産は里帰り出産と決めていたけれど、九ヵ月目まで通う産婦人科は地元で選ばなければならなかったから、私は自分が本当に気に入った病院を選ぼうと思っていた。

一軒目、二軒目の産婦人科医を見た時、私はすぐ「あ、こりゃだめだ」と思った。なにしろ、どちらの医師も全く私の顔を見ないのだ。二人とも苦虫を嚙《か》みつぶしたような顔をして、カルテや機械の方ばかり向いていた。新しいいのちの誕生を手助けする仕事をしている人から、全然温かいものが伝わってこないのはなんか変だ。私は、愛が伝わってこないお医者さんに、我が子の成長と、私のからだを診てもらう気持ちには到底なれなかった。

私が三軒目で選んだ医師は、ガンコ親父の顔をしていたけれど、笑うと目がやさしくて、存在から温かいものがあふれていた。何より人の目を見てちゃんと話をする人なので安心感があった。赤ちゃんのことを話す時の「アカンボはね」という言い方も、やさしくていい感じ。病院の中庭にある季節の草花もよく手入れされていた。先生は、「庭いじりが唯一の趣味でね」と好々爺《こうこうや》の顔で言った。いのちあるものを大切に生きている人は信頼できる気がした。受付の女性も、笑顔がやわらかくて感じがいい。「よし、ここにしよう」と思った。

ある日の母親学級の帰りに、私はいつも行っているビデオ屋に立ち寄った。その日に限って、私は今までは行ったことのないドキュメンタリーのコーナーに行きたくなった。そこで、あるビデオを発見し、思わず「ウソー」と声をあげた。『愛と感動の出産・ラマーズ法』。それは私が二〇代の半ば頃に撮った出産のドキュメンタリービデオだった。私は、自分がこんな仕事をかつてしたことがあったことさえ忘れていた。実際、私の手元にはもうこのビデオはなかった。もう忘却の彼方になっていたこの作品に、自分が妊娠した年に街の小さなレンタルビデオ屋で再会するなんて、なんという奇遇だろう。

早速このビデオを借りて見ているうちに、十年ほど前の当時のことがありありと思い出された。お産は、東京の立川にある三森助産院で行われた。当時は、病院の管理分娩《ぶんべん》への不信感から、自然分娩への関心が急速に高まっていた頃だった。陣痛促進剤、会《え》陰《いん》切開、出産予定日のコントロールなど、出産が自然から遠のき、医師や病院の都合で行われることが日常的になっていた。当時、産科の分野では、本来は不必要なもの、もう少し時間をかけて待てばよいものにまで医療が介入し過ぎているのではないかという問いが投げかけられていた。

三森助産院でのお産を撮らせていただく前に、私はある大きな総合病院での出産に立ち会わせていただいた。医師に「初めてだから気分が悪くなるかもしれないが、つらくなったら外に出ていいです」と言われた。分娩室は無機的で温かみがなかった。いのちの誕生を祝い迎える場がこんな殺風景な冷え冷えとした部屋であることに私は驚いた。

産婦さんの全身から痛みのすさまじさが伝わってきた。女性の偉大さへの畏敬《いけい》の念というものを私は初めて感じた。会陰が切開され、すさまじい量の血が吹き出してきた。私は目の前がクラクラして卒倒しそうになった。しかし、こんなにがんばって赤ちゃんを産もうとしている産婦さんを前に倒れるわけにはいかないと思い、グッと歯をくいしばり、両手を後ろの壁に付けて自分を支えた。恐怖と畏敬の念が入り交じり呼吸が乱れる。目の前が霧が立ち込めたように白くなってきた。気が遠くなりかけていた私は、立っているのがやっとだったけれど、とにかく最後までちゃんと見届けようと思った。赤ちゃんの頭が出た。ついで肩も。するするっと胴体も。オギャー！　生まれた。「よかったあ、おめでとうございます！」と言って、私はすぐトイレに駆け込んだ。吐いた。その場にヘナヘナと座り込んでしまった。涙がポロポロ流れてきた。私は、生まれたばかりの赤ん坊のように大きな声で泣いた。

深い笑顔

三森助産院での撮影が行われたのは、その数ヵ月後のことだった。三森先生の笑顔は菩薩《ぼさつ》さんのようだった。温かくて、やさしくて可愛らしかった。当時、撮影に協力してくださった御夫婦は、一人目の長女も三森先生にとりあげていただいた方たちで、今回は二回目の出産だった。陣痛が始まったらスタッフを集めて立川まですぐ出動できるように、毎日、私がいる場所を三森先生に連絡した。いつ連絡が来るかわからなかったので気が気ではなかった。

三森先生から「きたわよー、やっと」という電話が入ったのは、あろうことか徹夜原稿を書いていたある出版社の編集室だった。時間は朝の五時頃だったと思う。その頃、私はある雑誌の巻頭記事を連載していて、それまでも時々、原稿の部分修正を編集長から命ぜられ、書き直しをすることはしばしばだったが、その月に渡した原稿は、全部読むなり「こんな原稿つかいもんになるかあ、全面書き直し！　明日入稿なんだから今日中にやり直しだ！」と、すごい顔で怒鳴られてしまった。編集長は原稿を机の上にたたきつけて外に出て行ってしまった。私はその後ろ姿に、「今日中に書き直します！　がんばりますから」と、明るい声で言った。編集室に残り原稿を一から書き直しはじめた。

夜中の十二時を回った頃、とりあえず原稿がまとまったのでまた編集長に見せた。

「五〇点だな。こんな原稿じゃ金はとれないよ」

また書き直しだ。トイレに行って鏡を見たら、目はひっこみ、くまはできているわ、頬はゲッソリやつれているわでひどい顔だった。なんだか、自分が情けなくて悔しくて涙が出てきた。でも、大きく深呼吸して、心の仕切り直しをした。泣いたって始まらないもの。やるしかないんだから。

三森先生からの連絡が入ったのは、あと数行で脱稿という明け方だった。書き終わった原稿を編集長に見せた。

「ＯＫ！」やっと笑ってくれた。

「やったあー」と私。

やれやれと息をついている暇はなかった。早速、カメラマンや音響スタッフに連絡を入れて、そのまま立川の三森助産院に向かった。撮影に協力してくれる御夫婦と長女はすでに大広間にいた。産婦さんは陣痛の痛みがくると三森先生に習ったラマーズ法の呼吸法で痛みのコントロールをしていた。

人間の痛みや不安、恐怖というものが呼吸法によってコントロールできるということをラマーズ法の自然出産に出会ったことで私は初めて知った。自律神経の中で唯一自分でコントロールできるのが呼吸なのだという。陣痛が二分間隔になってきた。もうそろそろだ。産婦さんの苦悶《くもん》の表情。すごい痛みなのだ。驚いたのは、会陰がゆっくりゆっくり柔らかくなっていくのを待つので裂けないことだ。血が全く出ないことに私は驚いた。赤ちゃんが自力で出てこようとするのを三森先生がやさしくリードし、励ます。出産は、母と子と助産婦の三森先生との偉大なる共同作業のドラマだった。

三森助産院は普通のお家だったから雰囲気全体が温かかった。家も呼吸し、庭の草花にまで誕生を祝福されているようだった。両親に見守られ、お姉ちゃんにも応援してもらって産まれたこの子はしあわせな誕生だと思った。出産の立会いが二度目ということでの慣れもあったかもしれないが、私自身とても穏やかな気持ちでいられた。今回は余裕があったから赤ちゃんが回りながら出てくるのだということも発見できた。ホンギャー、ホンギャー！　元気な男の子の誕生だ。

へその緒をつけたままお母さんの胸に抱かれた赤ちゃん。お母さんも赤ちゃんも本当によくがんばった。さっきまで苦悶の表情だったお母さんの顔が微笑みで満たされていた。私はその笑顔に神々しささえ感じた。ご主人が眼鏡をそっとあげ涙をふいていた。長女は大粒の涙をポロッと流した。いい顔だった。すべてが自然の流れにゆだねられているということがこんなに心地いいことなのかと思った。

三森先生のやさしい笑顔は惚《ほ》れ惚《ぼ》れするほどだった。自分の〝人生の仕事〟をしている人の顔だと思った。三森先生は、この心からの笑顔を何百回と繰り返してこられたのだろう。私は、笑顔には〝深さ〟があるのだということを初めて感じた。

いのちの海に浮かぶ

あのビデオを撮ったのは、私が二十六歳の頃だった。あれから十年の歳月が流れ、自分が初めて子供を産むという状況の中で改めて赤ちゃんの誕生シーンを見た時、全く意外なことが心に触れてきた。赤ちゃんのあの産声だった。なんて悲しそうな、なんて怯《おび》えた声だろう。

ああ、赤ちゃんは、本当はすごくこわいんだ。生まれてくることが、生まれてしまったことが。お母さんと自分をつないでいたいのちの絆《きずな》であるへその緒は残酷にも切断されてしまう。これが恐怖でなくてなんだろう。こわくて当たり前だと思った。今までずっと、お母さんの子宮の中で守られてきたのだ。子宮の中は、絶対的な安全空間だ。赤ちゃんにとっては天国のようなものだろう。へその緒でしっかりお母さんとつながりあっていて、羊水という「いのちの海」の中でぷかぷか浮かんでいる。夜の海なのにちっともこわくはないのだろう、赤ちゃんにとっては。

静寂、闇、孤独、閉ざされた空間……。普通だったら、不安や恐れや寂しさに呑《の》み込まれてしまいそうな環境だ。でも赤ちゃんにとって、ここは夕凪《ゆうなぎ》のような静けさとやすらぎに包まれた、たおやかな〝私の海〟なのだ。きっと赤ちゃんはいつまでもここにいたいと思っているのだろう。それでも、そんな居心地のいい場所を出てこようとするのだから、赤ちゃんは、すごい勇気だ。赤ちゃんは、ここを出るという合図のホルモンを自分から母親に出し、それを母体がキャッチして子宮の収縮が始まるのだという。本当に生命の誕生には何か大いなる力が働いているとしか思えない。

私は、赤ちゃんの泣き声を聴きながらふと、「こんなに無防備に、こんなに声を張り上げて、思いっきり泣けるなんていいなあ」とも思った。私がこんなふうに無防備に泣き叫んだのはいつが最後だろう。もう思い出せないくらい昔のことのように思える。

泣きながら生まれる赤ちゃん。涙をこらえて生きていく大人。私はいつから、悲しい時やつらい時に、人前で泣けなくなってしまったんだろう。こわくて不安でたまらない時も平気なふりをしていた自分。つらくて、自分がこわれていきそうな時も歯をくいしばって涙をこらえていた自分。

私はいつも強がってばかりいた。どんなに自分が傷ついても、不安のかたまりになっている時でも、「私は大丈夫。こんなことは何でもない、平気、平気」と自分に言い聞かせていた。心の不安や動揺を頭で納得させて自分を保つことは得意中の得意だった。私は、心の中で本当は起きていた葛藤《かっとう》や不安や淋しさから逃げるために、どんどん仕事にのめりこんでいった。一番泣きたい時に泣けなかったことが、どんなことよりもつらかったんだと思ったら突然涙があふれてきた。

自然のリズムで生きる心地よさ

妊娠八ヵ月目から産休をもらった。産休に入った途端、不思議なことが起きた。朝に弱い私が楽に起きられるようになったのだ。低血圧だから朝に弱いと今まで思い込んでいたのに、鳥の鳴き声で目が覚め、朝日が見たくて早起きするようになった。こんなことは今までなかった。低血圧は相変わらずだったので心理的な要因だろうことは容易に想像がつく。

それにしても、これほどの変化があるとは。妊娠していることで、からだが〝自然のリズム〟になってきたことも影響しているのかもしれない。からだが「自然」と「心」に深く関わり合っていることを興味深く感じるようになったのはこの頃からだった。気がついてみたら私は、自分が動物であること、自然の一部であることをすっかり忘れていた。このことが私に大切なものを失わせていったのかもしれない。

女性のからだは自然そのものだった。月経の周期は月の満ち欠けに呼応し、人の誕生や死もまた、潮の満ち引きに関連していた。陣痛の時の痛みの周期も体内時計によって正確に繰り返される。定期検診の時に見る胎児の超音波診断の映像も興味深かった。胎児は、母親の体内にいる〝三十八週〟の間に、生命〝三十八億年〟の進化の過程を全部体現するのだ。なんという神秘だろう。なぜわずか八十～九十年ほどしか生きない人間が、お腹の中で三十八億年もの生命進化の歴史＝系統発生を体現しながら誕生するのだろうか。

私は不思議でたまらない。私のからだの中に三十八億年もの時間が流れているということが。個体が全体の記憶を持っているということが。私たちのからだや心というものが個でありながら、個を超えた〝生命の全体性や歴史〟と深く関わっているという事実に私はその後も強く惹《ひ》かれていった。

この気の遠くなるような生命誕生の物語に思いを馳《は》せる一方で、具体的に私のお腹にケリを入れてくる存在のリアリティは格別の面白さだった。観念がぶっ飛ぶ快感って最高だ。〝生き物としての時間〟を生きているという感動は、大人になってからは初めてのことだ。私は、このリアルな感覚というものが懐かしかった。様々な知識や観念で頭でっかちになっている自分に危機感を持っていたのだと思う。

私は、この確かな手応《てごた》えのようなものや、日常の他愛もないことに驚いたり感動したりする日々に、長いこと飢えていたように思う。それは、自然の中で暮らしていた幼い日々に、それとは知らずに感じていた、私の豊かな生命力と感性の源に触れて生きていることへの安心感に似ていた。

確実に、私のからだは変化し、確実にお腹の子は成長していった。超音波診断の映像で見るお腹の中の子は、単細胞生物から始まって、魚類、両生類、爬虫《はちゆう》類、鳥類を経て、次第にドラえもんのシルエットに近づいてきた。人間まであと一歩。誕生までは、あと二ヵ月だ。

降りられない男たち

今にして思えば、自分がどうしようもなく行き詰まっていた時に、十年ぶりの偶然の再会をきっかけにして結婚した夫は、まるで海で溺《おぼ》れかかっていた私を助けるために救命ボートに乗ってやって来たレスキュー隊員みたいだった。人生というのは、本当に一瞬にして流れや状況が変わることがあるのだから不思議だ。

私たちが結婚して住んだ所は、愛知県の春日井市にある巨大なニュータウンだった。私は近所づきあいというのが不得意だったので、この地域には、まだ誰も友だちがいなかった。一日中誰ともしゃべらない日々が続いたけれど、私にとってはそれがとても心地よかった。新聞、雑誌、テレビ、ラジオ等、外からの過剰な情報は一切欲しくなかった。騒々しいもの、スピードの速いもの、テンションの高いものが妊娠と同時に生理的に受け付けられなくなっていた。家事と散歩と呼吸法の日々。まるで、ちょっとした「隠遁《いんとん》生活」だった。

ついこの間まで自分がいたビジネスの世界とは時間の流れ方が全く違う。こんな日々を過ごしていると本当にビジネス社会というのは戦場なのだと思った。みんな傷ついた戦士たちなのだ。心にいっぱい傷を負って、その生傷からはドクドクと血が吹き出しているというのに、何の手当てもせずに日々戦場に向かっているのだ。泣きたい夜だってあるはずなのに。

しかし、私は途中下車してみて初めて、自分自身がまさに戦士のような男性エネルギーで生きていたのだということに気づいた。「立ち止まることができない男たち」「降りられない男たち」のしんどさは、私自身のそれと同じだった。ただ一旦降りてみると僅《わず》かに残っていた女性としての生理的な感覚として、多くの男たちの乗っている電車、そして私もついこの間まで乗っていた電車は「暴走している」と思った。あの電車はどこを目指して走っているのだろう。本当にあの電車は自分が辿《たど》り着きたい目的地に向かっているのだろうか。そもそもどこに向かって走っている電車なのだろう。自分が乗っている時はスピードが速すぎてこわいと思う感覚などなかった。この電車の目的地はどこなんだろうと思うことすらなかった。なにしろみんなが乗っている電車だったから。立ち止まって、ゆっくり歩いてみたら、からだという自然が、いろいろなことに違和感を訴えているのが感じられるようになった。

暮らしの匂いと音がする

出産のために、毎日「ラマーズ法の呼吸法」の練習をするようになった。呼吸法をやり続けていたら、次第に自分の内的な世界に関心が向かうようになった。呼吸に集中すると意識が外に出掛けて行かないことを発見した。呼吸法は、痛みのコントロールだけでなく深い精神統一の手法でもあるという。精神統一なんて、かつての私だったら、抹香くさいとか、説教くさいと感じただろう。

むしろ、子供の頃や十代の時の方が自分の内的な感覚や感性を大事にしていたように思う。自然と私はひと連なりだったし、宇宙は仰ぎ見るものではなく、私を包みこんでいるものだった。子供の頃はいつだって、自然から、季節の訪れを教えてもらっていた。道端の草花や虫の音に、雲の形や風の匂いに、空の高さや巡る星座に。いつの間にか季節の草花も夜空の星もゆっくり眺めることなどしなくなっていた。時計、カレンダー、目標の数値、業績。「数字がすべて」「結果がすべて」。とにかくいつも数字によって、自動的に頭もからだも動いていた日々だった。

私の人生に空と星と花を眺める日常が戻ってきた。私が住んでいた団地の七階は、百八十度のパノラマが広がっていた。夕暮れ時の空の美しさといったらなかった。空色が次第に茜色《あかねいろ》から群青《ぐんじょう》色、そして漆黒の世界へ変わってゆく。この微妙な夕空の色彩の変化は夜の闇の序章みたいでいつ見ても感動的な美しさだった。

子供の頃からこの時間帯が一番好きだった。けれど長い一人暮らしの中で、次第に私はこの時間帯を避けるようになった。夕暮れ時は、暮らしの匂いと音がする。子供たちの声がする。淋しくて涙が出そうになるこの時間帯を、私は次第に避けるようになった。私はあの頃、体温を感じない部屋で、ただひとり寝起きするだけの生活をしていた。結婚して、もう自分を守るための鎧兜《よろいかぶと》はいらないんだと思った時の深い安堵《あんど》感。やっと自分が自分のままでいられる場所を見つけた。十数年の一人暮らしの時間は、自由の喜びと共に、最も味わうことを恐れていた底冷えのするような淋しささえ味わわせてくれた。自由は、いつだって淋しさと隣り合わせにあった。

私は、生活という言葉よりも、暮らしという言葉の方が好きだ。暮らしという言葉には夕餉《ゆうげ》の匂いと音がする。人間の息遣いが聴こえる。生きているものの気配がある。暮らしという言葉の響きの中に、人の世の営みの中にある、ささやかな幸せを感じる。長い一人暮らしでわかったことは、自分がどんなに弱い人間であったか、どんなに孤独を恐れている人間であるか、どんなに心の拠《よ》り所を求めているかということだった。自立だけじゃ人は幸せになれない。寄りかかるだけでも人は幸せにはなれない。幸せのバランスって、すごく難しい。

突然の傷からは永遠に逃れられない

今日もまた波の音をテープで聴いていた。波の音って、どうしてこんなに心が安らぐのだろう。毎日聴いていたのは胎教にいいからと友人が送ってくれた「波の音とイルカの鳴き声」のテープ。呼吸法の練習をこのテープを聴きながらやるととても気持ちが良かった。寄せては返す波の音は悠久の時を感じさせ、何か自分が大いなるものにやさしく守られているような安心感を覚える。月の満ち欠けと潮の満ち引きは呼応しているのだという。満ちて来る波をイメージして息を吸い、引いていく波で息を吐く。波って宇宙の呼吸みたいだ。

いつものように呼吸法を練習している時に、ふと思った。人生のある時点で、自分が確実に痛い思いをすることがわかっていて、その痛みを少しでも軽減するために前もって練習することができるのは、出産だけではないか！　私は、ニュートンが木から落下するリンゴを見て「万有引力の法則」を発見した時は、きっとこんな気持ちだったにちがいないと思ったくらい、この発見に感動した。痛みはいつだって、ある日突然やってくる。心の痛みにしろ、からだの痛みにしろ、傷は突然グサッと来るのだ。人は、この「突然の痛み」に本当はどれだけ弱いことか。注射だって、もし看護婦さんがなんの予告もなく突然ブスッと針を刺したら、どれだけショックを受けることだろう。「はーい、今からお注射しますよー。ちょっと痛いけど我慢してねえ」と言ってくれている間に私たちは痛みへの準備をすることができるのだ。痛みというのは、心の準備ができているかどうかでそのくらいショック度が違う。私たちの心は不意打ちにとても弱い。人の心はそんなにも傷つきやすいのに、痛みには予告がないのだ。

生きてゆく中で、人は幾度もこの突然の痛み、傷を経験しているから、自分を守るために鎧を着る。二度とこんな悲しい思いをしたくないから、二度とこんな痛みは感じたくないから。鎧を一枚一枚重ねるごとに、人は臆病になっていく。でも、どんなに用心深くなっても、人は、人との関わりなしに生きていくことはできないのだから、突然の傷から人は永遠に逃れられないのだ。無傷で生きていくことができないのなら、せめて上等な傷を負いたい。その傷が、自分を成長させ、人生をより深く生きていくために必要だったと後で思えるような傷……。

忙しかった日常を止めて、過去を振り返ってみると、これまでの人生で私の心やからだが体験してきた出来事が鮮明に蘇《よみがえ》ることが度々あって驚いた。古い痛みと新しい喜びが日常の中で交叉《こうさ》していた。そして、お腹の中の小さないのちは、私自身のいのちや、自然というこの宇宙のいのちにまで目を向けさせてくれた。食べ物や水に気をつけたり、日だまりの暖かさや夕焼け雲を眺める心の余裕さえ、お腹の子の贈り物のように感じた。

第2章

絶望は希望を携《たずさ》えて

何より私は、死を深く見失っていったのだと思う。

死を深く見失うということは、生を深く見失うことと同じだった。

私は、私の中を自然に流れていた、あるいは、流れようとしていた、私自身の〝いのちの川の流れ〟を、どこかで感じられなくなっていったのだ。

＊　＊

今目の前にある自分の「死」は、私に「生」を突きつけている。死は、最も深い生なのだ。

死が私に「生きなさい。本当に自分が生きたい人生を歩みなさい！」と迫っている。

「生きたい！　私はなんとしてでも生きたい！　ここからもう一度」

＊　＊

人と人が本当にいい関係、心地いい関係になるためには、関係性という空には、何度かの雨、嵐、雹、霰が降り、隙間風が吹いたり、霜が降りたりする季節が必要なのかもしれない。

いろいろ降ったり、吹いたりした分だけ、この空は、高く広くなっていくような気がする。

ひとりの人間がいくつものつらい季節を乗り越えて、成長し、成熟していくように、人間関係にも春夏秋冬があるのだろう。

その季節を共に生き、共に越えていける相手に巡り合えること以上の幸せはないのかもしれないと思った。

直感という〝いのちの知恵〟

直感というものが自分の人生の流れを変えたり、危機的な状況を回避してくれたことが人生の中で度々あった。何かよくはわからないのだけれど、自分の人生の大切な場面で、「何かヘン、やめといた方がいい」「あ、これだ」「OK、GO！」「そう、この人」という感じで、私に何か重要な選択の道を指し示してくれる。その指示に従って選択すると、不思議に人生の流れが変わっていくのだった。どこから来る指示なのかはわからないのだけれど、〝ピーン〟という感じで、何かインスピレーションみたいなものが働く。

生きているということは、毎日、無数の選択を無意識ながらしているわけだけれど、私の人生の大きな選択は、ほとんど、このピーン、つまり〝直感〟だった。前評判を聞いたり、他と比較、分析したり、条件を熟慮考察の上選んだというのは皆無に近い。思うに直感というのは、その人の人生で本当に大事な時、人生の節目にあたるような時に働く、その人の「いのちの知恵」なのではないだろうか。そして、その知恵は、もっともっと大きないのち、つまり、宇宙の知恵とつながっているような気がする。

里帰り出産をする病院を選ぶ時も、評判のいい個人の産院にするか、総合病院にするか迷っていたのだけれど、もう決めなければと思った時に、久々にこのピーンが来た。

「総合病院にした方がいい」

これが来たら従った方がいいということはわかっていたので迷わず総合病院を選んだ。いよいよ臨月。お腹もすっかりパンパンだ。私は、初めての出産体験が面白そうでワクワクしていた。痛いのはもうわかっているのだから、この期《ご》におよんで四の五の言っても始まらない。呼吸法だって練習したのだから大丈夫。準備は万端。

里帰り出産のために選んだのは夫の実家の近くにある千葉の総合病院。

いよいよ私にも陣痛が訪れた。「お腹が痛いってどんな感じかなあ」とシミュレーションしていた時は、せいぜい生理痛や便秘でお腹が痛かった時の感じくらいしかイメージできなかった。しかしそんな生易しいものではなかった。本当になんという痛さだ。分娩室には二台ベッドがあってカーテンで仕切られていた。私が入った時には、すでに隣の人が絶叫の真っ最中だった。「死ぬー」だの「もうイヤー」などと叫んでいた。その声からして、かなり若いお母さんのようだった。

私は、若いお母さんの甲高い雄叫《おたけ》びを聞いているうちに妙に冷静になってしまった。私はどんなに痛くてもソプラノで絶叫するのではなくて、アルトで唸《うな》ろうと思った。私は高齢出産だから、その方が渋いような気がした。私の陣痛の痛みはどんどん激しくなり、間隔も狭まってきた。しかし、時計もないのにどうしてからだはこんなに正確に五分間隔、二分間隔で陣痛の波を繰り返せるのだろう。陣痛の波は、まさに満ち潮と引き潮のようだった。痛みが来た時と、痛みが引いていく時とでは、私の顔はジキルとハイドのように豹変《ひょうへん》するらしく、付いてくれた助産婦さんが笑っていた。

隣の人がひときわ大きな声で叫んだとたん、オギャーという声が聞こえた。産まれたのだ。お母さんのうれし泣きの声を聞いていたら私も感動して涙が出てきた。うちの子ももうすぐだと思いきや、なんと急に私の身辺がザワザワ動きだした。先生や看護婦さんが機械を見てあわてている。赤ちゃんの心音が急に途絶えはじめたというのだ。体内切迫仮死の状態で、急いで取り出さないと危ないと言われ、急遽《きゅうきょ》、帝王切開ということになった。私は突然ストレッチャーに乗せられて、分娩室から手術室に移動させられた。

私は、一生からだにメスを入れるような体験はしたくないと思っていたのだけれど、そんなことを言っている場合ではなかった。我が子が死んで出てくる可能性が出てきたのだ。私は、お腹の子がただ生きて生まれてほしいと必死になって手を合わせ天に祈った。

「お母さんと一緒にせっかくここまで来たんじゃないの、元気に生まれておいで！」

「大丈夫、大丈夫、この子はちゃんと生きて生まれてくる。間違いない」

何度も何度も自分に言い聞かせた。

ホンギャー、ホンギャー、大きな声が聞こえた。「わー、生まれてくれたあ！」ちゃんと、生きて生まれてくれたんだ、この子。えらい！　よくやった！　私はうれしくて飛び上がりたい気持ちだった。

「おめでとうございます。かわいい男のお子さんですよ」

「えー、男の子？　あら、ほんとだ、オマケがついている！」

超音波診断で三回とも女の子と言われていたのに、生まれた子は男の子だったのでびっくりした。

息子は二千百グラムの未熟児だった。まだ危険な状況だったため、息子は急いで小児科の保育器に入れられることになった。私は、生まれた赤ちゃんを抱くことができなかったが、とにかく生きて生まれてくれただけでほっとした。

出産直後から始まった不審な頭痛

保育器の中で、鼻から管を入れられてミルクを注入されている息子の様子は痛々しくて、見ているのがつらかった。保育器越しにしかあの子を見られないのはすごく悲しかったけれど仕方がなかった。

そして、私が息子に会いに行けたのは三日間だけだった。出産直後から激しい頭痛が続き、四日目には歩いて産婦人科から小児科に行くことも困難になっていたからだ。産婦人科の医師に頭が痛いと言ってみたのだが、「帝王切開の麻酔の副作用でしょう」と言われ、頭痛薬を渡されたので、それを飲んで苦痛を凌《しの》いでいた。帝王切開の時にメスで切られたお腹も痛いし、出産直後の子宮を収縮させるための点滴もすごく痛い。おっぱいも張ってきて痛いし、いきんだためにお尻も痛い。抵抗力が落ちたために口内炎もできて口の中も痛い。そして後頭部は鈍器で殴られているようなすさまじい痛みで、この肉体的苦痛のオンパレードは、まるで拷問のようだった。

どれも耐えがたいほどの痛みだったけれど、気になったのは、頭痛の痛みが尋常ではなかったことだ。私は二十代の頃から偏頭痛持ちだったので、頭痛には慣れていたけれどこれほどまでの激しい痛みは経験したことがなかった。それでも小児科にお乳を搾って持っていかなければならなかったので、搾乳器で搾って母乳バックに入れて冷凍保存してもらい、溜《た》まった段階で看護婦さんに持っていってもらった。本当は自分で小児科まで持っていきたかったけれど、すでにあまりの頭痛で歩けなくなっていたので看護婦さんに頼むよりほかなかった。歩けるのは近くの洗面所とトイレまでの距離が限界になっていた。

私のお乳は小児科で解凍され、我が子はそれを鼻から入れられた管で体内に入れられる。この、私が搾ったお乳だけが、今、私と息子をつなぐ唯一のものだったので、私は一生懸命搾った。お乳を搾るために頭をずっと下げていると、頭痛はさらに激しくなり、あまりの痛みにボロボロ泣きながらお乳を搾るという有り様だった。

私はもともとものすごく我慢強いところがあった。その我慢強さ、忍耐力をずっと自分の長所だと思っていた。しかしこの性格が災いし、医師や看護婦さんに痛みを過少申告していた。耐えがたいほどの頭痛なのに、医師や看護婦さんから「薬を飲んでいればじきに治るのに我慢の足りない人、わがままで甘ったれの人」と思われるのがいやで、必死になって痛みを我慢していた。お医者さんには「痛い、苦しい」と言えないのに、ノートには一面に、「頭が痛い。今日も頭痛がひどい。どんどん痛くなる。どうして薬を飲んでも治らないの？　いつまで我慢すればいいの！　痛いよー、頭が痛いよー」と乱れた字で毎日なぐり書きがしてあった。

「これは単なる頭痛ではない。もしかしたら、私の頭の中で大変なことが起きているのではないだろうか……」

私は、だんだんそんなふうに感じ始めていたのに、素人の私がそんなことを医師に言ったら叱られるのではないかと思い、言葉を呑《の》み込んでいた。

助けて下さい、死にそうです!

産後十日目のことだった。夕食を食べた後、夫が私の容体を心配して、名古屋から千葉にあるその病院まで車で見舞いに来てくれた。しかし、この頃から私の意識はすでに混濁状態にあったらしく、私は夕食後に夫が見舞いに来てくれたことは全く覚えていない。夫が「頭、大丈夫か?」と聞いた時にも、「大丈夫、大丈夫。明日には、きっとよくなるわ、心配しないでいいから」と答えたらしい。この会話も全く記憶にない。ただ、全部記憶が飛んでいるわけではなく、部分的には覚えていることもあった。

朝の回診の時に、私がベッドの上で頭を抱えてエビぞりにのたうち回っている姿を見て、医師は初めて頭痛薬ではなく注射を打ってくれた。モルヒネだったのだろうか。とにかく、これでやっと頭痛から解放されると思ったのに頭痛は一向に治まらず、ますます激しくなっていった。自分でも明らかに変だと思いはじめていた。

それでも夕食後は習慣的に洗面用具を持って洗面所に向かった。歯を磨いた後、口をゆすいだ水を吐いた瞬間だった。後頭部を大きなハンマーで何度も殴打されたような激痛に襲われ、ウオーッという激しい嘔吐《おうと》が同時にやってきた。目の前に銀色の粉みたいなものがいっぱい降ってきた。十日間、ずっと頭痛に苦しめられてきたが、そんな痛みの比ではなかった。まさにこの世の地獄のような痛み、苦しみだった。

私はナースコールを探そうとしたが、頭を持ち上げると更に激しい痛みが来るので部屋に戻ってナースコールを押そうと洗面所を出た。左手に洗面器を持ち、右手で頭を押さえながら歩いた。頭を少しでも動かすと激痛が襲ってくるから微動だにしないように廊下をゆっくり静かに歩いた。ナース・ステーションで、私の歩いている姿を見た看護婦さんが不審に思い、医師に緊急事態の連絡をすぐ入れてくれたらしい。私は、自分では廊下をまっすぐに歩いていたつもりだったが、実際はジグザグに歩いていたという。

私は産婦人科の自分のベッドに戻ったとたん、ナースコールを初めて押した。

「看護婦さん、頭が痛くて死にそうです。助けて下さい！」

私はベッドに倒れこみ、そのまま意識不明になった。

あの世から戻るきっかけ

千葉の実家にいた夫は、深夜に電話のベルが鳴った瞬間、ゾッとするような、不吉な予感がしたという。電話は夫の予感通り病院からだった。脳外科の医師から、緊迫した声で大至急病院に来るように指示されたという。医師からは、私の小脳に大きな腫瘍《しゅよう》が二つ見つかり、これから緊急開頭手術をするが、率直に言って、いのちの保証はしかねる厳しい状況にあると告げられた。仮に助かったとしても、どんな後遺症が残るかわからない、しかし「とにかく最善を尽くしますから」と言われたという。

夫、義父、義母、私の両親が手術室の前の長椅子で手術の成功を祈りながら待っていた。手術は、深夜から八時間に及ぶ大手術だった。私の母は、看護婦さんが時々手術室から飛び出してきて、廊下を走って行く姿を見る度に私の身に何か起きたのではないかと思い心臓が止まりそうになったと言っていた。手術が終わり、変わり果てた姿になって手術室から出てきた私を見て、父は、私が死んで出て来たと思い心が凍りついたという。

私が麻酔から醒めはじめる最初のきっかけになったのは、痰を取る吸引作業だった。喉に管を入れて痰を吸引するのだが、この苦痛ったらなかった。痰を吸引している時、私の両手両足はベッドにひもでくくりつけられていた。苦痛のために患者が大暴れするので、あらかじめ縛られるのだ。ベッドにくくりつけられた手首を、私は、満身の力でふりほどこうとしたらしい。しかし、それもかなわないとわかると、空中に指で何か字を書いていたという。おそらく痛いとか、苦しいとか、もうやめてとか書いていたのだと思う。

私の意識は痛みのために少しずつ戻りはじめていたのだと思うが、あの世から、この世に戻るきっかけになったのは、父の声だった。「あけみー、あけみー」と若かった父の声が聞こえてきた。子供の頃、夕飯ができても、遊びに夢中になって家に帰ってこない私を、父はよく川原まで迎えに来てくれた。「あけみー」と呼ぶ声を聞いている私もまた少女の私だった。声の数が次第に増え、今度は懐かしい母の声も混じってきた。

私はこの時、痛みとは全く別の不思議な至福感を味わっていた。平和で、穏やかで、懐かしくて、すべてが満たされている感覚。ここにずっといたいと思う感覚。でも父や母が何度も何度も私の名を呼んでいるのだ。「こっちに来い！」と叫んでいる。

「ああ、夕飯できたから帰らなくっちゃ」と、私は急に思って目を覚ましたのだ。目を開けてみるとベッドの周りを、夫、私の両親、義父、義母、見知らぬ医師と看護婦さんがぐるりと囲んでいた。私のからだはたくさんの管につながれていた。頭からも管が出ていた。何が起きたのだろう。ここはどこなのだろう。さっきまで産婦人科でお乳を搾っていたはずなのに、ここは本当にどこなのだろう。なぜみんながそろって私を見ているのか。このお医者さんは誰なのか。なぜ私は手足を縛られているのか。私には、これが夢なのか現実なのか、さっぱりわからなかった。

私の人生は失敗だったのだろうか

翌日、医師から、私が脳腫瘍を発病し、その後すぐ水頭症を併発し、いのちの危機に瀕《ひん》したこと、腫瘍は摘出できたがここから回復できるどうかは私の生命力にかかっているということを聞かされた。私はその病名を聞いた瞬間、鳥肌がたった。医学に素人の私でも、それがどれほど恐ろしい病気かということくらいは想像ができた。しかしショックだったのは、手術をして腫瘍を取ったからといって、助かったわけではないということだった。テレビなどで、芸能人やニュースキャスターが、腫瘍の摘出には成功したのに、数週間、数ヵ月後に亡くなったという報道をしばしば目にしていた。腫瘍の摘出イコール、生還の保証には必ずしもつながらないという話に私の気は滅入《めい》った。

からだの衰弱は思った以上に激しく、私は自分のいのちが薄くなっていると感じた。わずか十日の間に、腹部の切開、後頭部の切開、水頭症治療のために側頭部に二つの穴が開けられた。からだにメスが入るということが、こんなにつらいことだなんて初めて知った。水頭症治療のために挿入された側頭部の二本の管によって頭を固定されていたため、私は寝返りひとつ打てなかった。寝返りを打てること、トイレに自分で行けること、自分でご飯を食べること、お風呂に入ること。そんな当たり前のことが、今の私には夢のようなことだった。

それにしても、初めての出産を楽しみに入院したのに、なぜこんなことが起きたのだろう。どうして私はこんな目にあわなければならないのか。あの孤独で苦しかった時代を抜けてやっと結婚して幸せになりはじめて、わずか二年しかたっていないのに。

私は最初、なぜ自分はこんな病気になったのだろうと自分を責め抜いた。あれが悪かったのだろうか、これが悪かったのだろうかと、自分で病気の原因探しをしては、罪悪感のかたまりになった。私は神さまに「あなたの人生は失敗だった」「あなたは人間として間違っていた」という烙印《らくいん》を押されたような気がした。「自業自得」「因果応報」という言葉が浮かび、私はこの病気を天からの「罰」のように感じた。からだがつらいのに、さらに自分を責め続け二重に苦しかった。後悔や罪悪感や惨めさ、言いようのない怒りや苛立《いらだ》ち、どこにぶつけていいかわからないくやしさ、生還できるのだろうかという不安……心の中には、様々な感情が渦巻いていた。

術後の数日間は考え事ばかりしていた。考えると苦しくなるばかりだった。どうにかしてこの苦しい状況から抜け出そうと思い、必死になってプラス思考をしようと思ってもどうにもならない。不安や恐怖の方が絶大で、プラス思考なんて全く歯が立たない。自分が消滅するかもしれないという恐怖は筆舌に尽くしがたいものだった。術後の数日間は朝も昼も闇だった。

しかし、そんなある日、看護婦さんが「今日はいいお天気ですよ。久しぶりのきれいな青空ですよ」と言いながら窓を開けてくれた時に、初めて涙があふれてきた。風を感じたのだ。頬を撫《な》ぜる風を感じた時に「私は、今、生きている。ここでこうして生きている！」と思えたら、涙が次から次へ流れてきて止まらなかった。泣きながら、窓の形に広がる青空を雲がゆうゆうと流れていくのを見ているうちに心が少しずつ落ち着いてきて、やっとこんなふうに思えるようになった。

「もうやめよう。自分を責めることも、人生を恨むことも。あの雲と同じように、きっと、すべての状況は流れていく、変化していく」。今までだっていろいろつらい出来事があり、その時その時で悩み苦しみがあったけれど全部過ぎていったじゃない。気持ちも状況も全く同じままのものなんかひとつもないじゃない。だから、きっとこの状況だって変化していく、過ぎていく。

それに、もしこれが本当に天が私に与えた罰だとしたら、こんなにも私を支えてくれる家族や私の身を心から案じてくれる友だちを私の人生に与えてくれるはずはないじゃない。そう思えた瞬間、心がふわっと軽くなった。心の中に風が流れたみたいだった。

もう一度ここから生きよう

とにかく私は、生まれたばかりの子や夫や両親を残して死ぬわけにはいかなかった。やっと手に入れた幸せなのに、なぜほんの少ししか味わっていないのに逝かなければならないのか。そんな理不尽なことってない。今死んでしまっては、自分の人生に納得して死ねない。母親としての仕事も全くしていない。新しい家族の歴史も刻んでいない。人生の仕事にも出会っていない。私は、私の道をちゃんと歩いてきたなんてまだ言えないのだ。

私は高校時代、人は如何《いか》に生きるべきかといったことが書いてある本を片っ端から読んでいた。生と死について真剣に悩み、苦しみ、考えていた。本屋に行ってもなぜか辛気《しんき》臭い本ばかりに目がいった。倉田百三の『出家とその弟子』や小林秀雄の『無常といふ事』、亀井勝一郎の『愛の無常について』は、特に好きで繰り返し読んだ。私はなんのために生まれたのか。人はどこから来て、どこに行くのか。死んだあと人はどうなるのか。どうせ死ななければならないのに、なぜ人は生まれてこなければならないのか。人生にどんな意味があるのか。夜、寝床でこれらのことを考え出すと不安で眠れなくなることも度々あった。自分の死を考えると、恐怖でからだがブルブルふるえた。自分が死を宣告される夢を見て、夜中に目を覚まし泣き叫んだこともあった。

昼間の高校生活では、生徒会の活動とバスケットクラブに精を出し、フランソワーズ・サガンの恋愛小説を読んだり、サルトルとボーヴォワールの関係性について書かれた本を好んで読むような女学生だった。しかし、昼と夜、学校生活と自分の家にいる時とでは、自分の意識が全く正反対の世界に向かった。夜、自分の部屋にひとりでいると、私の意識は自然に自分の闇、人間の闇、この世界の闇に向かった。こわいくせに意識は知らず知らずのうちに闇に向かう。この、闇を見ようとする自分は、何かを探し求めている自分だった。本当のことを求めて生きようとしている自分だった。

　私がずっと文学の世界に惹かれていたのは、あらゆる芸術表現の中で、文学が最も死に近かったからではないかと思う。人間が最も恐れている闇、それは自分の死、自分が愛する者の死だ。それらは、あまりに恐ろしくて、絶対に認めたくないもの、見ようとしないもの。しかし、私の中にある何かが、たえずそこに向かおうとする。文学の中の死を通して私は生きるということを考えていたのかもしれない。文学の中に表現されている死者への鎮魂が、生者に、人生を深く生きていくことを教えてくれているように思えた。

　文学がすべてそうとは限らないけれど、私が好きな作品は、どこかみな死の匂いがした。私は、彼岸と此岸《しがん》をつなぐ橋の上で、人間とこの世界を見つめている人の作品が好きだった。彼岸の沈黙が、此岸の生者を饒舌《じょうぜつ》にするのだと思った。

　高校時代は小説や詩が中心だったけれど、二十代はさらに読書の趣味が多様になっていった。二十代の初め頃に最も衝撃を受けたのは藤原新也の『東京漂流』と『印度放浪』だった。感動というより、私の魂が直撃を受けて揺さぶられたというか、寝た子を起こされた感じだった。この世界の「聖」なるものと「俗」なるものは、二つ別々の所に存在するのではなく「清濁併せ持つもの」が人間の本質であり、この世界もまた、その両方で成り立っているのだということを、彼の文章や写真から感じ取っていた。それはまるで田んぼの泥の中で咲く、あの美しい蓮の花と泥との関係を思わせた。泥水の上に、あのピンクや白の美しい蓮の花が咲き、泥水の中では真っ白なレンコンも育っている。泥の中から生まれる美、泥の中で育つ純白。人間の心の中にある泥。私の心の中にもある泥。そこで咲く花とは何なのだろう。泥にまみれた時間が育てるものとは何なのだろう。〝泥と美〟〝純粋と混沌《こんとん》〟〝光と闇〟が混在しているもの、その世界、そういう人間にどうしようもなく惹かれてしまう。美や光や純粋だけには惹かれない。その反対のものが持つ抗《あらが》いがたい魅力に私は引っぱられてしまう。

藤原新也の作品を読み、写真を見ていて、もうひとつ思ったことがある。それは、「時間ってひとつなのだろうか」ということだった。何か、時計が示す時間とは違う時間というものが存在していて、その時計時間によって動いていない世界というものに私が求めている何かがあるような気がしたのだ。直線的に進歩する〝文明〟の時間ではなく、循環する時間、回帰する時間、あるいは〝不意〟に動き出す時間とでも言うべきものに、私が切ないほどに求めている何か、知りたくて知りたくて仕方がない世界があるような気がした。

藤原新也の作品から漂ってくる匂いは、中上健次の描く作品の基底に流れる、日本の「路地」

――それが象徴しているものと匂いが似ているとも思った。それは、現実世界に生きながら、たえず「異界への扉」に手をかけている人の持つ世界観のように思えた。私は、ある匂いを手がかりにして何かを求めている。果てしなく渇いたもの、暗いもの、重いものが混じった匂い。少しだけ危険な匂い。その匂いの量がそれ以上多くなったら拒否反応が起きてしまう。でも、全くなかったら何の興味も関心も湧いてこないもの。その匂いの正体がいったいなんなのか、いまだにわからないでいるけれど、それを手がかりにして私は求めている何かに辿り着こうとしている。

この頃は、同時に、宮本輝、村上春樹の作品に出てくる「消えゆく人」、「去り逝《ゆ》く人」の喪失感から、人生の深淵《しんえん》を歩きはじめる主人公にもすごく魅力を感じて、二人の作品も読み漁《あさ》っていた。「喪失」と「終焉《しゅうえん》」は、私が最も怖れ、最も心惹かれてしまうテーマだった。二人の流れるような文章に秘められた技と、その感性の豊かさ、鋭さに触れるたびに、世の中には本当に物を書くために生まれた人というのがいるのだなあと感心していた。

あの人は音楽をやるために、あの人は絵を描くために、あの人はスポーツをやるために、あの人は医者になるために生まれた人……。人を見ていると、明らかに、「この人は、これをするためにこの世に生まれたんだなあ」と思える人がいて、私はそういう人が羨《うらや》ましくて仕方がなかった。

〝私は、なんのために生まれたのだろう？〟ある時期まで、私は確かにこうした生への本質的な〝問い〟を持って生きてきたように思う。しかし多忙になるに従い、私はこの問いをだんだん忘れていった。大好きな文学の世界からも全く遠ざかり、気がついたら〝仕事に役に立つかどうか〟という基準でしか本を選ばなくなっていた。私の中から、純粋な思いや動機、無垢《むく》なる心、この世界を見るまっすぐな眼差《まなざ》し、透明な言葉への憧れが次第に失われていったのだ。

何より私は、死を深く見失っていったのだと思う。死を深く見失うということは、生を深く見失うことと同じだった。私は、私の中を自然に流れていた、あるいは流れようとしていた、私自身の〝いのちの川の流れ〟を、どこかで感じられなくなっていったのだ。

自分の死を実感したのは、人生で初めての体験だった。今目の前にある自分の「死」は、私に「生」を突きつけている。死は、最も深い生なのだ。死が私に「生きなさい。本当に自分が生きたい人生を歩みなさい！」と迫っている。「生きたい！　私はなんとしてでも生きたい！　ここからもう一度」。流れる雲を見ても、そよぐ風を頬に感じても、暮れゆく茜色の空を見ても、とにかく何を見ても涙が流れてきた。今まで、毎日のように見ていた空、雲、星、木々、花々なのに。なぜこんなにもいとおしいのだろう。

桜の花がまだつぼみの頃にこの病院に入院し、少しだけ時が流れ、今は、五月の青葉が目に眩《まばゆ》い季節。春はまさに、いのちが芽吹く時。樹木も、花々も、我が世の春を謳歌《おうか》している。私のいのちが細くなっている時に、この木々や花々の生命力を見ていると、私にももう一度、あの豊かな生命力といのちの輝きが戻ってきてほしいと思った。

この病室の、このベッドで、来年もあの桜を見たいと思いながら、思いが果たせず散っていったいのちがどれだけあったことだろう。この病室で、どれだけの家族が、愛する人の逝く朝を迎えたことだろう。幾千、幾万の涙がこの歴史のある大きな病院で流されたことだろう。総合病院は人生の縮図だった。人が生まれ、老い、病み、そして、死んでゆく。私は生きると決めたものの、心のどこかではこの空、この星を見るのは今日が最後かもしれないという気持ちがあった。死は世界がこんなにも美しいということに目覚めさせてくれる。「死からの眼差し」は、生をこんなにも鮮やかに照射し、輝かせてくれる。

人間は誰ひとり死から免れることはできない。人はいつかはみな必ず死ぬ。しかし、死は「いつか」来るものではなく「いつも」共にあるものだった。死はスタートとゴールではなく同じいのちの裏表だった。人間は死を道連れにした生しか生きられないのだ。

昼と夜があって、一日というぃのち。光と闇があってひとつの世界。男と女が合わさってひとつのいのちが生まれるように、生と死もまた、共にあるいのちの両極であり、それがいのちの全体ということなのかもしれない。ならば、喜びも悲しみも、絶望も希望も、同じ心の裏表だ。喜びは常に悲しみを携え、絶望はたえず、希望を携えて〝共にある〟ということなのだ。

自分と人間とこの世界を見るもうひとつの窓

ある朝、看護婦さんにこんなことを言われた。

「岡部さん、不思議なことがあったのよ。手術の前に岡部さんの髪を剃ったのは私なんだけど、その時、麻酔をかけられて意識のないはずの岡部さんが、目を閉じたまま〝看護婦さん、私の髪の毛全部なくなっちゃうの、悲しいなあ〟って言ったのよ」

私は驚いた。一体これはどういうことなのだろう？　だって私は、麻酔から醒めるまで自分の病気のことは全然知らなかったわけだし、ましてや、髪を剃られたことなんか覚えているはずもないのに。私は、おどろおどろしいもの、こわいもの、わけのわからない世界が嫌いだったし、あやしげな精神世界や宗教の世界も苦手だった。非科学的な世界や、知的に理解できないことは全部NOだったのだ。

しかし、嫌いであろうと怪しげな体験であろうと、私がこの体験をしたことは事実なのだ。私はこのことをどう理解していいのか頭が少し混乱した。私にこのことを伝えてくれた看護婦さんは、「生死を彷徨《さまよ》うような体験をした患者さんは、時々不思議な体験をするようですね」と、とてもあっさりと言ってくれた。その〝あっさり感〟が、とても好感が持てた。

うーん、それにしてもこれってなんなんだろう？　私の好奇心がムズムズしてきた。私は、「えっ、何、それってどういうこと!?」と思ってしまうと、「知りたい！　知りたい！」と、もういてもたってもいられなくなるという困った性分だった。ふだんだったら絶対に本屋にまっしぐらだ。しかし、この状況ではそれは無理だ。仕方がない。私は頭の中に貯蔵されている過去の蔵書の中から、何か参考になるものはないか探ってみた。もしやと思ったのが、以前、心理学を勉強していた時に読んだユングのことだった。

スイスの心理学者C・G・ユングは、人間の意識を三つに分けた。自分が意識できる「表面意識

＝顕在意識」と、自分でも気づかない「無意識＝潜在意識」と、人類が共通に持っている「普遍的無意識＝集合的無意識」。麻酔によって喪失するのはこの表面意識だけであって、無意識の部分は知っている、あるいは、感じているのではないだろうか。だから、意識不明になっている患者が家族の呼びかけに、目を閉じたまま、すーっと一筋の涙を流したり、手を握り返すといった肉体的、生理的な反応を示したりするのではないだろうか。

私の体験もこれに沿って考えると納得がいく。髪を失うことの悲しみを看護婦さんに訴えていた私とは、私の無意識＝潜在意識なのではないだろうか。私の無意識は起こっていることをすべて見ていた、あるいは知っていたのではないだろうか。

ユングを読んで初めて、宗教のフィールドの言葉である「魂」と、意識の科学である深層心理学のいう「無意識・潜在意識」「普遍的無意識・集合的無意識」とは、どうやら深い関係にあるらしいということを感じた。以前、仏教関係の本を読んでいた時に、「人間というのは、この世に生まれて来る時には前世の体験を忘れて出てくる。人間の無意識というのは、忘れてしまった魂の世界への入り口である」というようなことが書いてあり、ちょっと、この時、震えたのだ。

いずれにしろ、この不思議な体験は、人間の心とか魂とか無意識、これが私であると信じている私＝アイデンティティというものに対する、私のそれまでの考え方を大きく揺さぶった。髪を喪失することの悲しみを看護婦さんに訴えていた私とは誰か？　麻酔から醒めて初めて病気のことを知った私ではなく、すでに何もかもわかっていたもうひとりの私とは誰なのか？　私は生まれて初めて、「もしかしたら私は、本当は自分のことを少ししか知らないのではないだろうか」と思った。

実は、私は、この大変な状況の全体を眺めている「もうひとりの私」がいるということにも、うすうす気づいていたのだ。この状況に全く巻き込まれていない自分。この状況をただ静かに眺めているような自分。こんな体験は生まれて初めてだった。今までは、想像もしていなかったような突然の苦境に立たされると、決まってものすごく混乱し、パニックになり、あわてふためいていたのに。

これは、私の中には全く気づいてもいない「もうひとりの私」がいると知った初めての体験だった。この体験は私に、自分と人間とこの世界を見る「もうひとつの窓」があるということを教えてくれたように思えた。

ごめんなさいって言わないでね

それにしても、ベッドで寝たきりの私が生きるためにできることはなんなのだろう。生命力って何をどうすれば上がるのだろう。私が入院した病院は古い国立病院だったので、あまりお金がないのだろうか、個室なのにテレビも電話もなかったのだ。もちろん今のような携帯電話など、その当時には影も形もなかった。

完全看護だったので夜はひとりぼっちだった。側頭部から二つの管が左右に出て頭が固定されていたから、私のからだは完全に身動きがとれない状態にあり、私は毎日、しみだらけの天井ばかり眺めていた。回復できるかどうかは私自身の生命力にかかっていると言われても、こんな天井ばかり見ている生活でどうやって元気になれるというのだろう。私のからだは、あっちこっちにメスを入れられ、穴を開けられ、こんなに衰弱しきっているというのに。

生まれた子の存在や夫、義母、義父、私の両親には本当に励まされ支えてもらった。私は自分が産んだ赤ちゃんと同じように、すべてを人の手に委《ゆだ》ねて、お世話してもらわないと生きていけなかった。それまでの私はどんな困難、苦難も、自分の根性とがんばりで乗り越えて来た。歯を食いしばって越えるというやり方しか私は知らなかった。そんな私が、自分で自分のことが何ひとつできないからだになってしまった。この現実を受け入れなければと思ってみても、実際サイボーグのようなこの惨めな姿、下《しも》の世話まで人にしてもらわなければならないという現実を受け入れることは、本当につらかった。もしかしたら、自分の努力や根性でどうにかなる世界なんて、本当は大したことがないのかもしれない。人間の力とか、個人の努力などおよびもつかない出来事を前にした時に人はきっと根本的な自分の在り方を問われるのだろう。

ある日、私がとても好きだったやさしい看護婦さんに、いつもと同じように下の世話をしてもらっている時に、「ごめんなさいね」「すみません」を繰り返していたら、その看護婦さんにこう言われた。「岡部さん、私は看護婦の仕事が大好きなんです。子供の頃から私は看護婦になるのが夢だったんです。だから、こうしてお世話させてもらって、岡部さんが気持ち良さそうにしたり、少しずつ元気になっていくのを見るのがうれしくてたまらないんです。だからもう、ごめんなさいとか、すみませんなんて言わないで下さいね」

私はこう言われてハッとした。まさしく看護婦になるためにこの世に生まれたようなこのやさしい看護婦さんに対し、感謝の気持ち、尊敬の気持ちより、自分の惨めさにとらわれ、自分を恥じたり、現実の姿を認めたくない気持ちが「ごめんなさい」「すみません」を言わせていたことに気がついたのだ。

私は、それからは、自然に「ありがとう」という言葉が出るようになった。「ありがとう」という言葉は、言っている方も言われている方もうれしくなる魔法の言葉なのだと思った。私は現実に病気になってみて初めて、看護婦さんの仕事というのは本当になんと大変な仕事なのかと敬服すると同時に、なんと素晴らしい仕事なのだろうと思った。私など逆立ちしたってこんな仕事はできないと思った。医療の現場では、どうなのかはわからないけれど、患者にしてみれば、お医者さんも看護婦さんも同等の立場で、共に感謝の対象だった。私のように、いのちを救ってもらったような患者にしてみれば、なおさらどちらも神に等しかった。

もう、がんばりたくない

最初は頭にネットをかぶっていた。駅で売っているネットをかぶったミカンの姿だ。ネットの色は白だったけれど。本当にあれをかぶって、チューブだらけのからだで寝たきりになっていると、どこから見ても悲惨な病人だった。私は、家族以外は誰とも会いたくなかった。面会謝絶でよかった。こんな姿は誰にも見られたくない。

面会謝絶でなくても、たぶん私は、友人たちの見舞いを望まなかったと思う。元気丸出しだった私のこんな変わり果てた姿を見たら、なんと声をかけていいのかわからず友人たちは困ってしまっただろう。言葉のかけようがなくて、「がんばってね」としか言えないかもしれない。でも、これ以上私は、どうがんばりようがあるというのだろう。もう私はがんばりたくなかった。がんばるのは、もうたくさんだった。

ネットがはずされる日がきた。管が左右に二本挿《さ》されたままの丸坊主の頭が剝《む》き出しになった。朝手鏡で初めて自分の管付きの生の坊主頭を見た。すごくショックだった。もう見たくないと思い、手鏡をすぐベッドサイドのテーブルに置いた。

朝食後、夫が病室に入って来た。夫は私の頭を見て顔色ひとつ変えずにこう言った。

「明美は、けっこういい頭の形してたんだ。これだったら尼さんになってもいけるかもな」

そして、静かな目で私を見つめながら……

「明美、死ぬなよ。あの子がお前の忘れ形見になるのはいやだからな。生きているだけでいいから、そばにいてくれるだけでいいから」

「……」

私はこの瞬間、術後初めて、私のからだから、いのちの泉がこんこんとあふれはじめたのを感じた。

「私は生きているだけでいいの？」

「いるだけでいいの？」

私は今まで、自分がいるだけでいい、生きているだけでいいなんて思ったことなどあっただろうか。私の心の中で何かが大きくひっくり返った気がした。私は心のどこかでずっと自分を、欠点が多く、頭も悪く、我も強く、ダメなところがいっぱいある人間だと思ってきた。だから、ひとつでも欠点を減らそう、価値のある人間になろう、自分を磨いて人から必要とされる人間、愛される人間になろうと思ってがんばってきたのだ。

「君の替えなんかいくらでもいるよ。別に、君でなければならない理由なんか何もないんだから」

こんなふうに人から思われることは、私には耐えがたいことだった。自分が交換可能な存在であるというのはすごく悲しい。私は、特別な自分になり、君の替えなどいないと思われるような存在になりたい、そのための努力ならいくらでもすると思って今まで生きてきたのだ。私はただ誰かにとっての〝かけがえのない存在〟になりたかった。それなのに、人の役に立つどころか、こんな自分……。人に迷惑ばかりかけ、何から何まで世話してもらわなければ生きていけない私なのに、それでも私は生きていていいの？　いるだけでいいの？　世界がひっくり返った気がした。

夫は、手術前に医師から、「仮にいのちが助かったとしても、どんな後遺症が残るかもわかりません」と言われた瞬間、たとえ私が植物状態になったとしても、自分が一生面倒を見ると心の中で決めていたと後で聞かされた。私には、あれもない、これも足りないと思って生きてきたのに、なんということだろう。こんなにやさしい家族や、大好きな友だちがいっぱいいいた。私を生かしてくれている、こんなにかけがえのない〝いのち〟があった。

人間関係の春夏秋冬

私は、この環境でどうやったら生命力が上がるかを考えていた。私が入院していた病院は古い国立病院だったからなおさらそうだったのかもしれないが、環境のアメニティ（快適性）という点では最悪だった。それでも私は、今ここの環境と、身動きできないという自分の状況の中で、自分が元気になれることをやっていくしかないと思い、友だちと過ごした楽しかった日々を思い出していた。私にとって友だちは人生の宝だ。私が重篤の状況にあったため、ほとんどの友だちには正確な状況は知らせていなかった。今の私にとって、彼女、彼らの存在は、たとえ会えなくても、一人ひとりの顔を思い浮かべただけでエネルギーが湧いてくる希望の光だった。私はまた一緒に遊びたい、歌いたい、語り明かしたい。今まで、ずっとそうしてきたように。

そういえば、長い時間の中で終わることなく、関わり続けてきた人たちというのは決していい関係の時ばかりではなかった。互いの生活が忙しくて自然に疎遠になってしまったり、わかり合えない時があったり、住む世界が変わってしまったなあと感じたり、ケンカして一時的に絶縁状態になったり。それでも、それぞれの友だちと様々な季節を一緒に乗り越えてきたのだと改めて思った。

不思議なのは、「もうこの人とは終わりかな」と思っても、またつながり直しをするような出来事が自然に起きてくる人がいることだった。きっと、これを縁というのだろう。ほんとに縁のある人とは、何度疎遠になっても再び出会うみたいだ。きっと根っこのところで、互いのことが好きだという気持ちがある限りは、決して本当には終わらないのだろう。どちらかが降りたら人間関係は続かないのだから、再び出会う、またつながるということは、二人とも降りていなかったということなのだ。

でも、人と人が本当にいい関係、心地いい関係になるためには、関係性という空には、何度かの雨、嵐、雹《ひょう》、霰《あられ》が降り、隙間風が吹いたり、霜が降りたりする季節が必要なのかもしれない。いろいろ降ったり、吹いたりした分だけ、この空は、高く広くなっていくような気がする。

ひとりの人間がいくつものつらい季節を乗り越えて、成長し、成熟していくように、人間関係にも春夏秋冬があるのだろう。その季節を共に生き、共に越えていける相手に巡り合えること以上の幸せはないのかもしれないと思った。今の私の状況に生きる希望を与えてくれているのは、そうやって長く付き合ってきた友だちや家族という、その〝存在のありがたさ〟だけだった。彼ら、彼女たちが、今の私に何をしてくれなくてもいい。ただ、私の人生にいてくれる、それだけでよかった。私が今こうして、死に直面しながら必死に生きようとしていることなど、誰も知らない。それぞれが、家庭や職場、非日常の世界で、いつものように仕事をしたり、団欒《だんらん》したり、遊んだり、飲んだくれたりしているのだ。

長い付き合いの女友だち、男友だちは、ほんとにいつ会ってもちっとも変わらない。お互いに

「成長がないねえ」「代わり映えしないね」「何年付き合っても何にも得る所なんかないよね」などと軽口をたたきあっている。しかし本当は、その〝変わらなさ〟の下にどれだけの〝今〟を抱えているのか、どれだけのことを乗り越えて、その人の今があるのかぐらいは、みんな感じているのだ。年を重ねてきた分だけ、ちゃんと。高速で回っている独楽《こま》が止まって見えるように、いつも変わらないように見える人というのは、最も内側で変化し続けている人なのだと思う。心がつながっている人というのはしょっちゅう会っていなくても全然不安にならない。遠くにいても、いつもその人の存在を感じている。

人は少しずつ変わっていくものだけれど、つながり続けている人というのは、一様に「そこだけは変わったらだめだよ」「それをなくしたらあなたじゃないよ」というものをなくしていない。一人ひとりが持っている「それ」と「そこ」というのは、カナリアにとっての歌のようなものかな。いるだけでいい、生きていてくれるだけでいいという人が、自分の人生にいるということが、こんなに幸せなことだなんて今まで考えたこともなかった。人と人の出会い以上の奇跡なんかないのに、私は一体何を求めて、今までガムシャラにがんばってきたのだろう。存在というのは、ただそれだけで、こんなにもやさしく、私が生きていくための支えになってくれているというのに。

夫の「いるだけでいい」という言葉は、私に、とても大切なものを思い出させてくれた。そして今、その存在の力《パワー》を私にくれている最たる者が私の赤ちゃんだ。しかし、あの子は今、自分が母親の生きようとする最大の目標、エネルギー源になっていることも知らずに保育器の中でただ無心にミルクを飲んでいるのだ。もしかしたら人はみな、自分の存在が誰かの生きる支えや希望になっていることに気づきもせずに、自分にないもの、手に入らないもの、満たされていないものばかりを数えながら、日々を生きているのかもしれない。

元気になることをしよう！

いのちの泉がこんこんと湧きはじめたら、私は自分が元気になりそうなことがいっぱいアイディアとして浮かんできた。テレビも電話もないというのはラッキーだったかもしれない。退屈しのぎに見たくもないテレビを漫然と見ていたのでは、生命力なんて湧いてくるはずもないから。

私はまずこの殺風景な部屋を楽しく、心地よくしようと思った。こんな部屋に何ヵ月もいたら健康な人だって病気になるにちがいない。ベッドを机や棚に変えたら、すぐ事務所や倉庫に早変わりするような部屋が病室というのはあまりにも悲しい。しかし、病院のあり方や環境の非快適性にいつまで不平不満を言っていても始まらないから、何とか自分なりに元気が湧いてきそうな環境にしてみようと思った。一応許可を得て、壁や窓の桟や食卓テーブルに赤ちゃんのおもちゃや絵本や靴、ベビードレスを飾ってもらった。それだけで部屋の雰囲気が明るく、やさしくなった。寝たきりの私にとって目に入る視界は限られていたから、とにかく目で見られる所は、私の気分が良くなるような環境にしたかった。

部屋に赤ちゃんグッズを楽しく並べただけで、気分がすごく変わったのを感じた。私は赤ちゃんの靴を見てはあの子がよちよち歩きをしているところをイメージしてみた。ベビー服を見ながら、あの小さく細かった手足がだんだんボンレスハムみたいになって、ほっぺたもプックリして、この服を着てワンパクしているところをイメージしてみた。お花もできるだけ近くに置いてもらって、見て楽しむだけではなく香りも楽しんだ。日中には、妊娠中に友だちが面白いよと言ってすすめてくれた、育児エッセイや育児マンガを読んではゲラゲラ笑っていた。傑作なのは田島みるくの育児マンガ『あたし天使あなた悪魔』、詩人の伊藤比呂美の育児エッセイ『良いおっぱい悪いおっぱい』『おなかほっぺおしりそしてふともも』、柴門ふみの『フーミンのお母さんを楽しむ本』とかいろいろあった。とにかく笑った。笑うと元気が出てきた。

ああ、生命力ってこの感じなのかなあ。なんかエネルギーがからだの内側からあふれてきて、からだが温まる感じ。そして、楽しい、気持ちいい、うれしいって感じること。こういう感じに自分がなっている時に自然にあふれてくる、生きようとする力なのかな、生命力って。

それでも夜になると、どうしてもひとりでいることが不安で、死の恐怖が湧いてくる。恐怖はからだをガチガチに緊張させ息を浅くする。そんな時は「波の音とイルカの鳴き声」のテープを聴きながら呼吸法の練習をした。ヒッ、ヒッ、フーの方ではなく、私が勝手に思いついてやった波の呼吸法。満ちて来る波をイメージして鼻から息を吸う。引いていく波をイメージして、息を吐く。吐くときは、不安や恐怖をすべて吐き出すようにして。吸うときは、大自然やこの宇宙のエネルギーが自分のからだに満ちあふれるようなイメージで。

母の子宮に暮らしていた頃、あの羊水の海に浮かんでいた時のやすらぎの記憶なのだろうか。私はずっとずっと大昔からこの波の音を聴いていたような気がする。そういえば、地球の約七割は海水、人間のからだの七割も水分だ。これって偶然なのかしら。子宮の羊水の成分はほとんど海水に近いときく。私たちの存在は、海と深く関係しているような気がする。生まれて肺呼吸が始まったとたん、その記憶が無くなってしまうのかもしれないが細胞は記憶しているのかもしれない、かつて私たちがいた場所を。だから波の音は、こんなにも懐かしく、心がやすらぐのではないだろうか。

遠くに聞こえるイルカの鳴き声。いつかあの子と野生のイルカに会いに行こう。寄せては返す波の音を聴きながら、深いリラックスの呼吸法をすると、こわばった心とからだがほぐれてくる。夜の闇も、ひとりでいることもこわくなくなる。私は知らず知らずのうちに眠りに落ち、また新しい朝を迎えた。今日も私は、まだ生かされていた。

心は天使だったんだ

ある日、弟が見舞いに来てくれた。私には年子の弟と五歳下の末っ子の弟がいる。この日来たのはすぐ下の弟だった。

「おう、久しぶり。なんだ重病人だって聞いて来たのにけっこう元気そうじゃん。やせ細って、もっとゲッソリしているかと思ったよ」

「だって、子供産んだ後の体重の残高が、あと六キロもあるんだもん！　ダイエットしなくちゃ！

太っていると同情されないのか、損だなあ」

私は、確かに見ようによっては満身創痍《そうい》のアンパンマンみたいだった。メスが入ったせいなのだろうか、顔がむくんでいた。余剰脂肪が多い上、全体的にむくんでいたので本当にブスだった。赤ちゃんを守るクッションになっていた脂肪はもう必要ない。やせなければ。でもそう思ったら、私はうれしくなった。ダイエットしなくちゃなんていう発想が出てくるほど私は生きようとしている、生活することを考えているんだ！

弟は、あえて私の病気については何も触れず、あれやこれや自分の近況報告をした。「姉ちゃん、ウーのこと覚えている？」と突然話題を変えた。私は驚いた。弟の口から「ウー」の名前が出てくるなんて。

私たちは岩手県の釜石《かまいし》という所に生まれ、小学校高学年までそこで育った。私たちがまだ小学校の低学年だった頃、近所にウーという脳性マヒの少年がいた。ウーは、もし学校に行っていれば中学の高学年だったと思う。だから、からだは私たちよりはるかに大きかった。しかし、脳性マヒのため言葉は「ウー」しか言えず、いつも青い洟《はな》をたらし、目ヤニをため、口を開けてよだれをたらし、手を翼のように広げて、奇妙な走り方をして私たちの遊んでいる所にやってきた。

私たちがどこで缶けりをしていようが、隠れん坊をしていようが、ウーは必ず私たちを見つけて笑いながら、ウー、ウーといって仲間に交ざろうとした。しかし、私たちは自分たちよりもはるかにからだが大きく、異様な姿のウーがこわかった。ウーを誰かが見つけた瞬間、「ウーが来た、逃げろ！」と言って、私たちは、蜘蛛《くも》の子を散らすようにして逃げて行った。

「姉ちゃんもウーのこと覚えているだろう。俺たち本当にひどいことをしたよな。ウーは、どんなに俺たちが仲間はずれにしても、毎日、毎日、俺たちと遊びたくてやって来たんだよな。もし俺がたった一回でもあんなことされたら、そいつらを一生許さない、恨み続ける。たぶん人間不信になってしまったと思う。自分はあんなことしておいて本当に勝手だよな。でも、姉ちゃん、こんなことがあったんだ。俺、足遅かったからさ、ある日、逃げ遅れてウーにつかまってしまったんだ。こわかったよ、あの時。でも、ウーは、自分のポケットからアメを出して俺にくれたんだ。俺たちに、あんなひどいことされていたのに、それでもウーは俺たちと遊びたくて、仲間に入りたくて、毎日ポケットにアメを入れて来てたんだよ。俺、この話ずっと姉ちゃんに話そうと思っていたのにどうして今まで言わなかったんだろう。なんで急にウーの話したくなったのかな」

私は、弟の話の途中から涙があふれて止まらなくなった。私はずっとウーに対して自分がしたことを恥じ罪悪感を持っていた。あの頃、毎日のように、一緒に缶けりや鬼ごっこをした仲間の半分以上は、その名も顔も忘れてしまったのに、ウーのことはずっと心にひっかかっていた。そして、それは弟も同じだったのだ。弟は言った。「ウーは脳性マヒだったけど、心は天使だったんだよな。傷つかない力や、恨まない力って、天使の力なんじゃないのかな」

弟がなぜこのような状況の中で突然ウーの話を私にしたのかはわからないけれど、私は、彼がこの話をしてくれたことがとてもうれしかった。実際、子供は純粋で無邪気なだけではない。恐ろしいほどの残虐性もあるのだ。私は自分の中にそういう残虐で冷酷非道で醜悪な自分がいることをずっと憎み恐れていた。どこかで私の本質は悪であると思っていた。十代の、まだ人生をそう長くは生きていない頃に、すでに自分は誰なのか、人間はどう生きなければならないのかということに関心があったのも、きっと、このウーとの出来事が、私の心に深く影響を与えていたのではないかと思う。

死の淵《ふち》より

弟が帰ってから私は一冊の詩集をひろげた。里帰りして、臨月のひと月を過ごすために育児マンガや育児エッセイの他に何冊かの詩集を持ってきていた。なぜか高校や大学時代に読んで好きだった詩集を私は本棚から取り出していた。あの頃は、好きで好きで繰り返し読んだのに、もう十五年以上も開くことはなくなっていたそれらの詩集を、久しぶりに読みたくなったのだ。中原中也や吉原幸子や谷川俊太郎の詩集に交じって、その一冊の詩集があった。その詩集には弟との思い出があった。それは、食道がんで亡くなった作家、高見順の遺稿の詩集『死の淵より』だった。出産後に生死を彷徨うような病気をするなんて想像だにしていなかった私は、持っていく本を選ぶ際に別にこの本が縁起でもないとは思わなかったのだ。

しかし、あろうことか、結果として私はまさに死の淵に立たされてしまったのだ。この状況の中でこの詩集を読む気にはさすがになれなかった。私は元気になりたかったから、笑いたかったし、ご機嫌でいたかった。からだがズタズタなんだからせめて心だけはやさしい気持ちでいたかった。でも、弟が来たことでこの詩集が読みたくなったのだ。死生観も含めて思想的な影響を受けたいい本にはたくさん出会ったが、その最初のきっかけになったのが『死の淵より』だった。

なぜ私は青春のただなかにいて、あふれるような未来の光の時間を前にして、死を目前にしたがん患者の悲しみや恐れや慟哭《どうこく》にあれほど心が揺さぶられたのだろう。若くて健康で、明るく元気に生きていた私が、死の恐怖と悲しみに打ちのめされていた一人のがん患者、高見順の気持ちに自分の心を重ね合わせていたのだ。

〈帰る旅〉

帰れるから
旅は楽しいのであり
旅の寂しさを楽しめるのも
わが家にいつかは戻れるからである
だから駅前のしょっからいラーメンがうまかったり
どこにもあるコケシの店をのぞいて
おみやげを探したりする

この旅は
自然へ帰る旅である
帰るところのある旅だから
楽しくなくてはならないのだ
もうじき土に戻れるのだ
おみやげを買わなくていいか
埴輪《はにわ》や明器のような副葬品を

大地へ帰る死を悲しんではいけない
肉体とともに精神も
わが家へ帰れるのである
ともすれば悲しみがちだった精神も
おだやかに地下で眠れるのである
ときにセミの幼虫に眠りを破られても
地上のそのはかない生命を思えば許せるのである

古人は人生をうたかたのごとしと言った
川を行く舟がえがくみなわを
人生と見た昔の歌人もいた
はかなさを彼らは悲しみながら
口に出して言う以上同時にそれを楽しんだに違いない
私もこういう詩を書いて
はかない旅を楽しみたいのである

――高見順『死の淵より』（講談社文芸文庫、一九九三年）

私は、子供の頃から本を読むのが好きだったが、弟は全然本を読まない子だった。この本は思春期になって弟が初めて読んだ本だと思う。「本を読むと頭が良くなるんだよ。本を読まなきゃだめだよ」と、私はよく弟に言っていた。しかし、弟は一向に本を読む気配がなかった。が、ある日突然、彼が私の部屋に来て言った。

「なんかいい本ない？　あんまり字が多くないやつで」

その時に彼に渡したのが『死の淵より』だった。おせっかいやきの姉だった私は、ちゃんと読んでいるかしらと思って、彼の部屋に行ってみると、目を真っ赤にして兎の眼になってこの本を読んでいる彼がいた。ほっとしたついでに私は言った。

「灰谷健次郎の『兎の眼』と『太陽の子』も、すっごくいいよ」

これがきっかけになったかどうかはわからないが、この後、彼は猛烈な読書家と映画狂になり、後に脚本家になった。今は別の仕事をしているけれど、脚本家として、彼の名前が最初にテレビに出た時は、わが家は天変地異が起きたような騒ぎだった。

生活の顔・人生の顔

病院という場所で家族に会うと、私がこの家族の中でどんな役割をしてきたのか、家族の歴史の中でどんなことを喜び、悲しみ、憂い、望み、あきらめ、どういう関わり方を両親、弟たちとしてきたのかということがほの見えてくるのだった。

不思議なのは、家族というのは、家庭という器の外で出会うと、その役割ではなく、一人の人としての顔を見せることだ。生活の顔ではなく、人生の顔をのぞかせる。私の父はエンジニアだったが、それは「生活の顔」だった。父の「人生の顔」は、歌人だった。父は、私たちを育てるためにエンジニアとして力をつけ、少しでも私たちがいい暮らしができるようにと、ただひたすら身を粉《こ》にして働いてきた。

「鉄は国家なり」という時代の新日鉄釜石（旧・富士製鉄）でエンジニアをしていた父は、高卒だったから、出世競争で勝ち抜くためにいつも猛勉強をしていた。父は、子供の頃からずっと学年で一番の成績だったのに、家が貧しくて進学できなかったのだ。学歴がないということで、父はどれだけの悔しい思いをしたことだろう。大企業で高卒の人間が出世するのは並大抵のことではなかったろう。父は出世するために国家試験を次々に受け十七個の国家資格を取得した。今思っても、血の滲《にじ》むほどの努力だったろうと思う。私は、父の後ろ姿を見て、人間は一生学び続けるものだということ、一生懸命がんばれば望みは叶うということを学んだように思う。

同時に、父は、怒りや悲しみを酒で紛らわす術《すべ》しか持たない人だった。酒を飲んでは人が変わったように荒れる父を見て、父の傷つきやすさ、人間としての弱さや孤独感を子供の頃からずっと私は感じていた。父の酒によって、我が家は瞬時にして修羅場と化した。母は、私の結婚相手の条件として、唯一、酒に飲まれてしまう男とだけは絶対結婚するなと言っていた。それだけ、母は父の酒で苦労してきたのだ。

もし、父に、歌人としての顔と、懸命に勉強していた姿がなかったら、私は相当歪《ゆが》んだものを心に抱え込んでしまったと思う。中学時代にたまたま、父が歌を詠むきっかけになった人、石川啄木の『一握の砂・悲しき玩具』や北原白秋の詩を読んだ時に、私は初めて一人の男としての、一人の人間としての父の悲しみに触れたように思った。私は父の作る短歌が好きだったので、人生の晩年を迎え、エンジニアとしての人生が終わった今、若い頃の夢を取り戻して、もう一度、歌人としての人生を歩んでほしいと、父が見舞いに来てくれた時に言った。父は、本当は故郷の山河にもう一度抱かれたいのではないだろうか。父の感性は、都会では息ができない。自然の息吹を肌で感じていないと心が砂漠のように渇いてしまう人なのだ。

母は、若い頃は、ほっそりとした美人だった。若い頃のアルバムを見た後、「今は見る影もないねえ。ここまで変わるもんかね、女は。月日の流れは恐ろしい」と言ったら本気で怒っていた。父がすかさずフォローを入れて「高校生だった母さんが疎開で東京から釜石に来た時、俺はびっくりした。釜石みたいな田舎じゃ見たこともないような都会の美少女だったんだぞ」と言っていた。

全く、よく言うなと思う。こんなことをぬけぬけと言うわりには、ほんとにこの夫婦は諍《いさか》いがたえなかったのだ。両親の仲の悪さで、どれだけ私はしんどい思いをしてきただろう。おっちょこちょいで直情径行な私が、こと結婚に対してだけは異様に慎重だったのは、うちの両親を見てきたからなのだ。

「結婚は人生最大のギャンブル。人生の幸・不幸は、結婚で決まる」という哲学を、私は、子供の頃にすでに持ってしまったのだ。私は子供の頃から、家族の中でいつも調停役だった。父と母、双方の愚痴を聞いてあげることが、長女である私の大きな仕事だった。ケンカをすると一週間も十日も口をきかなくなってしまう両親を、どうやったら仲直りさせられるだろうということにいつも心を砕いていた。父が酒を飲んで荒れて、こわれた電球や窓ガラスの破片を拾い集めることも、そのうち涙も流さず淡々とやるようになった。母が〝離婚〟という言葉を発する度に、私は不安になり、家族がこわれていくのをどうやったらくい止めることができるのだろうと、子供心にも必死になって知恵をしぼっていた。

私は、父と母が、「ごめん」「ごめんなさい」と相手に言ったのを一度も聞いたことがない。「ありがとう」と言っているのもあまり聞いたことがない。だからこの夫婦はケンカがたえないのだと思っていた。板ばさみの痛みというのは、かなりつらいものがあったはずなのに、自分がつらいということを感じていたら、家族がこわれていくのをくい止めることができないと思って、だんだんなんとも思わなくなってしまった。

母が病院に見舞いに来てくれた。この時もなんとなく、母には母の夢が本当はあったという話になった。学生時代ずっと演劇部の部長をしていたという母は、舞台女優になりたかったらしい。

「杉村春子の門をたたいたこともあるんだけど、背が足りないからだめだったの」と言うから、

「背じゃなくて、顔が足りなかったんじゃないの」と、私は軽口をたたいた。

幼少時代に実母を亡くした母は、継母に育てられたので、たくさんの悲しみ、苦しみを少女の頃から体験し、幸薄い子供時代を過ごしてきたようだ。温かな母の愛というものを知らずに、わずか十九歳でお嫁に来て、二十歳で私を産み母親になった。厳しい姑につかえながら、見知らぬ疎開先の地で、三人の子育てに二十代、三十代を費やしたわけだから青春なんてなかったろう。舞台女優の夢など、まさに見果てぬ夢だったのだ。家族が食べていくこと、生活していくことが人生のすべてだったのだから。

私はふと、「母の人生は幸せだったのだろうか」と思った。母はもっと違う人生を生きたかったのではないだろうか。でも、もし母が「そうだね」と言ったら、私の生きている基盤が足元から音を立てて崩れていきそうで、こわくて聞けなかった。

「人が夢を見ると書いて儚《はかな》いと読むんだよね」と、昔、母がポツリと言った時、私はドキンとした。母は人生でいっぱいあきらめてきたことがあったのだと思った。私は母が見舞いに来てくれて雑談していた時に、「いっぱい苦労してきたんだから、もう自分の好きなことをやって生きていっていいんだよ」と言った。「好きなことって言われても、何やりたいんだかねえ、この年になってみると」と呟《つぶや》いた母が少し哀れだった。私が、自分の好きなことをやり、わがままに生きてこられたのは、自分の好きなことや、やりたいことを二の次、三の次にして生きてきた父や母の人生の上につくられたものであることを初めて感じた。

どこの家庭にもあるように、私の家の家族史の中にも、光も闇も、喜びも悲しみも、絶望も希望もあった。私という人間が生まれた場所、育った場所、生きてきた場所。それが、どれだけ自分に影響を与えてきたかは計り知れない。生まれた家を離れてからずいぶんと長い時間が過ぎたので、もう思い出すこともなくなっていた昔の出来事が、こうして久しぶりに両親と向き合っていたらいろいろ思い出されるのだった。

酔って大きな声を出す父の声や、物が壊れる音に怯《おび》えていた子供だった自分。酔いつぶれた父の世話に疲れ果てて泣く母の姿。今月も給料の大半が酒代に消えたとヒステリーを起こす母のかなきり声。互いを責め合う言葉。孫の私にはやさしいのに、母のことはとことんいじめるおばあちゃんの姿。次々に問題を起こす二人の弟。様々な事件の後始末をする私。私はいつも、どうしよう、どうすればいいいんだろうと、家族の心配ばかりしてきた。私の悩みは、いつもこの家族のことだったのだ。

それでも私はこんな私の家族が好きだったのだから、家族って不思議だ。二人の弟はほんとにかわいくて大好きだったし、父と母は、なんだかんだはあっても、私にとってはかけがえのない存在だった。おそらく私は長女というよりは、長男の役割を果たしてきたのだろう。「この家族は私が守る」とずっと思っていた。母はいつも「あんたが男だったらよかったのに。あんたは女にしとくにはもったいない」と言っていた。私は、間違えて女に生まれてしまったように感じていた。

自分が生まれた家族。そして、自分が結婚して新しく作った家族。そこは小説や映画の世界をはるかに凌駕《りょうが》する、悲喜こもごもの物語がひそかに繰り広げられている世界なのだろう。どこの家にも、おそらく他人からは窺《うかが》い知れないような大変な家族の現実があるのだと思う。家族というのは、つくづく人生最大のドラマであり、修行の場なのだと思う。ドラマのネタは次から次へと降ってくるようにやってきた。でも逃げられないのだ、家族からは。だから家族というのは、どこも大変なのだと思う。

両親は片道二時間もかかる病院まで度々見舞いに来てくれた。両親の心配はいつも弟の方に集中していたから、こうして親から心配されるという慣れない立場になるとどうふるまっていいかわからない。妙に照れる。照れている場合ではなかったが、慣れないことというのはやはり苦手だ。親に今までこれといった心配や迷惑をかけなかった分、まとめてドカンと大きい心配をかけてしまった。もっと小出しに小さな心配をかけてくれた方がよっぽど親としてはよかっただろう。私はどうも、この小出しにして出していくというのが不得意だった。溜めて溜めて、限界が来て、爆発してしまうのだ。私のよくないパターンだった。

心配する両親を見ていると、親よりも先に逝くことなんてとてもできないと思った。人生において自分の産んだ子に先立たれてしまうこと以上の悲しみはないだろうから。私は、大好きな岩手の叔母が、まだ二十代だった最愛の息子を膵臓《すいぞう》がんで亡くした後、何年もの間、泣き暮らしていたことを知っている。私も大好きな従兄弟《いとこ》だったから、二十代の若さで、がんで死んだと聞いて、ものすごいショックを受けた。息子を突然亡くした叔母の嘆き悲しみの深さは何年たっても薄れることはなかった。悲しみは、時が癒《いや》してくれるというけれど、叔母の中で悲しみが小さくなっているようには思えなかった。人生には、癒えていく悲しみと、決して癒えない悲しみというものがあるのだと叔母を見ていて思った。

仏壇の息子の写真に向かって、「このばか息子が！　親より先に死ぬばかがどこにいる！」と怒りながら叔母は泣くのだった。まるで海の底のような叔母の深い悲しみは、逝ってしまった息子への限りない愛の深さだった。癒えない悲しみというものが愛の深さなのだと知った時、生きていくことって、何と切なく、つらいことなのだろうと思った。私は親より先になんか決して逝かない。病室で父と母を見ていたら、「私はこの二人の子供なんだ！」と当たり前のことをしみじみ思った。私は子供なんだと思えたことが、なんでこんなにうれしいのだろう。

“大丈夫だよ”と言ってほしかった

病院は夫の実家のすぐ近くにあったので、義母が朝早くから心配して毎日見舞いに来てくれた。私が重篤の時、義母は、夜が明けるか明けないかのうちに自転車に乗ってやって来て、病室のドアをそっと開け、私が無事かどうかを見に来てくれた。義母は私が呼吸しているのを確認して家に帰り、午後にまた私と孫の世話をするために病院に来てくれた。義母のきめこまやかな心遣いや思いやりは、本当にありがたかった。

ある日、義母が「明美さん、何か欲しいものはない？」と聞くので、

「お義母《かあ》さん、悪いけど、マッサージクリームとパックを買って来てくれる？」と言った。義母は驚いた顔で注文の品を聞き返した。

「だってお義母さん、私、毎朝鏡を見るとガッカリするのよ。どんどんおばあさんの顔になっていくんだもの。ブス度も日増しにアップしているし。なんか、この顔を見ているともうひとつ元気になれないから、今日から私、毎日マッサージとパックをしてきれいになることにしたの」

私が、ふつうの嫁とはちょっと違う、変なところがある人間だということにうすうす気づきはじめていた義母は、驚きながらも「じゃあ、明日買って来てあげるから」と言ってくれた。我ながら名案だと思った。頭は相変わらず二本の管で固定されていたため身動きはできなかったが、手が使えるようになったので、けっこう自由度が増えた。消灯前のマッサージタイムは、なかなか楽し

かった。きれいになりたいっていう気持ちは生きようとするエネルギーそのものだった。

ある晩のこと。私は、パックが乾いたので上からベローッと剝《は》がしはじめていたところだった。そこに、巡回でやってきた看護婦さんがドアを開けて、見てしまったのだ、私の夜の秘め事を。枕元のほの暗いスタンドの明かりの下で、重病患者であるはずの私がパックを剝がしているのを目撃して看護婦さんはお腹を抱えて笑った。「岡部さん、私この病院に長いこと勤めているけれども、脳外科の個室の重病患者さんで、パックしている人なんか初めて見たわよ。あなたは、絶対大丈夫、きっと良くなるわ！」

私はベテランの看護婦さんにいのちの太鼓判を押してもらってえらく元気が湧いてきた。私はやはり、お医者さんや看護婦さんから「大丈夫だよ」と言って欲しかったのだ。私はこの時ほど自分のおめでたい性格を誇りに思ったことはない。自分の中にあるものはみんないつか役に立つ場面があるから存在しているのかもしれない。誰かに「大丈夫！」と言ってもらえることは、とても心強い励ましだった。その人が本気で大丈夫って思っていると、それがこちらにも伝わってきて、本当に私は大丈夫かもしれないと思えるのだった。この時の看護婦さんと私は大の仲良しになった。「あなたの病室を訪れるのが楽しみなの」と、その看護婦さんは言ってくれた。

またある朝のこと。この日は、最ベテランの看護婦さんが、下の世話とからだを拭《ふ》きに来てくれた。私はこのからだ拭きが大好きだった。熱い蒸しタオルで全身を丁寧に拭いてくれる。「ああ、極楽、極楽」と、この時ばかりは、思いっきりばあさん気分。こんなふうに自分のからだを大切にしてもらうと、どれだけ自分がこのからだを痛めつけてきたかが余計に感じられて反省するのだった。

しかしこの日の朝のからだ拭きは、看護婦さんの悲鳴から始まった。看護婦さんが私の下着を下ろそうとした瞬間、「きゃあ、岡部さんどうしたのこれ」とびっくりしている。私の下着が真紫になっていたのだ。ははあと私はすぐ合点がいった。夕べ起きたことだ。私は毎晩寝る前に看護婦さんに口内炎の薬とおしりの薬を塗ってもらっていたのだ。出産の時にいきみすぎたために切れてしまったおしりと、度重なる手術ですっかり体力が落ちたために口内炎ができて上下の出入り口が痛かった。夕べ薬を塗ってくれた看護婦さんは初めての人でとても若かったから、見習いの看護婦さんか、新米の看護婦さんだったのかもしれない。要するに、上下の薬を間違えて塗ったというわけである。その朝のベテランの看護婦さんに事の顚末《てんまつ》を話したところ平身低頭謝るものだから、私はかえって恐縮して言った。

「いえ、大丈夫です。食べ物の入り口と出口の薬を間違えただけですから、大勢《たいせい》には影響ないと思いますから気にしないで下さい」

何が大勢なんだか。でもついそう口走ってしまった。もちろん医療には決して許されないミスがたくさんあるだろう。でもこのことはそんな目くじらたてて騒ぐほどのことでもないと私は思ったのだ。それにこのベテランの看護婦さんのからだ拭きは天下一品で、ほんとに丁寧でやさしくて私は大好きだった。何よりも、これだけ誠実に部下のミスを自分のミスのごとく謝ることができるなんて本当にプロだなと私は感心した。プロの仕事は気持ちがいい。この時の看護婦さんとも私は仲良くなった。

私の野心・好奇心・下心

私はこの頃すでに、どうせしばらく入院するんだったら、ここでの生活を楽しもうと思うようになっていた。一番いいのは、看護婦さんやお医者さんと仲良くなることだと思った。看護婦さんには少しずつ仲良しの人ができた。でも問題はお医者さんだ。なんだかいつも忙しそうで、患者と雑談なんかしている暇はないという感じで、無駄話をしていいものかどうか私は様子を窺っていた。

朝の回診の時も、お医者さんはいつも決まったことしか聞いてくれない。

「岡部さん、どうですかあ」

「ええ、まあ、ボチボチです」

なんの脈絡もなく、突然大阪弁で答える私。何がボチボチなんだか。でも、ある時、こう思った。そうか、お医者さんは忙しいだけじゃなく、患者とある一定の距離をおいているんだ！　患者に対するこの絶妙な距離のとり方というのは、患者の心や人生に巻き込まれないための〝職業的距離〟なのだろう。実際、この脳外科の病棟、それも個室の患者というのは、みんな生きるか死ぬかの重病患者だ。難病、重病の患者たちには、一度口を開いたら語り尽くせぬほどの人生の物語があるはずだし、一人の人の話を聞いてあげたら、他の人の話だって聞いてあげなければならなくなる。お医者さんも人間だ。ストレスになるようなことは避けたいだろう。それじゃなくても医師の仕事は想像を絶するほどの激務なのだろうから。

でも患者は不安だから本当はいっぱい話したいし、聞いてほしいと思っている。けれどお医者さんの方はできるだけ患者の心や人生には触れたくないのだろう。人の話を心から聴くというのは、時間だけでなく大変な忍耐力と包容力と愛が必要だから。

それでも私は、自分の主治医に対してはコミュニケーションの可能性を感じていた。口数が少なく少し無愛想だけれども、目に誠実さが表れていて、存在そのものから温かいものがあふれていた。先生の白衣の下に人間くささと、素朴なやさしさのようなものを私は感じ取っていた。

ドラえもんを細面にしてインテリにしたような感じのそのお医者さんからあふれている雰囲気は心地よかった。でも一番気に入っていたのはこの先生の声だった。すごく私の好きな声だった。私は人の声にかなり反応する。その人の声が私にとって心地いいと、たいてい存在そのものも心地いいと感じたからだ。声って、からだという楽器が鳴らす音色のようだ。私が好きだなと感じる楽器の音色は、存在の心地よさを教えてくれた。

私の好きな声を持つこの先生ともっと仲良くなりたい、もっと近づきたいと、私は下心と野心で満々だった。先生と清く、正しく、一線を越える。これが私の新しい挑戦になった。ちょっと年下だったので気分的には楽だ。もしかしたらいけるんじゃないかと勝利への予感があった。私は毎朝起きるとまず、先生を笑わせるネタを考えていた。ネタは新鮮で楽しいものと決めていた。

先生、私、死んでる暇なんかありません！

ある朝のこと。

「先生、私は、危うく鮭《さけ》の産卵になるところでしたね」

「エッ、鮭の産卵？」

「ええ、だって鮭は川で生まれて、大海で泳ぎ、子孫を残す時期が来ると自分の生まれた川に戻ってきて、卵産んですぐ死んじゃうじゃないですか。でも私は鮭じゃないから、子供産んだから、はいって死ぬわけにはいかないでしょ。子育ての仕事が待っているんですもの。先生、私、死んでる暇ないんです、やることいっぱいあって」

「ああ、死んでる暇ないって、いいねえ。このフレーズ使わせてもらおう。落ち込んでいる患者さんに言ったら、効き目ありそうだな」

先生が笑ってくれた。あ、やっぱりいい男！　出し惜しみしないで、その笑顔をもっと患者たちに見せてくれたっていいのに。宝の持ち腐れだ。メスさばきと同様、お医者さんや看護婦さんの「笑顔」と「やさしい励ましの言葉」は、患者にとっては、何よりの元気の素《もと》、効果てきめんの心の薬みたいなものだと私は思う。

またあくる日。「先生、病気はストレスとすごく関係が深いんでしょう？　昔、ストレス学説で有名なカナダのハンス・セリエ医師の書いた本を読んでいて、むずかしいことは忘れたけれど、確か心とからだはつながっていて、ストレスが発病の引き金を引くって書いてありました。そして病気は、その人のからだの一番弱い部分に出るって書いてあったのを覚えているんです。てことは、私のからだの中で一番弱いところは頭だったんですね。いやあ、これを知ったら、私、急に気が楽になりました。頭が弱いくせに頭ばかりを使う仕事をしていたから、私の頭は〝もう限界！〟って悲鳴をあげたんですね、きっと」

先生は笑って、

「岡部さんは、ほんとに明るいねえ。昔から、そんなに明るかったんですか？」

「はい、便所の百ワットって、昔からよく言われてきました」

「その明るさは病気を治す力になりますよ」と言ってくれた。

こんな会話を朝の回診の時の数分間にするようになったら、あの素敵だけど愛想のなかった先生が、ドアを開けて入って来る瞬間から笑いながら入ってくるようになったのだ。「ヤッター！」と思った。すごい快感！

人生という、宇宙でたったひとつの物語

寝ている以外に何もすることができなかった私は、ある日、ふと自分の半生を映画でも観ているように見てみた。私の空想癖がこんな時にはとても役に立つ。人はみな、自分の人生の物語を生きているのだとしたら、自分が主人公の映画を一観客として見たらどう思うのだろうと突然思ってし

まったのだ。

私の人生の映画は少なくともあくびが出るほど退屈で、金返せ！　と思うような映画ではなかった。ストーリーも山あり谷ありどん底ありで、けっこう起伏に富んでいる。涙あり、笑いあり、ロマンありで、なかなかネタはバラエティに富んでいる。主人公はかなりはちゃめちゃなヒンシュク者のキャラクターだがけっこう面白い。

そしてなんといっても配役がいい。主人公の人生に深く関わってくる人たちの多彩な個性。どの人も主役を食ってしまうほどの味がある。みんな、世界に二人といない、二人もいたら困る、迷惑だというくらいユニークだ。しかし恐ろしいのは、そろいもそろってみな自分は「フツーで平凡でまっとうな常識人間」だと心底思っているところだ。個性派を自任している人より、自分がいかに変わっていて、面白い人間かということに、まったく無自覚な人ほど味わいがあって私は好きだ。そして、ちゃんと主人公をいじめる奴、泣かせる奴、困らせる奴、怒らせる奴、鍛える奴もいる。いい人ばかりじゃ面白くないわけだから、悪役も必要だ。こうしてみるとキャスティングはかなりイケてると思う。

考えてみれば、私の人生に深く関わっている人というのは、その人自身が主人公の映画の中では、今度は私自身が何らかの役柄、ポジションで出演しているのだ。相当に傍《はた》迷惑な役柄だったり、妙に濃いポジショニングをしている人の物語もありそうだ。願わくは、いい味を出している役者になりたいと思う。どうせ出演しているのならその人の映画を面白くする役どころで活躍したい。

しかし、こんな深刻な状況でよくもこんなアホなこと思いつくものだ。でも楽しい。へたなテレビなんかより、私の空想の方がずっと面白い。なにしろ寝たきりの私にできることは限られていたから、使えるものはなんでも使えという感じだった。

でも考えてみれば、これって単なる暇つぶしの絵空事なんかじゃないと思った。実際、自分がこの世に生まれたということ以上の奇跡なんかないわけだし、その奇跡の人が生きて、死んでいくわけだから、一人ひとりの人生というのは、「この宇宙でたった一つの映画であり、魂の物語であり、いのちの歌なんだ！」と、突然思えたのだ。

この発見は私の心を躍らせた。人はみな生まれるべくして生まれるんだ！　この宇宙に望まれたからこそ、人は生まれるのだと、私は発作的に確信してしまったのだ。思えば私は今までずっと自分の人生の意味を探してきた。なんのために自分が生まれたのかがわからなかったからだ。考えても考えても、わからなかった。だから、自然に「人生には意味なんかなく、自分の人生を意味あるものにするために、自分はどう生きるかしかないんだ」と思うようになった。

しかし、初めて自分の人生を「魂の物語」として見てみて、また少し違う視点が出てきた。もし一人ひとりの人生の旅がこの宇宙でたったひとつの映画であり、一冊の小説だとしたら、人はみな自分の「人生のテーマ」を持って生まれてくるのではないだろうかと思えたのだ。人生の旅は、ただただ無秩序な出来事の集積なんかじゃないんだという確信は、私にある感覚をもたらしてくれた。それは、私というかけがえのない人間が生きるための理由があるという発見。私がここにいる理由を宇宙は知っているという感覚だった。

でも、私の人生の物語の基本的な筋をどうやって見つけていけばいいのだろう。筋の焦点になるものとは何なのだろう。私にはまだ、自分の人生の役割や使命も、物語のテーマもさっぱりわからない。もしこれで私の人生が終わってしまうのだとしたら、私の人生ってなんだったのだろう。とてもじゃないけれど、これで終わりなんて私は納得できない。

しかしこんなふうに考えてみると、それぞれの人の「魂の物語」「宇宙でたったひとつの映画」をどんなものにしていくのかは、本当に主人公である自分次第なんだなあと改めて思ってワクワクしてきた。これまでの半生を映画で観る限り、少なくとも私はちゃんと自分の人生の主人公として生きてきたと思えた。全然かっこよくも素晴らしくもない。むしろ、あっちにぶつかり、こっちにぶつかり、ドジと失敗と懺悔《ざんげ》だらけだ。

けれどこの主人公は自分の人生を人任せにしていない。迷いつつ、混乱しつつもどうにかこうにか自分の人生を引き受けながら生きている。この主人公は人格的にはかなり変でアブナイが、すごく面白い人生を生きている。私はもっと続きが見たい。この後、主人公がどんな人生を生きていくのかすごく興味がある。

自分の足で歩ける！

ある朝、先生から「明日から歩く練習をしましょうか。ほんとによくここまで回復しましたね。

岡部さんの生きようとする前向きな姿勢はすごいねえ。全然病人らしくないもんなあ。珍しいですよ、こういう患者さんは」。先生はなんだか珍獣をほめたたえるような言い方でねぎらいの言葉をかけてくれた。ああ、でも本当にうれしい！　やっと歩けるんだ。歩けるようになったら、小児科まであの子に会いに行ける。もう寝たきりの生活はうんざりだ。早くからだを動かしたい！

翌朝ベッドを下りて一歩を踏み出してみた。ガタガタッとその場にへたりこんでしまった。一歩も踏み出せない。力が入らない。歩くってどうするんだっけ？　僅《わず》か一ヵ月半寝たきりになっただけでこんなに筋力って衰えるものなの？　小脳は運動機能に関係するといっていたから足に後遺症が出たのだろうか？　私は歩けなくなってしまったのだろうか？　あまりのショックでしばし呆然《ぼうぜん》としていた。自分のからだじゃないみたいだった。

毎日、部屋の中を歩く練習をした。手すりにつかまらずに一〇歩進めるまで二、三日かかった。床が碁盤の目になっていたので線の通りに真っ直ぐ歩く練習を毎日した。まっすぐ歩くのは至難の業だった。フラフラしてしまう。重心が定まらない。

私はふと、一体何を学ぶためにこんな体験をさせられているのだろうと思った。言語を絶する肉体的、心理的苦痛、自分の死に直面するという体験、自分で自分のことが何ひとつできないからだになるという体験、リハビリに励む体験、親子が離れ離れに切り離される体験。

この瞬間、私はとても不思議な感覚を覚えた。私は、自分がこの体験をたまたま偶然しているというより、はっきりと「体験させられている」と感じていたからだ。これは確かな実感だった。もちろん最初は、突然降ってきた災難に、なぜ私がこんな目にあわなければならないのかと被害者意識のかたまりになっていた。

しかし、入院生活を経るうちにだんだん受け止め方が変わってきたのだ。そういえば、この感覚は二度目だった。私と夫は偶然一〇年ぶりの再会をして結婚したのだけれど、あの再会も、たまたま偶然に再会したというよりも、「また出会わされた」という感覚があったのだ。こういう感覚は、それまでの人生では感じたことがなかった。何か、私の思いや意志や計画ではないところで、もっと大きな力が私の人生に働いているという感覚と言ったらいいだろうか。

私はきっと何かを学ぶために、何かに心底気づくためにこの体験をさせられているのかもしれない。ここで体験した次々とやってくる拷問のような痛み苦しみ。私はここまでの体験をしなければ人に自分の弱さを見せられなくなっていたし、人にSOSを出す方法もわからなくなっていたのだ。このことはすでに頭のレベルでは気づいてはいた。しかし頭のレベルではなく、からだと心でわかるように、これでもかこれでもかと耐えがたい痛み苦しみの経験をさせられているのだと思った。まるでからだがいのちがけで、自分の今までの生き方を変えさせようとしているみたいだった。

「つらい、苦しい、痛い、もういやだ、疲れた、悲しい、淋しい、もう限界、助けて」

私はこんな言葉を吐いてしまったら最後、かろうじて自分を支えていた細い柱がポキッと折れ、自分がこわれてしまいそうですごくこわかった。一体そんなにしてまで守ろうとしていた自分って何なのだろう。ちっぽけなプライドを必死になって守ろうとしていたのだろうか。自分の弱さを認めることがそんなにいやなのだろうか。

　私は自分の弱さを克服して強い人間になりたいとずっと思っていた。強い人間になりさえすれば、淋しさを何かで埋めようとしたり、ちょっとしたことで傷ついたり、人に何か言われてすぐ落ち込んだり、人からどう思われるのかを気にしたり、批判されて打ちのめされてしまうことなどなくなると思っていた。強くなることでどうしようもなくちっぽけな自分、小さい自分を超えられるのではないかと思っていた。強い人間になれば、もっと自分に自信が持てるのではないか、ゆるぎない自分を生きられるのではないかと思っていたのにいつまでたってもそんな自分にはなれなかった。自分の弱さを認められずに、強くなろうとしていた私は、人生を、自分を、どこかで取り違えてしまったのだ。

　この状況は、私に何か大切なことを教えようとしているのだと思った。

「できないこと、やりたくないことに対してはちゃんとノーを言うこと。我慢、無理をしないこと。疲れたら休むこと。自分の弱さを認めること。人に支えられて生きているということに気づくこと。自分の痛みや、本音に気づくこと。感謝すること。人の心の痛みや弱者の痛みがわかること。甘えていい時も、頼っていい時もあるのだということ。なんでも自分でしようと思わないで人に協力を仰ぐこと。人と助け合って生きること。人生の大きな川の流れに身をまかすこと、流れに従うこと」

　これらは全部、私に欠けていたことであり、不得手なことだった。いろいろなプライドや意地、妙な根性や信念や頑固さが邪魔して、私は力を抜くこと、流れに身を任せること、受け取ること、甘えること、降りること、謝ること、委ねることが本当にヘタだった。それに自分と状況をいつもコントロールしようとしてきた。もちろん気づいたからといって、ぱっと私という人間が変わるわけではないと思うけれど、少なくとも今まで全く無意識、無自覚にしていたことをこれからは気づいた時に軌道修正すればいいんだと思えただけで、少しだけ心に余裕がもてた。

脳外科から小児科までの廊下を一歩、一歩、その歩みを確かめながらゆっくりゆっくり歩いていたら涙がポロポロ流れてきた。私はこれほどまでの痛み、苦しみを経験しなければ自分を変えることができない人間だったのだ。

でも死ぬかもしれないという状況から、今こうして歩けるようになるまで回復したんだから、私もよくがんばったと思う。がんばるのはもうたくさんと思ったけれど、やっぱりがんばらなきゃ越えられない時もある。私は今こうして、あの子に会うために自分の足で歩いて小児科に向かっているのだ。自分の足で歩けることがこんなにうれしいなんて。

やっと我が子にご対面！

健康な人であれば五分もかからない小児科までの道のりだったが、十五分くらいかかってやっと小児科に着いた。我が子はゆりかごの中でスヤスヤ眠っていた。ＥＴみたいにやせ細っていた子がまあるくなって本当に赤ちゃんという感じになっていた。かわいいなあ。すごくかわいいじゃん、私の赤ちゃん！　世界でたったひとりの私のこどもだ。「おーい、わたしのこどもー！」

それにしても、この子はこの子で大変だったんだなあ。お腹の中で死にかけて、生まれてからもまだ危なくて、未熟児保育を受けながらこの子なりに一生懸命生きようとしていたのだ。母親に一度も抱かれることもなく、母親がどこにいるのかもわからずにひとり、保育器の中にいたのだから。

窓ガラス越しにコンコンとたたいたら、息子が目を開けて、私を見てニコッと笑ってくれた。私の顔は知らないはずだから、もしかしたらガラスをたたく音に反応して顔をクシャげただけかもしれない。でも私には、私をお母さんと認めて笑ってくれたように思えた。うれしかった。どれだけこの子に会いたかっただろう。どんなにこの子を抱きしめたかっただろう。私は、息子の誕生とともにもう一度いのちをいただいたように思った。息子の誕生日は私の「もうひとつの誕生日」になった。きっと毎年桜の季節になったら、私はこの新しい誕生日のことを思い出すのだろう。

歩行のリハビリは目標があったから楽しんでやれた。脳外科と小児科のちょうど中間地点に渡り廊下があった。夕方我が子に会いに行った帰りに、そこで外の世界を見ることが私の毎日の楽しみになった。仕事を終えた看護婦さんたちが小走りに駆けて行く。もうすっかりお母さんの顔、主婦の顔になっている。頭の中はきっと「今晩のおかず何にしよう！」だろう。一路スーパーへという感じだ。これだけ大変な仕事をこなし家の仕事もして、本当に看護婦さんってスーパーマンだと思う。

それにしてもこんな青天の霹靂《へきれき》みたいなことを経験すると、何も起こらない平凡な日常というのは本当はすごいことなんだなと思う。病院という社会から隔離された所に長くいて窓から日常の光景を見ると、その懐かしさといとおしさに涙が出てくる。

「もう一度あの日常に戻りたい！」と心の底から思った。当たり前のことなんか何もないんだということに痛烈に気づかされる。

深い一日

「総合病院で産もう！」という直感は本当に正しかった。もし個人の産院で出産していたら間違いなく私は死んでいただろう。発作が起きたのは日曜日だった。きっと個人の産院で今回のことが起きたら、あちこちの病院をたらい回しにされているうちにきっといのち尽きていたと思う。

本当に直感というのは天からの助け、導きなのだと思った。日曜日の総合病院は医師の少ない日だけれど、幸運だったのは脳外科に緊急入院する患者が来るということで、医師がその日に病院で待機していたことだ。ところが救急車でやってきたその患者より、私の方が一刻を争う状況だったため、先に緊急開頭手術をしていただけたのだ。本当に何か大きなものに守られてすべてが進行していったように思える。

ある朝、看護婦さんから「明日からは大部屋に移ります」ということを聞かされた。確実にいのちの危機は乗り越えたようだ。産婦人科の四人部屋から始まった病院生活は、脳外科の個室経由で、終点は、脳外科の四人部屋だ。なんだかとても新鮮、人がいるということが。

ベッドで上半身を起こし、同室の人に挨拶《あいさつ》をした。斜め向かいの高校生の女の子が「おばさんは何の病気？」と突然私に聞いた。「お、おばさん！」瞬間、私の上半身は顔ごと後ろを向いた。後ろが壁であることは知っていた。当然おばさんなどいない。が、からだが瞬時に拒絶したのだ、「おばさん！」という呼びかけを。

私は独身生活が長かったため、今までおばさんと呼ばれるような生活環境で生きてこなかった。甥《おい》っ子にも「明美お姉ちゃん」と小さい頃から半ば強制的に呼ばせていたので、私は安全地帯で今まで生きてこられたのだ。その高校生の女の子に「あなたに、おばさんなんて言われる筋合いはありません！」と言うのもなんだかムキになっているみたいで大人気ない。でもこのまま、おめおめとおばさん呼ばわりされるのもしゃくにさわる。

しかし、この娘はさらに私に追い討ちをかけるのだった。なんと、うちの父が見舞いに来て帰った後、「あの人がダンナさん？」と聞くではないか。な、なにー！　なんであんなじいさんが私のダンナなわけ？　あんまりじゃないの！　父は若い頃はハンサムだったけれど、今はどこにでもいるただのじいさんである。そんなに私はおばあさんに見えるのだろうか。ものすごいショック！　うーん、でも確かにこの坊主頭で下膨れのルックスは瀬戸内寂聴さん風かもしれない。しかし、なんたる落差だろう。個室にいた時には哲学的命題に向き合っていたのに、大部屋に移ったとたん、一気に私は世間と向き合うはめになってしまった。世間は無法地帯であることを私は久しく忘れていた。

大部屋生活も慣れてきた頃に、「いよいよ、来週は退院です」と告げられた。ヤッホー！ とうとう退院できるんだ。信じられない。本当に回復したんだ、生還したんだ、私。

僅か二ヵ月余りの入院生活とはいえ、私にとっては、二年分くらいの時間を生きた気がした。退院の朝。夫が病室に入って来た。私は、誇らしげに言った。

「ヘッヘッヘッ。なんだか、ムショを出る高倉健みたいな気分だね」

「ほんとにおめでたいよなあ、お前は。でもまあ、それだから、こんなに元気になったんだろうしな」と、夫は明るくあきれていた。

坊主頭にポヨポヨの毛が少しはえて来た程度の頭だったので、退院ファッションとして洋服に合うスカーフを持ってきてもらった。仲良くなった看護婦さんが「もう、ここには戻ってこないようにね。ストレスをためないようにして、栄養のバランスに気をつけて。もうあまり無理しないようにね」とやさしい笑顔で言ってくれた。ありがとう。あなたの笑顔、私は一生忘れない。

本当にもう二度と戻りたくない、もう二度と味わいたくないと思った、この体験だけは。病院を出たら思わずスキップしてしまった。スキップが出るなんてすごい。スキップってまるでいのちのダンスみたい。いのちが喜ぶと自然にスキップが出るんだ、子供みたいに。

道路に出たら、トラックやダンプカーに恐怖を覚えた。車も人も異様な速さだ。どうしてみんなこんなに急いでいるのだろう。なんだか世の中の人がみんな怒っているみたいに思えた。

病院から歩いて十分ぐらいのところにある夫の実家に着いた。義母、義父が、満面の笑みを浮かべて玄関に迎えてくれた。ガーデニングが趣味の義父が手入れしている庭には季節の草花が美しく咲き乱れていた。ほっとした。焦がれるほど待ち望んでいた暮らしの匂いがした。赤ちゃんを抱いて縁側で空を眺めていたら涙がとめどなく流れてきた。この子を残して逝かなくて本当によかった。これから家族三人の生活が始まる。

何かが終わったんだな、私の中で、と思った。だから始まったのだ。それにしても大人になってからの「終了式」はなんでこうも心が痛かったり、からだが痛かったりするんだろう。今回のは最大級、エベレストクラスの痛みだったから、それだけ余分なものもいっぱい落ちたのだろうか。そうだったらいいのだけれど。

でも痛い思いをしただけのことはあった。今までの人生で、一日一日をこんなにも深く生きたことなどなかったもの。生きているということが、ただそれだけでうれしくてたまらない、そんな人生を生きたのなんか初めてだった。庭に咲いている季節の花々が、みな一様に太陽に顔を向けていた。その素直さ、まっすぐさがいとおしかった。

第3章 新しい日々の中で

愛する人がいても、打ち込める仕事があっても、いろいろなことに満たされているはずの時でさえ、ふと訪れるこの淋しさは、一体どこからくるものなのだろう。

なぜ私は生きていることが、こんなに悲しくて悲しくて仕方がないのだろう。ここを見だすと底なし沼にひきずりこまれるような不安と恐怖が出てくるので、できるだけ見ないようにしてきた。日常を生きるには見ないほうがいいものだと思っていた。

それでも、この心のブラックホールは誰かによって、何かによって満たされるといった類のものではないらしいということだけは、人生を半分程生きてきてやっとわかってきた。

＊　＊

私は、おそらく心の深い部分では、〝善悪の彼岸〟にある、美しきもの、貴きもの、聖なるもの、平安なるものを求めて生きているのだと思う。

私はきっとそこに辿り着きたくて生きている。しかし、そこに辿り着くまでに、私はどれだけの愚かさを重ねていくのだろうか。

迷いや失敗、罪や無軌道や裏切りでさえ、そこに辿り着くために通らなければならない道だったなんて思える日がいつか来るのだろうか。

小さくて、柔らかくて、繊細ないのち

部屋の空気と匂いが変わった。赤ちゃんのいる暮らしは、不思議なやわらかさがあった。初めて経験する子育ては、毎日が二十四時間営業。朝から晩まで、ミルクとおしっことウンチの世話に明け暮れてヘトヘトになっていたけれど、この新しい空気と匂いに救われていた。

それにしても、私はそんなに心配性の人間ではないのに母親になったとたんに人並みに心配性になったのには自分でも驚いた。新米の母親というのは、なんでもないようなことでもすぐ不安になるのだ。たとえば、息子が寝息もたてないで、あんまりスヤスヤと眠っていると、もしかしたら死んでいるんじゃないだろうかと心配になって、心臓に耳をやったり、寝息を確かめたり。小さくて、柔らかくて、繊細ないのちは、完璧に守ってあげないとすぐにもこわれてしまいそうで不安だった。誰かをいのちがけで守り抜きたいという気持ちは、生まれて初めての感情だった。

息子が夜泣きしたらおんぶして、暗い部屋の中をグルグル歩き回った。そろそろ寝たかなと思って下ろすと、すぐまた泣く。どうしたもんかなあと思っていた時に、ふと、ラッコの親子の映像が浮かんできたのであのスタイルをとってみた。私の上にうつぶせにすると安心するみたいで、じきにスヤスヤと寝息をたてた。頃合いを見て、そーっと下ろす。早すぎるとすぐ目を覚ましてまたフンギャアと泣く。私は慌てて再び息子をお腹の上に乗せる。その繰り返し。なんだか私は、ラッコのお母さんになったような気分だった。

しかし、夜中の三時間おきの授乳のきつさ。睡眠が断続的に切られることがこんなにしんどいとは。母乳を与えることができれば横になったまま授乳ができるのだけれど、私は〝母乳禁止〟だったので台所に行ってミルクを作った。ボウルに張った流し水でミルクを人肌の温度まで冷ます。お燗《かん》も人肌、ミルクも人肌か。人の肌の温度って一番心地いい温度なんだなあ。

ただ、脳の手術後、右手に後遺症が出ていた私にとって、授乳はけっこう大変な仕事だった。というのは、右手に常時しびれがあって手が震えたからだ。入院中よりも名古屋に戻ってきてからの方が症状がひどくなってきた。正座で足がしびれた時のような不快感が常に右手にあったのでかなりつらかった。包丁を持ったり、赤ちゃんを抱いたりするのは渾身《こんしん》の力をこめればなんとかできたけれど、字を書こうとした時に右手が震えて書けなかった時はものすごいショックを受けた。私はもう二度と文章を書く仕事はできないのかもしれないと思った。息子にミルクを飲ませる時も哺乳《ほにゅう》瓶を持つ右手が震えるため、吸い口がうまく口に入らない。うまく入っても左右に小刻みに震えるので、息子はそれを不快に感じて泣く。仕方がないから、息子を寝かせたまま、振るえる右手首を左手で押さえながら授乳していた。夫に言えば夜中の授乳も手伝ってくれたとは思うけど、夫の仕事がどれだけ大変なのかもわかっていたので言い出せなかった。あの病気のメッセージの一つは、「人にSOSを出すこと」「ひとりでがんばらないこと」だったけれど、朝七時半に家を出て行って、夜十一時過ぎ頃に帰って来るほど仕事が忙しい夫に、夜中に起きて授乳を手伝ってくれとはさすがに言えなかった。それに、夫とは寝室を別にしてもらっていたのだ。夫は「家の中くらい、帽子をとればいいのに」と言ってくれたけれど、この坊主頭を日常的に夫の前でさらしておくことは、私自身がいやだったのだ。丸坊主の時は、見ようによっては、一休さんみたいでユーモラスだったかもしれないけれど、ポヨポヨの毛が少し生えてきた程度の時というのは一番かっこ悪かった。なんとなく岡部二等兵という感じだった。それで、寝る時くらいは帽子を取りたかったので寝室を別にしてもらったのだ。

赤ちゃんの入浴も一人では大変だったので、夫が帰宅してから入れてもらい、終わったら私がバスタオルを広げて待っていて、息子を受け取り着替えをさせるという連携プレー。お風呂上りの赤ちゃんというのは最高の笑顔で、見ているだけで幸せだった。

夫と息子の後は私の入浴タイム。この時間だけが唯一のひとりの時間だったので、ほっと息が抜けた。ひとりになる時間は、人間には絶対必要なんだと痛感した。私の今の欲求は、ほんとにささやかな欲求だった。一番の欲求は「朝までノンストップで熟睡したい！」ということ。次は、一日一時間でいいから「自分の時間が欲しい」ということだった。

私は、地域にまだ誰も友だちがいなかったので毎日ひとりで孤独な育児をしていた。親は離れていたし、夫は毎日の帰宅が十一時過ぎだし、一日中誰ともしゃべらないで狭い部屋の中で赤ちゃんとだけ向き合っていた。息子が何をやっても泣きやまない時など本当に途方に暮れた。ミルクをあげても、オムツを替えても、抱っこしても、火がついたように泣いている。「何が欲しいの？」「何がいやなの？」「どうしてほしいの？」と聞いても、ただ泣き続けるばかり。

しまいには、どうしていいかわからなくなって、私も一緒になって泣いていた。慣れない子育ての不安は、育児書、育児雑誌が頼みの綱。これでいいのだろうか、こういう時はどうすればいいんだろうと毎日、右往左往しながら孤軍奮闘していた。不自由な右手をなだめながら、毎日が火事場の馬鹿力の日々だった。

無人公園ジプシーの日々

孤独な子育てから解放されるためには、子育て中のお母さんたちが集まる公園に行って友だちを作るのが一番いいのはわかっていた。でも私は、公園デビューの日を決めていたのだ。首の付け根まである後頭部を切開された傷が隠れるくらいまで髪が伸びたら公園に行こうと。今公園に行けば、毎日帽子やスカーフをかぶってくる私が、オシャレでかぶっているのではなく、頭を隠すためにかぶってきていることがわかるだろう。私は自分の病気のことを人に知られたくなかったのだ。

私は、手術後初めて、後頭部から首の付け根まである傷に手で触れた時、ゾッとした。傷が異様に盛り上がっていたからだ。私はこの傷を人に見られるのはイヤだと思った。お腹や頭のメスの傷跡も、髪がないことも、水頭症治療のために開けられた側頭部の二つの陥没した穴も人には知られたくなかった。とにかく私は、人の視線が私の頭に向かうのがいやだったから、ひとりぼっちの子育てがどんなに淋《さび》しくても、まだ公園には行きたくなかった。私は、もうあの闘病体験は忘れたかったのだ。どんなにおめでたいことをいっぱいやった入院生活であろうと、あの痛み、苦しみ、死の恐怖は、二度と思い出したくない。記憶から抹殺したいほどの悪夢だった。

私は、毎日息子をバギーに乗せて、誰もいない公園をまるでジプシーのように渡り歩いていた。私が住んでいた場所は巨大なニュータウンだったので無人公園がいっぱいあった。お母さんたちが集まっている公園を避けるようにして、無人公園に直行した。出かける時はちゃんとお化粧をして、洋服に似合う帽子やスカーフを選び、マニキュアもした。無人公園に行くのだから、誰に見せるわけでもないのだけれど、自分にかまわなくなっていくのがいやだったし、外に行くというのは気持ちのいい緊張感があったからちゃんとした格好をして気分転換したかった。

この辺にはいくつもの無人公園だけではなく、小さな雑木林や、だだっ広い原っぱもあった。ある日、原っぱの箱ブランコに乗りながら、息子と二人ゆらゆら揺れている時に「あっ」と思った。私はこの原っぱをずっと「広いだけで何もない場所」と感じていたと気づいた瞬間ドキッとしたのだ。私はなんて退屈な大人になってしまったんだろうと思った。子供の頃、私はこんな原っぱで何時間でも遊んでいたし、毎日何かしら発見して喜んでいたのに。遊びなんか無尽蔵にあった。白つめ草で首飾りを作ったり、トンボにあげる露草を集めたり、草や花を搾って色水を作ったり、アリ地獄を飽きもせずに眺めていた。登って下さいと言わんばかりの木にはもれなく登っていたし。

私は、何もない広い空間にとてつもない開放感と自由を感じていた。ヒヤッとするほど冷たく黒光りする鉄棒も好きだった。鉄棒を逆手《さかて》に握って、思いっきり地面を蹴《け》って逆上がり。周囲の世界がくるりと反転。一瞬にして、別世界。景色を逆さまに見ることが好きで、よく両膝《りょうひざ》で鉄棒にぶらさがって、手をぶらぶら揺らしながら逆さまの世界を楽しんでいた。鉄棒がない所では、地面に立ったまま両足の間に顔を下ろして空を見上げる。空が降ってくるようだった。

目線の高さを変える、近づいて見る、掘ってみる、触れてみる、登ってみる――ありふれた日常の光景は、たったそれだけで新鮮な世界に変わった。世界は、私の目線で変わる。私の関わり方で全く違う表情を見せてくれる。大切なのは、自分の目線と関わり方だった。

今まで脇道を通り過ぎるだけだった雑木林に急に入りたくなった。息子をおんぶして雑木林の道なき道を歩く。カサカサと鳴る落ち葉を踏みながら小さな探検者になった気分。どんぐりがいっぱい落ちていた。どんぐりって不思議だ。つい拾いたくなる。そうだ錐《きり》で穴をあけて、爪楊枝《つまようじ》を刺してコマを作ろう。画用紙と竹串《たけぐし》を使えば四輪車も作れる。クレヨンで色も塗ってみよう。息子が喜びそうだ。両ポケットにいっぱいどんぐりを詰めて、なんだかすごく幸せな気分で家路を急いだ。

もう限界だ！

病院に薬をもらいに行く日が来た。今日は思い切って先生に聞こうと思っていることがあった。手術をした千葉の病院で、脳のＣＴ写真を添えて紹介状を書いてもらったその病院では、右手のしびれを取る薬を定期的にもらいながら、再発していないかどうかを調べるために、年一回のＣＴ検査を五年間受けることになっていた。まだ一年たっていなかったので、薬をもらうためだけにこの病院に通っていた。

医師に尋ねてみた。

「先生、もう五ヵ月もこの薬を飲んでいるんですが、しびれが一向に取れないんです。どのくらい飲み続けていれば、楽になってくるのでしょうか」

するとと先生は、明らかに不快感を顔に表してこう言った。

「そんなのはわからないよ。一年で治る人もいれば、一生治らない人もいるし。いのちを助けてもらったんだから、しびれくらいたいしたことじゃないでしょ。後遺症がこの程度で済んだことをありがたいとは思えないの？」

ブチッ！　頭の中でこっそり私は切れた。顔には出さなかったけれど。

「わかった。もういい。自分で治す!!」と、私は心の中で決心した。確かにこの医師が言う通り、一年で治る人もいれば、一生治らない人もいるのだろう。でも、たとえそれが事実であったとして、〝この言い方はないんじゃないの！〟と、私は思ったのだ。病人や弱者に対して、こんな傲慢《ごうまん》な態度で接する医師を私はとても「お医者さん」なんて言う気になれない。「Dr・ゴーマン」とでも呼びたいくらいだ。実際、この医師にとっては、たかが右手のしびれであっても、本当にこの不快感はつらかったし、家事や育児をする上でとても不自由だったのだ。それに物を書く仕事もしていたから、せめて字が書ける程度までは回復したかった。しかし、今にして思えば、Dr・ゴーマンのお陰で「自分で治そう！」と決心できたのだから、ほんとは感謝しなければいけない人なのだ。とにかく、自分で治そうと決めたら、いろいろな情報が目に飛び込んでくるようになったのだ。

本屋に行ったら、まず気功の本が目についた。気功なんて今まで全く興味がなかったし、ブルース・リーの「アチョー!」というカンフーとの区別もつかないくらいに無知だった。でもこの日は、なんとなくピンと来るものがあったので本を買い、ビデオも借りて見よう見まねでやってみることにした。しかし、最初のうちはやはり半信半疑。せっかちで、結果がすぐ欲しい私としては、こんなものが本当に効くのだろうかと思いながらの〝気功もどき〟の日々であった。

ところがしばらく続けていると、からだがだんだん楽になっていくのが実感できたのだ。気持ちがいいと思えるようになったのである。すぐにしびれがとれるわけではなかったけれど、からだが楽になって、気持ちがいいと感じるものは、もしかしたら続けていけば効果が少しずつ現れてくるものなのかもしれないと思えた。

またある日、息子をバギーに乗せて散歩していると、住宅街の中にある普通の一軒家に「カイロプラクティック・指圧・マッサージ」の看板が出ているのを見つけた。ここは今までも何度か通った散歩道なのにそれまではこんな看板があったということすら気づかなかった。思い切って玄関のベルを鳴らしてみた。とても感じのいい年配の女性が出てきた。事情を説明すると「背骨の歪みを矯正して血液やリンパの流れをよくするマッサージを続けていけばきっとしびれは少しずつ治まっていきますよ」と言って下さった。その先生の所に週に一回通うのが楽しみになった。

数ヵ月後、近所に評判のいい鍼灸院《しんきゅう》があることも知り、ここにも週一回通うことにした。鍼灸は初めての経験で、痛いのではないかと最初はビビッていたのだけれど、思ったほど痛くないので、かえってびっくりしたほどだ。なんとなく突然、〝東洋医学系モード〟になってしまったけれど、体験してみるとこれは私に合っているという実感があった。とにかく気持ちがいい。気持ちよさ、心地よさというのは、からだが喜んでいる証拠だから、きっと良くなっていくに違いない。

子供が寝ている時間に家事を済ませ、ダンベル体操、青竹踏み、気功とけっこう忙しかった。その他に、週一回のスイミング、マッサージと鍼灸。息子の離乳食も始まったからさらにやることが多くなった。息子は未熟児で生まれたから同じ月齢の子より一回りは小さかった。保健所の健康診断に行くと、身長も体重も平均値から大きく下回り、「普通・平均値」の枠外のところに、その数値が赤丸で示された。なんか我が子に「貧弱」というレッテルを張られた感じがして悲しくなった。「離乳食はちゃんと食べますか」という言葉にもプレッシャーを感じてしまう。からだの小さい我が子は、当然胃も小さいようで、離乳食もほんの一口、二口食べるのがやっとだった。私だっていっぱい食べて大きくなってほしかったけれど、これがこの子の精一杯なのだ。

私が、息子の離乳食を食べる量が、同じ月齢の子より少ないことに悩んだりするのも他の子より小さい我が子に、大きくなってほしい、人並みであってほしいという思いがあったからだろう。とにかく息子が食べてくれることが、ものすごくうれしいのだ。食べないと、小さい子だけに心配になった。大きくなってほしかった。健康な子に育ってほしかった。

ある日、息子に離乳食を食べさせようと、スプーンを口に入れた瞬間、息子が私の手をパッと払った。離乳食が盛られたスプーンがベチャッと床に落ちた。瞬間、私は息子をピシャッとたたいてしまった。一度手が出たら次々とたたいてしまった。息子は怯《おび》えた目をして泣き叫んでいる。この子がこんな怯えた目をしたのは初めてだった。母親というのは赤ちゃんにとって最大の安心感なのに、その子をこんなに怖がらせてしまったのだ、私のせいで。なんてことをしてしまったのだろう、私は。

ものすごい罪悪感と後悔にさいなまれた。取り返しのつかないことをしてしまったと思った。私は母親失格だ。自分の一瞬の感情で、こんな弱い存在の赤ちゃんをたたいてしまうなんて。息子を抱きしめようとしたのだけれど、息子の目はまだ怯えて涙をいっぱいためていた。私は自己嫌悪で、涙が次から次へと流れて止まらなかった。私を救ってくれたこの子に手をあげるなんて、私はなんて親なのだろう。息子に「ごめんね、ごめんね」と言いながら泣いた。私は、未熟な親だった。

ひとしきり泣いた後にやっと気づいた。私は、ひとりぼっちの子育てがこんなにもつらかったんだ、淋しかったんだ。もう限界だ！　明日から公園に行って友だちをつくろう！

まず美容院に行こうと思った。まだ傷が全部隠れるまで髪は伸びていなかったけれどもうそんなことは大きな問題ではない。傷なんか何年かすれば自然に目立たなくなっていくらしい。この傷を隠し続けたいと思って生きるのは、なんかつらい生き方だ。久しぶりの美容院は天国のようだった。美容院は大好きだ。きれいになるのがうれしいのは勿論のこと、自分を大切にしてもらっている感じがするから。それにしても、シャンプーというのは、自分でやっても気持ちよくないのに、どうして人にしてもらうとこんなに気持ちがいいのだろう。髪を切ってもらっても、肩をもんでもらっても気持ちがいい。人に触れてもらうと気持ちがやさしくなる。人を幸せな気持ちにしてくれる手がある。心をまあるくしてくれる手がある。私の赤ちゃんも、私の手が気持ちいいって感じているのかな。

「私」と「あなた」という関係でつながりたい

「公園デビューの心得十か条」とか「公園デビューにあたってこれだけは知っておこう」みたいな特集が育児雑誌では時々とりあげられていた。そんなにおおげさなものなのだろうかと思って見ていたけれど、実際、明日が公園デビューだと思うと、やはり少し緊張した。

公園といっても、そこは小さな社会の縮図だ。様々な人間模様が織りなすドラマが繰り広げられている日常の中のちょっとした異空間なのだ。私はなんだか転校生の気分だった。果たして友だちができるだろうか。私は受け入れてもらえるだろうか。仲間はずれにされたらつらいなあとか、いろいろ考えてしまう。ある人間関係やグループがすでにできあがっているところに後から入っていくというのはものすごく勇気がいる。人間には、基本的に異質のものを排除するという心理が働くから。この人は、自分たちとは違うと思ったら仲間に入れてもらえないのだ。

いよいよ公園デビューの日。赤ちゃんバッグに哺乳瓶とオムツと濡《ぬ》れティッシュとビニール袋を入れてドキドキしながら公園に向かった。できるだけ早い時間に行こうと思った。たくさんの人の中に後から入っていくよりも、最初にいて、後から来る人に挨拶する方が心理的プレッシャーは少ないはずだ。まさか今まで無人公園ジプシーをしていたとも言えないので、最近引っ越してきたということにしておくつもりだった。入れ替わり、立ち替わり、母親たちはやってきて、延べにすると二十人くらいはこの公園のメンバーのようだった。一ヵ月ほど通ったけれど特に親しくなれた人は一人もいなかった。私は、○○ちゃんのお母さんとして関わり合うのではなくて、「私」と「あなた」という関係性で関わり合える友だちが欲しかった。

しかし、ほどなくして、私より十歳も若い貴ちゃんと仲良くなることができた。私は高齢出産だったから、このくらいの年齢差が普通。どう見ても、この公園のお母さんの中では、私が〝長老〟だった。貴ちゃんとは、互いの家を行き来し、お昼ご飯を代わりばんこにごちそうし合い、本音でいろいろな話ができるようになり、やっと私もここで暮らしていることへの安心感を持てるようになった。他にも何人か親しく話ができる人ができた。親しくなって聞いてみると、新興宗教や○○会といった倫理・道徳・生き方を学ぶ場所に入ってそこで自分の悩みを打ち明けたり、相談にのってもらっていたり、心の支えにしているというお母さんがけっこう多くて驚いた。

貴ちゃんと親しくなったら、貴ちゃんと親しくしていたKさんとも仲良くなっていった。Kさんは、ある新興宗教の熱心な信者だった。Kさんはとても親切な人で本当によく助けてもらった。急な用事の時など、快く子供を預かってくれて面倒を見てくれた。一緒にいても、気を遣っているということを相手に気づかせないような心配りのできる人だった。昼ご飯は、三人の家を順番に回って一緒に食事を楽しんだ。母子を交えて、総勢七人、小さい子供たちの阿鼻《あび》叫喚の中での食事は、昔の田舎の大家族みたいな食卓の風景で私はとても懐かしく、楽しかった。この間までの母子二人の孤独な時間を考えると夢のようだった。あんなこと私はよくやってこられたなあと思った。

昔の子育ては、母親一人の仕事ではなかった。近所の人がみんなで子育てしていた。みんなで助け合わなかったら子育てというのはほんとに大変な仕事だ。今の社会はそれがないから、母親たちがみんな孤独でつらいのだと思う。私は、貴ちゃんやKさんという友だちができたことで、どんなに救われたかわからない。貴ちゃんとはよく「Kさんが、あんなにいい人なのは、やはり信仰を持っているからなのかしらね、私たちとはちょっと違うよね」と話していた。

Kさんは、私の病気のことを知ってから熱心に入信を勧めるようになった。病気というのは「霊障」だから、先祖供養をして毎日お題目を唱えて、祈りの生活をし、カルマを解消して、ここの〝教え〟に従って、自分の徳を高めていけば絶対再発しないというのである。困ったなあ。私の苦手な霊的な世界の言葉が飛び出してきた。私は、Kさん本人は好きだったし、人が信仰を持って生きていることに対しては何も異論はなかった。信仰を持って生きていて人間的に素晴らしい人に出会うと、信仰というのは素晴らしい力を持っているのだと思った。

ただ私自身は、特定の宗教に入るつもりは全くなかったのでKさんにはそう伝えた。しかし、Kさんはめげずに毎日のように入信を勧めてくる。やはり私がそれだけの重い病気をしたので、Kさんとしては本当に私を心配してくれていたのだと思う。善意から言っているということがわかるだけに、私は断り続けることに苦痛を感じ始めていた。悪意というのは、感じたらスタコラサッサと逃げられるからいいけれど、善意に対しては、自分のスタンスを守りながら、気を悪くさせないようにして断らなければならないのでけっこう大変だ。このままでは、この三家族の楽しい食卓や会話、助け合う人間関係までこわれてしまいそうだった。

そんなある日、Kさんは私にこう言った。「岡部さんは、宗教に対してものすごく偏見があるんじゃないかなあ。もっと自由な感じの人に見えたんだけどな」。えーっ、私が感じていること、考えていることって、偏見なのかなあ。私はKさんにこう言われたことで、なぜ特定の宗教に入るつもりはないのか、宗教の何に対して抵抗感があるのか、初めてまともに考えてみた。確かに大好きなKさんに対してここまで頑《かたく》なにNOを言い続けるということは、逆に言えば、そこに自分が大事にしようと思っている何かが潜んでいるのではないかと思えたからだ。

心の深いところにあるブラックホール

私の中には、『出家とその弟子』や『歎異抄《たんにしょう》』を読んで深く親鸞《しんらん》に惹かれていくような自分がいる。老子もすごく好きでタオイズムにはなぜかとても心惹かれる。手塚治虫の『火の鳥』や『ブッダ』、三浦綾子の『氷点』、遠藤周作の『沈黙』にものすごい衝撃を受けた自分。これらの本は全部私の心の同じ琴線に触れたのだと思う。しかし、親鸞に惹かれはしても、浄土真宗には全く興味が向かない。仏陀《ぶつだ》やキリストに惹かれても、キリスト教徒や仏教徒になろうとは思わない。聖書や仏教聖典を読んで感動することはあっても、それは他の本を読んで、共感し、感動を覚えたものと私の中では同じ価値だった。

私の関心はいつも人に向かう。私はただ仏陀やキリスト、親鸞や老子の個人的ファンなのだ。私は限りなく軽薄でミーハーな側面もあるのだけれど、そんな自分のどこかに「真理」や「真実」、「道」といったものを求めている自分がいるというのは十代の頃からすでに知っていた。私は、宗教そのものより、人間の心の最も奥深いところにある〝宗教性〟、あるいは〝スピリチュアリティ〟に関心があるのだと思う。スピリチュアリティは、霊性と訳されることが多いが、私の実感では、宗教的感性、宇宙的感性という言葉の方がしっくりくる。

この宇宙を創造し動かしている偉大なる何者か、宇宙の根源的な実在、永遠の存在。仮にそれを「X」と呼ぶならば、その「X」に対して磁力のように引っ張られてしまう「Little x」が自分の中にいるのだ。私は、その「X」のこと、「X」と「Little x」との関係も知りたかった。この「X」は、古来、宗教が扱ってきた分野、霊的な世界にあるのだろうということはわかっていた。ただ私は、「X」については、宗教よりも、文学や哲学や科学の方からアプローチしたかったのだ。これはあくまでも私の好みだった。

私は物心が付き、いろいろな知識を持つようになってから、宗教に対していろいろな疑問を持つようになった。人間の持つ死の不安と恐怖を救済し、愛や真理を学び、人間性を高め、意識の覚醒を促すための宗教が、なぜ歴史の中でこんなにも大量に人殺しをし、血を流す歴史を延々と繰り返してきたのだろうかと……。神の名のもとに戦争をし、愛の名のもとに人を裁き、罪と罰、天国と地獄という観念を植え付けて人の心を支配してきたのが、人類の精神史、宗教史だったのではないだろうか。私が最も抵抗があったのは、それぞれの宗教が頑なに、自分たちこそが正しい、自分たちの信じる神が唯一絶対の神と思い込んでいる排他性と組織の閉鎖性、閉じた世界観だった。「正義」「唯一」「絶対」「恐怖」「自己防衛」が、最も残虐な攻撃性を内に秘めているということは、宗教戦争を始めとするあらゆる戦争が教えている。もし神がいるのだとしたら、神が最も悲しむことは、人と人が争い、憎しみ合い、殺し合うことではないだろうか。神や正義の名のもとに戦争することなど、どんな大義名分があろうが、本当の目的や理由を、神や正義の名にすりかえてやっているだけだと私は思っていた。

しかし、同時に私は知りたかった。なぜ人類が生まれてこのかた、宗教がこの地球からなくなることが一度もなかったのか。何かを信じずには生きられない人間とは一体何なのか。人間にとって宗教とは何なのか。自分を超えた大いなる存在を信じずにはいられない「人間の心」とは何か。私は、特定の宗教、神、教義には興味はないけれど、その「特定」を超えたところにあるもの、あるいはその共通の大本、根源に対しては、ずっと興味と関心があった。でも、関心はありながらどこかで距離をとっていた。信じるということがまだできなかった。

信じるということは、「何かを絶対だ」と思うことだ。しかし、すべてのものが生々流転しているこの世界で、変わらないもの、絶対のものなんてほんとにあるのかと思っていた。人の心だって変わってしまう。私だって変わり続けているのだ。何もかもが過ぎ去り、とどまるものなど何ひとつなくて、すべてが終わってしまう、消えてしまうこの世の諸行無常……。だからこそ人は、変わらないもの、絶対なるもの、永久《とわ》のものを求めているに過ぎないのではないか。「永遠という幻想」を持たなければ生きていけないほど、人は愛を失うことを恐れ、死を恐れている、か弱き存在なのではないかと思っていた。

永遠、普遍、絶対なるものを信じて生きていくことができれば幸せかもしれない。私だって本当は信じたいのだ。でも私は、誰かから「これを信じなさい。これこそが真理なのです」と言われるのではなく、私自身がまさに「もうこれは信じざるを得ない」という体験を重ねて、〝降伏〟〝降参〟したいと思っていた。そうなれたら、生きることの根っこにどれだけ安心感が生まれるだろう。

昔から心の一番深い所にブラックホールみたいなものがあって、いつもそこが、とても怖くて、不安で、淋しくて、虚《むな》しくて、怯えていた。それは、大人になった今でも同じだった。空白、空虚、空疎、空洞……。空《くう》と名づけられる〝それ〟の正体がどうしてもわからない。空《そら》が、あんなに青く、美しく、広く、高いことに限りない開放感とやすらぎを感じるのに、同じ字が、「くう」と呼ばれるものになると、なぜこんなにも心もとなくて不安で、足元の地面が崩れていくような恐怖を感じるのだろう。

愛する人がいても、打ち込める仕事があっても、いろいろなことに満たされているはずの時でさえ、ふと訪れるこの淋しさは、一体どこからくるものなのだろう。なぜ私は生きていることが、こんなに悲しくて悲しくて仕方がないのだろう。ここを見だすと底なし沼にひきずりこまれるような不安と恐怖が出てくるので、できるだけ見ないようにしてきた。日常を生きるには見ないほうがいいものだと思っていた。

それでも、この心のブラックホールは誰かによって、何かによって満たされるといった類のものではないらしいということだけは、人生を半分ほど生きてきてやっとわかってきた。

この淋しさがどこから来るものなのかを知りたくて、たくさんの本を読んできた。一番最初に私の心に響いたのは、高校時代に読んだ倉田百三の『出家とその弟子』（新潮文庫）のこの箇所、親鸞が弟子の唯円《ゆいえん》の問いに答えているところだ。

唯円　お師匠様。私はこの頃は何だか淋しい気がしてならないのです。時々ぼんやり致します。今日も此処に立って通る人を見ていたらひとりでに涙が出て来ました。（中略）私は自分の心が自分で解りません。私は淋しくてもいいのでしょうか。

親鸞　淋しいのが本当だよ。淋しい時には淋しがるより仕方はないのだ。

唯円　今に淋しくなくなりましょうか。

親鸞　どうだかね。もっと淋しくなるかも知れないね。今はぼんやり淋しいのが、後には飢えるように淋しくなるかもしれない。

唯円　あなたは淋しくはありませんか。

親鸞　私も淋しいのだよ。私は一生涯淋しいのだろうと思っている。尤《もっと》も今の私の淋しさはお前の淋しさとは違うがね。

唯円　どのように違いますか。

親鸞（あわれむように唯円を見る）お前の淋しさは対象によって癒《いや》される淋しさだが、私の淋しさはもう何物でも癒されない淋しさだ。人間の運命としての淋しさなのだ。それはお前が人生を経験して行かなくては解《わか》らない事だ。お前の今の淋しさは段々形が定まって、中心に集中して来るよ。その淋しさを凌《しの》いでから本当の淋しさが来るのだ。今の私のような淋しさが。しかしこの様な事は話したのでは解るものではない。

唯円　では私はどうすればいいのでしょうか。

親鸞　淋しい時は淋しがるがいい。運命がお前を育てているのだよ。只何事も一すじの心で真面目にやれ。ひねくれたり、ごまかしたり、自分を欺《あざむ》いたりしないで、自分の心の願いに忠実に従え。それだけ心得ていればよいのだ。何が自分の心の本当の願いかということも、すぐには解るものではない。様々な迷いを自分でつくり出すからな。しかし真面目でさえあれば、それを見出《いだ》す智慧《ちえ》が次第に磨き出されるものだ。

対象によって癒されない淋しさ……。この言葉が私の胸を深く突き刺した。思えば私はずっと自分の淋しさを埋めてくれる対象を探し続けてきたのではないだろうか。じゃあ一体この淋しさは何によって埋まるというのだろう。

何によっても埋まらない淋しさがあるのだとしたら、生きていくことはなんと悲しいのだろう。私はこの場面と、そして最後の場面で涙がこみあげてきて仕方がなかった。

最後の場面——。

息子の善鸞が仏の道をはずれ、罪を重ねていく。親鸞は、善鸞を赦《ゆる》せず放擲《ほうてき》した。しかし、親鸞が自分の臨終に際し、最も願ったのが善鸞を赦したいということだった。息子を赦さずに逝くことはできないと言った。弟子たちがすべて集まり、聖者である師匠との最後の別れをしている席に最後まで善鸞は来ない。いよいよ、親鸞が逝くという寸前に善鸞が駆けつける。

善鸞　（涙をこぼす）遭いとう御座いました……ゆるして下さい。わたくしは……

親鸞　ゆるされているのだよ。だあれも裁くものはない。

善鸞　わたくしは不孝者です。

親鸞　お前はふしあわせだった。

善鸞　わたしは悪い人間です。わたし故に他人がふしあわせになりました。わたしは自分の存在を呪います。

親鸞　おお畏《おそ》ろしい。われとわが身を呪うとは！　お前自らを祝しておくれ。悪魔が悪いのだ。お前は仏さまの姿に似せてつくられた仏の子じゃ。

善鸞　もったいない。わたしは多くの罪をかさねました。

親鸞　その罪は億劫《おっこう》の昔阿弥陀《あみだ》様が先きに償うて下された……赦されているのじゃ、赦されているのじゃ。（声細くなりとぎれる。侍医眉をひそめる）わしはもうこの世を去る……（細けれどしっかりと）お前は仏様を信じるか。

善鸞　……

親鸞　お慈悲を拒んでくれるな。信じると言ってくれ……わしの魂が天に返る日に安心を与えてくれ……。

善鸞　（魂の苦悶のために真青になる）

親鸞　ただ受取りさえすればよいのじゃ。

　一座緊張する。勝信は顔青ざめ、眼を火の如くにして善鸞を見ている。

善鸞　（唇の筋が苦しげに痙攣する。何か云いかけてためらう。遂に絶望的に）わたしの浅ましさ……わかりません……きめられません」（前に伏す。勝信の顔ま白になる）」

親鸞　おお。（眼をつむる）

　一座動揺する。

侍医　どなた様も、今がご臨終で御座いますぞ。

　深い、内部の動揺その極に達する。されど森として、声を立つるものなし。弟子衆枕元に寄る。代わる代わる親鸞の唇をしめす。

親鸞　（かすかに唇を動かす。苦悶《くもん》の表情顔に表わる。やがてその表情は次第に穏かになり、終《つい》にひとつの静かなる、恵まれたるもののみの持つ平和なる表情にかわる。小さけれどたしかなる声にて）それでよいのじゃ。みな助かっているのじゃ……善い、調和した世界じゃ。（この世ならぬ美しさ顔に輝きわたる）おお平和！　もっとも遠い、もっとも内の。なむあみだぶつ。

父であり、師である親鸞の、その死の際においてさえ、嘘《うそ》でも仏を信じるといえぬ善鸞。仏の道を歩きますと言えぬ善鸞の、もうひとつの真摯《しんし》さ、純粋さ、正直さ。その善鸞に「それでよいのじゃ」と最後の言葉をかけた親鸞。私は、この場面で声をあげて泣いた。まるで、自分までも赦してもらえたかのように思えた。

最後の親鸞の言葉は、私の内側を深く深く満たしてくれた。私は、おそらく心の深い部分では、〝善悪の彼岸〟にある、美しきもの、貴きもの、聖なるもの、平安なるものを求めて生きているのだと思う。私はきっとそこに辿《たど》り着きたくて生きている。しかし、そこに辿り着くまでに、私はどれだけの愚かさを重ねていくのだろうか。迷いや失敗、罪や無軌道や裏切りでさえ、そこに辿り着くために通らなければならない道だったなんて思える日がいつか来るのだろうか。

忙しい時を駆け抜けるようにして生きていた時は、すっかり忘れていたけれど、私はもう一度、子供の頃からずっと考えてきた、神や仏といった自分を超えた大いなる存在に向き合ってみたいという気持ちが生まれていた。Kさんのお陰だ。心の深い所にあるブラックホールだって、ここにきちんと向き合わなかったら、永遠に私はこわがりながら生きていくことになる。

人生を安心して生きてゆける杖

思うに宗教だけでなく、哲学、科学、文学など、あらゆる学問の究極の眼差《まなざ》しも、人が古来、神とか仏と呼んできた、〝宇宙の根源的な実在〟に向かっているのではないだろうか。それを解明、探究したいという欲求が人類の進化の大本にあるように思う。

この究極の神秘を知りたいという欲求は、私が生まれたことの意味、私が死んでいくことの意味を知りたいという欲求につながるものだ。さらに、私がこの私として生まれる前には、私はどこにいたのか。そして、死んだら私はどこに帰るのか。それとも、生まれる前も、死後の生もなく、単に無に帰すだけなのか。個体、肉体の消滅によって、「私」は完全に終了するということなのか。ならば、なぜ私は生まれたのか。どうせ死ぬのに、なんのために人は生まれるのか……。私は、安心して死んでゆける精神の「知」を持ちたかった。それはとりもなおさず、私が安心して、この人生を生き切る「杖《つえ》」になってくれると思った。

神や仏というこの宇宙の根源的実在を、価値観が入らないという意味で「X」と呼んだのは、私の長年の男友達だった。編集者であり詩人でもある彼は、若い頃に次々に近親者を亡くしたため、自分が紡ぐ言葉の奥にいつもこの「X」への眼差しがあると言っていた。

「X」への道は、縛るものや、固定した枠、熱狂的な群れ、厳しい戒律や修行がない方が私には合っていると思った。私は、フーテンの寅さんとか、はぐれ雲とか、あんなふうにふらりふらりと歩いて行きたかった。そして同じようなノリの人たちと、時にお茶を飲んだり、ワインを飲んだりしながら「X」とは全然相容《あいい》れないような俗世のいろいろを楽しみながら、ごくまれに「X」についても語る、そんな仲間と共に歩いていける道を求めていた。この道は、縛られるもの、束ねられるものの一切から自由であってほしかった。

そうか、私は「X」についてこんなふうに思っていたんだ。自分が漠然と抱いていたイメージを言葉化すると「私」がはっきりしてくる。要するに私は、宗教、教祖、寺院、教会、教義といった〝問屋〟を通さずに、直接「X」とつながりたいと思っていたのだ。私は、「X」とは、グループ交際ではなく、個人的に深いお付き合いをしたいと思っていたのだ。

私は動物的な直感で、この「X」の流通機構が途方もなくしちめんどくさいものであることを感じていたのだと思う。私は、Kさんのお陰で、生まれて初めて自分が漠然と思っていた宗教観を意識化できた。私は、Kさんに感謝しつつ、改めて自分の実感からの言葉として、このような理由で入信するつもりがないということを伝えてみた。すると、Kさんはこう言った。

「岡部さんて難しいこと考えているんだね。私も初めは宗教なんて大嫌いだったし、私は絶対やらないと思っていたんだけど体験してみたら全然違ったのよ。私って、ものすごく頭で決め付けるタイプなんだってことがよくわかったの。私は信仰を持つようになってから、とにかく心穏やかに過ごせるようになったの。我を棄てて、足るを知り、人の為に尽くす。人に奉仕し貢献する人生こそが人間としての正しい道なんだっていう、ここの教えがすんなり心の中に落ちてきたの。今度全国集会があるから一度だけ体験しない？　子供の世話をしてくれる人たちもいるから大丈夫」

私は、Ｋさんが言っていることはよくわかるのだ。実際、Ｋさんは、公園にいる他のお母さんたちの誰よりも人の為に尽くしていた。Ｋさんは本当にやさしくて親切で、私自身いつも助けてもらってありがたかったのだ。

でも、何かが私とは違う。熱のこもったＫさんの話を聞けば聞くほど、ある特定の宗教、宗派、組織は私が乗りたいと思える乗り物ではないという違和感の方が明確になってくるのだった。私は、全国集会を体験したところで、自分の気持ちが変わるとも思えなかったから、逆に本当に子連れのハイキングを楽しむつもりで行くことにした。

貴ちゃんもＫさんからの、猛烈なる〝お導きアタック〟に困り果てていた。善なる人が信なるものを持つとどうしてこうも強引になれるのか、それが私には不思議だった。Ｋさんは、ふだんは三人の中で、最も控えめで、楚々《そそ》とした人なのに。しかし、貴ちゃんはこのことに困惑しながらも、賢く受け止めていた。

「これは人にＮＯを言うための私のレッスンなのかもしれない。私は今まで人にＮＯを言うことができなかったの。本当はイヤなのに、人の気分を害することに罪悪感があったり、人からよく思われたいっていう気持ちが強くてＮＯを言えない性格だった。でも自分がＮＯを言わなかったくせに、だんだんその人を恨むようになるの。押し付けがましい人だとか、無神経な人だとか、少しは遠慮してよとか。でもそれって違うよね。ＮＯを言わなかったのは私の責任で、相手を責めることではないんだよね。自分がしてあげたことで相手が感謝してくれないって落ち込んだり、怒ったりするのも、ほんとはおかしいことなんだと思う。私、体験してみて違うなって思ったら、ちゃんと自分で、私は入りませんって言うつもり。私にとって、これはすごいチャレンジなのよ！」

というわけで、私はハイキング気分で、貴ちゃんは自分へのチャレンジとして行くことを決めたのだ。道中の電車の中で、お弁当を食べたり、おしゃべりしたり、車窓から見える景色を楽しんだりと、久しぶりに修学旅行気分。とても楽しかった。

ところが、行きはよいよい、帰りはこわいとは、よく言ったもので、まさに私たちはよいよいの後に、とんでもない体験をするのだった。ありがたい体験をするはずの「聖なる場所」で、自分でもびっくりするような自分が飛び出してきて、私は驚いた。

なめたらあかんぜよ

初めての宗教体験の日。何かある一つの確信で結ばれている力強さが場の雰囲気に漲《みなぎ》っていた。しかしその空気は、異分子にはかなり居心地が悪かった。これは部外者だけが感じる、ある価値観で強く結ばれている集団への違和感だろう。

支部ごとに部屋に分かれた。私と貴ちゃんの部屋には五十人くらいの人がいた。その中に信者の人と、その人が連れてきた入会予定者の人がいた。一人の予定者を何人かの信者が囲み、いかにして自分がこの宗教によって救われたかを一人ひとりが語り、私に入信するよう力強く迫った。

私は、Kさんに質問したようなことをその人たちに投げかけてみた。誰も何も答えなかった。私は集団の顔、集団の答えではなく、今、目の前にいる「あなた」にとってなぜ「ここ」なのか。ここに辿り着くまで、自分の頭で考え抜き、悩み抜いたことや、今の自分の宗教観、人間観、死生観、そんなことが聞きたかった。しかし、私が口を開けば開くほど、信者さんたちの口は貝のようになっていった。他のグループはワイワイと盛り上がっていたけれど、私を取り囲むグループだけ思いっきり盛り下がっていた。

この空気に耐えられなくなったのか、輪の中の一人が支部長と副支部長を呼びに行った。二人が不気味なほど笑顔を作りながらやってきた。信者さんたちにとっては観音様のような笑顔なのだろうが、私にとってはすごく不自然な笑顔に思えた。私は同じような疑問を投げかけた。すると今まで観音スマイルだった支部長が、突然般若《はんにゃ》のような顔になり私にこう言った。

「あなたはそんなふうに頭でっかちで、理屈っぽいから変な頭の病気なんかになったのよ。がんだの脳腫瘍だの膠原《こうげん》病だの白血病だの、そういった難病をする人たちっていうのはみんな業《ごう》が深いの。連綿と続く家族のカルマを背負った人たちなの。あなたも自分のカルマを落とさないとまた同じ病気をするわよ。ここの教えは絶対に間違いないから。必ず救われるから。ご先祖の供養をして、お題目を毎日唱えて。自分の悪想念、悪行を悔い改めて、自分を一から作り変えなさい。私があなたの人生に責任を持つからぜひ入信しなさい」

「冗談じゃない！　なんであなたが私の人生に責任をとれるんですか！　人の人生に自分が責任を

持つなんて、自分がどんなに傲慢《ごうまん》なことを言っているのかわかっているんですか！　ばかにしないで下さい。私の人生は、私が責任をとります！」

私は、お腹の底から怒りがぐわーんとこみあげてきた。私は、人生で初めて啖呵《たんか》を切った。『極道の妻』、夏目雅子の「なめたらあかんぜよ！」の気分だった。私が切った啖呵は、隣の貴ちゃんのグループまで聞こえたらしい。貴ちゃんと一緒に先に山を下りることにした。貴ちゃんが言った。

「聞こえたわよ、岡部さん！　すごかったわね。私はとてもあそこまでは言えなかったわ。でも、私もちゃんとNOを言えたのよ。入らないとわかると、今までニコニコしていた人が、ぱっと手の平返すように態度が変わるんでびっくりした。もしかしたら、脱会する人たちも、ああいう手の平返しみたいな目にあうのかもしれないわね。やっぱり宗教ってこわいね」

「いや、この体験だけで宗教のすべてを否定したり、ここの宗教をよくないというのは違うと思う。ここの宗教によって救われている人だってたくさんいるわけだし、ここでの信仰生活によって徳を高めている人もいっぱいいると思うの。ただ私は、あの支部長の発言に対しては本当に頭にきたし、私はやはり〝組織宗教〟は、肌に合わないと思った。でも、だからと言ってここの宗教を信じているKさんが嫌いになったわけではないの。私は、彼女とこれからもずっと付き合っていきたいって思っているよ」

私は、このカルマ支部長と話したことで、自分が何に対して拒否反応があるのかがわかった。私は今まで、霊的な世界の言葉やメッセージが、私の美意識や感性には合わないから嫌いなのだと思っていた。しかし、本当に私がいやだったのは、言葉よりも、その言葉の使われ方と、それを言う人のあり方に抵抗があったのだ。霊的《スピリチュアル》な世界のメッセージというのは、それらの言葉を使う人の〝人間性〟によって、人を見下しているような感じ、断定的で押し付けがましい感じ、支配的で傲慢な感じがする。あなた方よりも、自分たちの方が上にいるのだという特別意識も感じる。特に、霊的な概念を使って相手を評価、判断、裁くことに使えば、言葉は凶器になるということを、まさに支部長が見せてくれたのだ。

また、死と隣り合わせにある病気の人や、苦悩を抱えている人に「霊障」「カルマ」「たたり」「悪霊」「地獄に落ちる」といった、霊の世界の業界用語を頻発しながら不安や恐怖心を植え付けて入信させようとしたり、脱会をくい止めようとしたり、物を買わせようとすることなど真の信仰とは全く対極のものだ。恐怖心で人を支配し動機付けをするなんて、神から最も遠い世界だと思う。

私は、Kさんとカルマ支部長のお陰で自分が今まで漠然と違和感を覚えていたものの正体をはっきり知ることができた。そのことで私は、自分のことを前より深く知るきっかけを与えてもらった。結果としては、ありがたい体験をさせてもらったと思う。私はこのことがあっても今まで通りKさんと付き合っていきたいと思っていたのだけれど、Kさんはあれから、私や貴ちゃんに対してよそよそしくなり、公園で会っても会釈するだけの関係になってしまった。Kさんはあれからますます熱心になり、公園で仲良くなったお母さんたちを次々に勧誘していた。私は複雑な気持ちだった。同じ宗教に入らなかったら友だちにはなれないのだろうか。私はKさんがとても好きだったし、K

さんが宗教をやっていることに対してはまったくOKなのに。なんだかすごく淋しかった。

一度はとても仲良くなった人とこんなふうにしてさよならするのは、心に重いものをひとつ抱える感じでやはりつらいなと思う。人間関係って、関係性という形は消えても気持ちや面影や思い出はそんなにきれいさっぱり終了、完了というわけにはいかない。必ず苦味や酸味を伴った、時の記憶のかけらが心に突き刺さったまま残ってしまう。

そんなふうにして、さよならしてしまった人が、今までの人生で何人かいた。なんのしこりも残さないさよならなんてあるのだろうか。「さよなら」という言葉は、口に出しただけで、少しだけ泣きたい気持ちになる。「さよならのしこり」の中には、たくさんの淋しさや悲しみ、怒りや悔しさ、切なさやいとおしさ、罪悪感や後悔が詰まっていた。

浮上しないように心の奥深い所に埋めたはずの過去のさよならのしこりが、こうして新しいさよならを体験すると勝手に浮上してきた。それぞれの人の、存在の気配、存在の香り、残り歌、残り文。あの苦い感覚。最後の言葉、最後の眼。

木枯らしの吹く季節になったら、公園に出てくるお母さんもめっきり減ってきた。仲良くなった者同士が、もう公園を媒介にしなくてもよくなって、互いの家を行き来するようになっていくのだ。公園は、通過地点なのだ、人と人がつながるための。

第4章 記憶——熱と翳《かげ》りの季節

「男の人には特有の表情があるなあ」と、ずっと思っていた。泣きたいんだか、怒りたいんだか、自分でもよくわかっていないような表情。立ち入り禁止の表情。

自分が堪えているものを、必死になって人には見せまいとする顔。そのくせ、目と背中から精一杯、SOSを出している。

きっと、自分でも自分の気持ちがよくわかっていないのだ。

そんなわからなさを、どうしようもなく自分の心の中に抱えながら生きているのが、男なのかもしれないと思っていた。

*　*

「道はひとつとは限らない」

「幸福の扉が開く前は、耐え難い苦痛がやってくる」

「崖っぷちに立っている時というのは、新しく物事が展開していくという合図」

*　*

人生を変えてしまうような出会いや再会というのは、決まって、予想もしていなかったようなかたちでやってくるのだ。

出会い、巡り合いというものが人間の計画の及ばないところで起こるものであるのならば、きっと、これは、神さまのお仕事なのだろう。

〝ただの私〟に戻れる時間が欲しい

右手のしびれがかなりとれてきて、やっと字が書けるようになってきたことがとてもうれしかった。しかし一方で、私はだんだん、ある「もやっとした重さ」も感じるようになってきたのだ。何なのだろうか、この感覚は。自分がすごく狭い世界の中に閉じこもっている閉塞感《へいそく》や、社会とのつながりが全くなくなったことへの不安や焦りだろうか。

子供がいるから行動半径が狭められるのは仕方がないとしても、自分の視野までがとても狭くなっている感じがあって、それが精神的な閉塞感につながっているのかもしれない。そうだ、子育ても少し余裕が出てきたので好きな本でも読もう！　もう育児雑誌とはおさらばだ。私は、本棚の中から昔読んで面白かったもので、時間、空間に広がりがあり、私の意識や視野が拡がっていくような本を読もうと思った。ライアル・ワトソンの『水の惑星』（河出書房新社）、竹内久美子の『そんなバカな！――遺伝子と神について』（文藝春秋）を取り出して読みはじめた。改めて読んでみても、すごく面白かった。

とにかく私はひとりになる時間が欲しかったので、夫も息子も寝静まった深夜ひとりでゴソゴソ起きだしては、ソファーに寝そべりながら、これらの本を夢中になって読んでいた。睡眠時間を削ってでも、私は妻でも母でもない〝ただの私〟に戻れる時間と空間が欲しかったのだ。そして、右手のしびれが緩和されてきて再び字が書けるようになったことがうれしくてたまらなかった私は、次第に何かを書きたくてウズウズしてきた。「そうだ、闘病体験と育児体験を書こう！」と発作的に思ってしまった。深夜に夢中になって書いた。書き出すと時間を忘れてしまう。気がつくと夜が白々と明けはじめ、小鳥のさえずりで朝が来たことを知り、「あちゃー、また、やっちゃった」とあわてる。別に誰かに書けと言われているわけでもないのに、書かずにはいられないという気分だった。

自分の中にこみあげてくるものや、うごめくものがある時は、書こうと思って座った瞬間に言葉があふれるように出てきた。まさに、右手が勝手に動くという感じになる。数冊のファイルケースの中には、十数年にも亘《わた》って書き綴《つづ》られてきた、私の思いの断片がぎっしり詰まっていた。闘病体験や育児体験を書くことで、私は何かを終わらせよう、超えていこうと思っていたのだろうか。それとも書くことによって、自分の中でなんらかのバランスをとろうとしていたのだろうか。

今まで、夢中になって書いていた時というのは、たいてい自分の中に救いたい自分がいる時だった。書かないと前に進めないと思っている時でもあった。私は、書くことによって自分を支えてきたのかも知れない。でも、真実はどうなんだろう。よくわからない。こんなふうに何かにのめりこんでいく時というのは、理屈では自分の行動が説明できない。ただ、衝《つ》き動かされるのだ、何かに。吐き出すとか、書くという行為は、自分の心の確認作業でもあり、過去をリセットする作業のようにも思える。解毒のような、浄化のようなもの。もしくは、「誰かとこの気持ちを分かち合いたい」という交歓への欲求。

たぶん、内側に熱いものや烈しいもの、暗いものや重いものを持っている人間というのは、なんらかの形で吐き出すとか、表現するという行為をし続けなければ、心のバランスがとれないのかもしれない。吐き出すものを、コミュニケーションや創造に昇華させることで、生きるエネルギーに変換しているような気がする。少なくとも、私の場合はそうだ。

生きるということは自分のエネルギーを何によって燃焼させていくかだ。私は、自分の小さなからだから、エネルギーが大きくはみ出している感じがあって、そのはみ出しているエネルギーが、自分でも手におえないと昔から感じていた。私の中には、創造への衝動や、表現への欲求、新しい関わりや、変化への欲求がいつもある。安心や安定、現状維持だけでは生きているという実感が持てないのだ。何か私の深いところで、私を生かそうとするエネルギーのようなものがあることを感じる。おそらくそれは、私の中にある切ないほどの魂の渇望なのだと思う。その魂の欲求や願いを満たしてあげなかったら、自分が生まれてきた意味がわからなくなると感じているものだ。

外向的な性格の私は、書くという行為によって唯一、自分の内に入る。自分の中にとどまる。書くという行為は、ひとりぼっちの孤独な作業なのにちっとも淋しくないのが不思議。自分が自分の中心にいるという安心感があるのだ。外界の扉を閉じることによって、私の心の奥の扉が開く。この扉の奥には、心の奥深くに沈殿していた澱《おり》のようなもの、感じないようにしていた深い欲求、切ないもの、いとおしいもの、生まれつつある衝動、終わりつつある感情、そうしたものがいっぱい詰まっていた。

夜中に書き物をしていると過去のいろいろなことが思い出された。でも書いていると不思議に心が落ち着いてくる。ひとりの時間がないと言いつつも、私はもう、ひとりの時間が山ほどある、あの一人暮らしなんか二度といやだった。私は、「ただいま」と「おかえりなさい」という言葉が行き交う暮らしがしたかったのだ。こうして家族がいて、「育児は大変だあ！」「主婦だってしんどいんだぞー」「自分のやりたいことが何にもできないよー」「ひとりの時間が欲しいよー」と叫びながら、間隙《かんげき》を縫うようにしてこんな時間を作ることの方がずっと幸福だ。

毎晩、闘病記や育児体験を書くようになってから、私は少しずつ自分を取り戻し始めているような気がした。そして、書けば書くほど、「私は、なぜあんな病気になったのだろう？」ということを、次第に自分に問うようになっていった。脳外科のお医者さんは、私の病気を原因不明の病気ですと言ったけれど、それは全員に共通する原因はないということであって、個々人にはそれぞれの原因があるのではないだろうか。先天性の病気や遺伝的な病気でない限り、病気という結果には、必ずいくつかの原因があるはずだ。一般的には、食生活の乱れや、過労、不摂生、毒素・老廃物の体内蓄積、運動不足、ストレスが大きく関わっていると言われている。腫瘍《しゅよう》というのもある日突然できるわけではなく、多くの場合は何年にも亘って育つらしい。私は、三十六歳の時に発病したわけだけれど、腫瘍の芽はすでに二十代にできていたのではないだろうか……。

人はどうやって自分の〝道〟を探すのだろう

振り返れば二十代――。私の目の前にあったのは、すべての若者に等しく与えられている「時間という可能性」だけだった。社会という新しい舞台に立つために、人はみな自分の能力や才能を活かせる仕事や、自分の個性を活かせる場を探す。しかし一体、人はどうやって自分の「道」を探していくのだろうか、一体何を手掛かりにして……。

いろいろな才能がある人、夢を持っている人、個性的な人が羨《うらや》ましかった。その人がその道で能力を発揮したり、成功するまでには並々ならぬ努力がいるとしても、少なくとも自分が進んでいく道がどういう方向なのかという道標《みちしるべ》がある。でも、私には何もなかった。自分が何が好きなのか、何がやりたいのかが全くわからず、私はただ闇雲に焦っていた。大学卒業後、どんな仕事につきたいのか、どんな会社に勤めたいのかもわからなかった私は、とりあえず気軽な気持ちでアナウンス学院に入学してみた。しかし半年で、私にはアナウンサーやキャスターの才能など全くないことがわかったのでやめた。その後は英会話学院、シナリオライター養成講座、通信教育の校正講座、編集者養成講座と次々に手をつけてはみたもののどれも長続きしなかった。

ところが、手当たりしだいに動いているうちに、テレビの制作会社に就職が決まったのだ。この会社は番組制作だけでなく、脚本家のプロデュースやマネージメントもしている会社だった。自分の性格と能力からして事務職は絶対に向かないと思っていたのだけれど、仕事は経理事務の仕事しかなかった。数字、数学が、死ぬほど嫌いな私が経理だなんて、犬が逆立ちしながら歩くようなものだった。

しかし、経理の仕事は死ぬほど苦痛でも、作家の原稿取りの仕事だけは楽しかった。銀行や郵便局に行く時に原稿取りをついでに頼まれると、急に気持ちがルンルンしてくるのが不思議だった。故・向田邦子さんのシナリオ原稿や、澤地久枝さんが当時書いていた外務省機密漏洩《ろうえい》事件『密約』などの原稿取りだ。休日には、待ってましたとばかりに向田さんや澤地さんの全作品を読んだ。こんな素晴らしい作品を書いている生身のその人に会えるなんて夢のようだった。お二人とも、本当に素敵な大人の女性だった。女性の自立とは、プロであるとはどういうことか。自分の才能と個性を活かして、自分の「人生の仕事」をしている人の凛《りん》とした生きる姿勢に、若かった私はどれだけ憧れ触発されただろう。私もいつか、これが「私の人生の仕事」と言えるものを見つけたいと思うようになった最初の出会いだった。

作家だけではなく、スタッフとして番組制作に関わっていた男性たちの仕事への情熱や取り組み方にも大いに触発された。自分の才能を開花させていくプロセスに生きている人のエネルギーが眩《まぶ》しかった。鬱屈《うっくつ》やコンプレックスさえバネにしていくようなしたたかさ。それぞれの男たちの才能、感性、やさしさ、野心、志、夢。その見栄っぱり、はったり、傲慢《ごうまん》さ、無軌道ぶりさえ、強烈な個性に思えた。

男であれ、女であれ、いい顔で、いい仕事をしている人は一様に、〝強烈な磁力〟のようなものを周囲に発散していた。今風に言えば、オーラのようなものだろうか。そのエネルギーは人を自然に吸い寄せ、虜《とりこ》にするような不思議な力があった。いい仕事をしている人というのは、顔の美醜にかかわらず、なぜかみないい顔に見えるのが不思議。特に目がいいのだ。そして、沈黙の中にも語っている言葉があり、ぼそっと呟《つぶや》いた言葉にも重みがあった。いい仕事をしている人というのはみな、目と言葉に力があった。

無心に自分の夢を、「人生という真っ白いキャンバス」に塗っている人の姿、自分の人生を謳歌《おうか》している人の姿、何かに真剣に打ち込んでいる人の姿——その人のいのちが喜んでいることをしている人の醸し出す雰囲気、エネルギーに触れていると、こちらにもそのエネルギーが伝わってきて、すごく元気が出てくる感じがした。私もいつかそんな顔で仕事ができる人間になりたいと思った。

社会という舞台に立ったばかりのこの頃の私は、とにかくかっこいい仕事人に憧れていた。作家の先生には、憧れが強過ぎて用件以外のことは全くしゃべれなかったが、スタッフとは年齢が同じくらいだったので親近感もありみんなと仲良しだった。私は、彼らからものすごく刺激を受けた。

その頃の私は、彼らに比べると、なんだか自分がひどく平凡でつまらない人間に思えた。経理事務の仕事は自分には絶対合わないと思いながらも、じゃあ、何がやりたいのだといっても具体的には何も思い浮かばなかった。私の前にも、「人生の真っ白いキャンバス」が置かれているというのに、私はどんな色のクレヨンを使って、どんな夢をこのキャンバスに描きたいのかがさっぱりわからなかったのだ。私の周りにいる人たちはみんな何の迷いもなく、人生をズンズン歩いているように見えた。なんだか自分だけひとり取り残されている感じがして、私の心の中はいつも焦りと不安でいっぱいだった。

しかし、内面の不安とは裏腹に、この頃の私は、傍目《はため》から見たら絵に描いたようなキャピキャピのOLをしていたと思う。私もいつか、彼らのようなクリエイティブな仕事がしたいなあと思いながら、毎日お茶くみと精算伝票と帳簿つけに勤《いそ》しんでいた。

人生のギアチェンジ

「アメリカに行こう！」突然そう思った。私は単純にもアメリカに行きさえすれば何かチャンスがつかめるのではないかと思ったのだ。一応、一ヵ月くらい行こう。もっといたくなったらビザが切れるまでの三ヵ月間いればいい。二十代の女ひとりの海外旅行なんて無謀だったと思うが、とにかくその頃の私は、どこでもいいからどこか遠くに行きたいという気持ちでいっぱいだったのだ。心の中につらいものを抱えていた時期だったから、現実から逃れたかったのだと思う。

この会社は三年で退職した。人生のギアチェンジ、リセットが目的。アメリカに行けば何かが変わるんじゃないか、新しい世界が開かれるような出会いがあるのではないかと密《ひそ》かな期待があったのだが、さっぱりだった。自分の道なんてそう簡単に見つかるものではなかった。それでもアメリカの大自然に触れ、大好きな音楽のライブコンサート三昧《ざんまい》の日々を送り、新たな友人も何人かできたことでずいぶん元気が戻ってきた。とにかく自分にとことん自信を失っていたので、どんなことでもいいから新しいことや初めてのことに挑戦して、一歩でも前に進みたかった。

エネルギーをいっぱい吸収し、心ゆくまで充電して、帰国。はりきって就職活動に励んだ。しかし、十社も受けたのになんと全部不採用。何の資格も才能もキャリアもない私にどこの会社もけんもほろろだった。私は膨らんだ風船が一気にしぼむようにしゅるしゅるとへこんでしまった。とはいえ、食べていかなければならなかったので、とりあえず喫茶店でウエイトレスの仕事をすることにした。しばらくして、かつての制作会社でお世話になった方が、私がブラブラしていることを知り、テレビの技術者集団の会社に世話をしてくれて、そこからの出向でテレビ局の番組デスクの仕事につくことができた。

デスクなんて変な名前だ。私は机か。またしても仕事は最も不得手な事務と総務だった。同じ年頃なのにディレクター、タイムキーパー、アナウンサー、キャスター、広報や宣伝の仕事をしている女性たちがなんだか輝いて見え、私は、彼女たちの自信に満ちた態度や満足感、成功が羨ましかった。華やかなマスコミ、テレビの世界、芸能界で働いているのに、この頃の私は、いまだかつてここまで地味だったことはないというほど、気分は最高に地味だった。私は、会社も仕事もどうしてもつまらなくて、結局、このテレビ局もやめてしまい、また喫茶店のウエイトレスの仕事に戻ってしまった。

ある日、毎日コーヒーを飲みに来ていたある男性が、「今度、渋谷に新しいスナックを出すんですが、そこのチーママになってくれませんか。僕は毎日あなたを見ていて、この人は水商売の才能があるって踏んだんです。人当たりはいいし、笑顔もいい。接客業にピッタリです！」とかなんとか突然言い出したのだ。その人は、都心でスナックやクラブ、割烹《かっぽう》などを何店舗も経営している実業家らしかった。私は初めて人に「才能がある」と言われた。私は確かに、人生の晩年は小料理屋でもやろうかとまじめに考えていた。人生や仕事に疲れ、家に帰ってもやすらぎのない男性たちがほっとくつろげるような場を作りたかった。そこで、どこにも弱音を吐けない男たちの話を聞いてあげたいと思っていたのだ。

なぜ、若かった私がこんなことを考えていたかというと、おそらくは、父の影響ではないかと思う。子供の頃から、父をはじめとして、酒を飲まずにはいられない大人の男たち、酒を飲んでは荒れる男たちをいっぱい見てきて、私は何かいたたまれないものを感じていた。たぶん私は、子供心にも、男たちの孤独感や哀しみやつらさを感じていたのだと思う。

「男の人には特有の表情があるなあ」と、ずっと思っていた。泣きたいんだか、怒りたいんだか、自分でもよくわかっていないような表情。立ち入り禁止の表情。自分が堪《こら》えているものを、必死になって人には見せまいとする顔。そのくせ、目と背中から精一杯、SOSを出している。きっと、自分でも自分の気持ちがよくわかっていないのだ。そんなわからなさを、どうしようもなく自分の心の中に抱えながら生きているのが、男なのかもしれないと思っていた。あの表情は、女の人にはまず見ない。人生の晩年になり、私自身が、人生の酸いも甘いもかみわけた熟年になったら、そういう場を作ろうと思っていた。しかし、まだ右も左もわからない二十代の私にできる仕事ではないと思い丁寧にお断りした。

ほどなくして、また別の常連のお客さんから「ある民間のシンクタンクなんですが欠員が出たので働いてみませんか」と言われた。シンクタンクなんて初めて聞いた。流しのタンクでも作っている会社かと思って聞いてみたら、シンクタンクというのはもともと頭脳集団という意味らしい。「カッコイイ！」チーママから一気に頭脳集団である。その人は「根性さえあれば勤まります」と言ってくれた。根性だけはかなり自信があったのでどんな仕事をするのかも全くわからないのに、「はい、やらせて下さい」と言ってしまった。全く軽率、粗忽《そこつ》も甚《はなは》だしい。

そこでの仕事は多岐に亘っていた。基本は調査研究と企画開発。調査対象は社会構造の変化、消費者の欲求構造の変化、科学技術の動向、それらをトータルに鑑《かんが》みて社会潮流《メガトレンド》が今後どのようになっていくかを予測していくもの。それらを基にして、論文、企画書、調査報告書の作成。企業への新規事業の提案。企業のＰＲ誌の編集。マーケティングセミナーなども行っていた。

私は初日ですでに眩暈《めまい》を起こしそうになった。とんでもないところに来てしまった。私は激しく後悔した。「退却、退散、一目散！」と、心はすでに逃げ足状態。しかし頭は、「死に物狂いでがんばれば何だってできる！」とはっぱをかけてくる。悩んだ。事務の仕事はどうがんばっても得手にならないことはわかっていた。だったら本当に死に物狂いで勉強すれば、ここで、何か得手の仕事が見つかるのではないだろうか。私は頭が爆発しそうなほど勉強した。休日も家で仕事ばかりしていた。

自分のライフワークを見つけたかった私は、とにかく来るもの拒まずの姿勢でいこうと思った。自分に与えられた仕事は、好き嫌い、得手、不得手などお構いなくすべての仕事に挑戦した。与えられたものを必死でこなしているうちに、取材や執筆など、人に会う仕事や文章を書く仕事にまず得手の感触があった。魅力的な人に出会えることはすごくうれしかったし、その人のことを文章で表現することはとても楽しかったからだ。

次に得手かも知れないと思えたのは企画の仕事だった。無から何かを生み出すというのはワクワクするような面白さがあった。創造性のある仕事というのは本当に楽しい。意外だったのは、やる前は苦手意識があった市場調査の仕事がけっこう面白くて、物事を分析し、体系的にまとめていく仕事は思ったよりも夢中になれた。人前で話すプレゼンテーションも得意だった。

自分の得手、得意というのは、やってみて初めてわかるんだなと思った。仕事が面白くて仕方がない、それが、結果として最高のパフォーマンス（効果・生産性）を生む。そんな仕事や会社に出会うことが私の理想だった。そういう意味では、シンクタンクは最初は腰が引けたけれど、ここが私の求めていた場所かもしれないと次第に思うようになっていった。二十代の半ばにしてやっと腰を据えて仕事ができる会社に出会えたと思った。

シンクタンクの中でいろいろな仕事をやっていくうちに、マーケティングの仕事が一番面白くなってきた。社会構造の変化と、人間の欲求構造の変化を研究し、市場の予測と創造をしていくというのは、とてもワクワクする面白さがあった。企業へのプレゼンテーションの時は、反応と評価がダイレクトに返ってくるのでものすごい緊張感があった。しかし、うまくいった時は大きな達成感も味わえた。仕事が面白いと努力は苦にならなかった。仕事が楽しかったから、当然、効果もあがった。それに見合う収入ももらえるようになった。私はやっと自分の居場所を見つけたと思った。私は、社会に出て、初めて働くことが楽しいと思えた。

私は今何も満たされていない

しかし、月日がたつうちにメンバーも入れ替わり、仕事以外の人間関係やしがらみの中で耐えがたいほどの苦痛を感じることが次第に多くなっていった。仕事そのものが問題であればどんな努力も我慢もするが、人間関係の対立や不調和はどうにもならなかった。

調整役の立場になってしまい、いろいろ努力してみてもどうにも状況が好転しない。昔から、あまり人に悩みを相談するという習慣がなかったせいか、この時も何とか自分の力で解決策を見つけようと必死だった。もはや自分ひとりで問題を解決できる範疇《はんちゅう》を超えているのに、これも自分の役割なんだ、仕事の内、給料の内と思い、問題をひとりで抱え込んでしまった。誰にも相談せず、自分の中にただ無力感と絶望感だけが大きくなっていった。

パワーがどんどん枯渇していくのを補うかのように、逆に仕事をバンバンとってきてこなしていた。仕事そのものは好きだったから、それでもなんとかやっていけた。ところがそんな日々をしばらく過ごしていたある日、突然、「私はもうこの仕事を楽しんでやっていない。私は今何も満たされていない」と思ってしまったのだ。そう思った瞬間、ぞっとしてすぐ自分の実感を打ち消そうとした。自分の本音がこわかった。この本音に向き合ってしまったら、何かを変えなければならなくなる、自分を変えなければいけなくなる、何かを失ってしまうという恐怖が出てきたのだ。私の本音は一瞬にして心の奥に閉じ込められた。

しかし、私は次第に強迫観念に襲われるようになっていった。仕事のノルマはもちろんのこと、最先端の情報収集が必須の仕事は、頭が年中無休状態。やり終えた仕事を振り返ることも、味わうこともなく、いつも、次のこと、次のことだった。ただ山のような仕事をこなすだけの毎日。私は次第に、頭をお酒で麻痺《まひ》させないと夜眠ることができなくなっていった。二十八歳で取締役になり、経営側の立場に身を置くようになったのもストレスを増大させていった。管理職など、自分は苦手なのに引き受けてしまったのは、最初はアルバイトで入ったのに、数年後には役職をもらえるまでになれたことが、やはり自分を認めてもらったみたいでとてもうれしかったからだ。しかし、管理職になって初めて、経営者の苦労や孤独、苦悩というものを感じられるようになった。経営者がどれだけ資金繰りに頭を悩ませ、毎月社員に給料を出すために下げたくない頭を下げ、笑いたくもない笑顔を作り、会社を維持、発展させるために骨身を削っているのかということを目の当たりにして自分のつらさを言うことなんてとてもできないと思った。

働くというのは、それぞれの立場で誰もがみな苦しいのだということがわかってきたら、とても愚痴なんてこぼせなかった。この頃から、私の中で二人の自分がせめぎ合うようになっていた。まるで、自分が分裂してしまったみたいだった。

「私が本当にやりたいのはこの仕事なのだろうか。ここが本当に私の居場所なのだろうか。果てることもなく続く同じことの繰り返しの毎日を、私はこれから先もずっと続けていくのだろうか。私は一体どんな幸福を求めているのだろう。私はただ、自分の淋しさや虚しさを、仕事にのめりこむことでごまかし続けてきただけなのではないだろうか」と、一人の私が呟くと、「そんなこと言ったって、じゃあどうやって家賃払って食べていくの？　それに他にあなたにできる仕事なんかあるの？　何の才能もないあなたにこんなにチャンスをいっぱい与えて育ててくれた上司や会社を裏切るつもり？　みんな日々の糧を得るために我慢して仕事しているのよ。仕事に喜びだの生き甲斐《がい》を求めているなんて、そもそもあなたは甘いのよ」と、もう一人の私が言う。どっちの声も私の声だった。とどまることもつらく、新たな一歩を踏み出す勇気もなかった。スケジュール帳が真っ黒に埋まっていないと不安だった。

心の葛藤《かっとう》が激しくなるに連れて私のからだにはいろいろな症状が出はじめた。会社の机の中とバッグの中は薬でいっぱいだった。私は、不摂生を絵に描いたような日々を何年も過ごしていた。

人生で初めてぶちあたった壁

「道はひとつとは限らない」「幸福の扉が開く前は、耐え難い苦痛がやってくる」「崖っぷちに立っている時というのは、新しく物事が展開していくという合図」

ある日、本を読んでいて、これらの言葉が救いの言葉のように心に響いてきた。その時はっきりと、自分が今行き詰まっているのだということを認めた。多忙を隠れ蓑《みの》にしてごまかし続けてきた自分の心とからだが「こっちを向いてくれ」と叫んでいた。

自分の中に本当は渦巻いていた気持ち。澱《おり》のように降り積もっていたつらい気持ち。立ちすくんだまま身動きできなくなっていたもうひとつのからだが、何かを必死になって訴えているのを感じた。私は、今の自分の不安や無力感、絶望感が永遠に続くのではないかと本当は思い詰めていたのだ。カラ元気の下に暗いもの、重いものをいっぱい押し込めていた。

二十八歳から三十二歳頃まで、私は闇の中で生きているみたいだった。どん底だった。私は本気でもうここから立ち上がることはできないと思っていた。時間が止まってしまったような感覚。自分の中にはもう何の力も残されていないように思った。人生で初めてぶちあたった大きな壁。

「人生なんて何の意味もないじゃない。生きていたって何も面白いことなんかない。この世なんて所詮《しょせん》、幻想でしょ。死ぬまでの暇つぶしじゃない、人生なんて。仕事、恋愛、結婚、遊び、旅行、ボランティア、夢……たかが死ぬまでの暇つぶしに、必死になったり、夢中になったり、しがみついたり、争ったり、追い求めたり、絶望したり。ばかみたい。一体そんなものが何になるっていうの。どうせみんないつか終わってしまうのに。どうせみんないつかは死んでしまうのに……」

本当は何もかもが虚《むな》しかったのだ。心はどうしようもなく荒《すさ》んでいたのにそんな自分を見せたくなくて今までと同じように明るく元気にふるまっていた。ワイワイとお祭り騒ぎもいっぱいした。

仕事も最もパワフルにやっていた。いつも自分を忙しくしていた。多忙と活動は、自分と向き合わないための最高の方法だったのだ。どんなに心がからっぽでも、表面的にはいくらでも人に合わせることができた。そういう自分がうそくさくて嫌いだった。ふりをすればするほど自己嫌悪のかたまりになっていった。いつも心の奥の方がしんと寒かった。自分の心の扉を閉ざしたら人は関わりようがないのだから、孤独になっていくのは当たり前なのに、開きたくなかった。中に引きこもっていたかった。人間関係がものすごくめんどくさかった。なんだか、自分が生きているんだか、死んでいるんだか、よくわからなかった。

季節の冬であれば、たとえ今は雪に閉ざされていても、あと一ヵ月もすれば雪も流氷も融け出して、新緑の季節になるのがわかるから寒さだって耐えられる。ふきのとうを見つけたら、ああ、もうすぐ春だってわかるし、春の精、オオイヌノフグリを見つけたら、ああ、やっと冬が終わったって思える。でも人生の冬の季節には、春の兆しがなかなか見つけられないからすごく苦しい。期限付きであれば、私は、その間いくらでも我慢できる。あと三年待てば、新しい道が用意されます、人生が好転しますという、絶対的な保証つきのお告げでもあれば、今のつらさは試練として甘んじて受けられる。「いつまで」というのがわからないからこそ底なしの不安地獄を生むのだ。眠れない夜をどれだけ過ごしただろう。夜の闇が白濁していくまで、悶々《もんもん》とした心を抱え、膝《ひざ》を抱え、身動きできずにいた。頭の中でエンドレステープが回っている。同じところをグルグル、グルグル……。ベッドの横にはありとあらゆる占いの本が積まれていた。よく当たるという有名な占い師にも何人か並んだりもした。ただただ、希望がほしかった。一条でいいから、光が欲しかった。

しかし、新しい季節というのは全く予想もしていないかたちでやってくるのだ。何の変哲もない日常生活のほんのひとこまに、それは突然起こる。不意にやって来る。占い師の誰も予言しなかったようなかたちで。おそらく、自分の計画ではないところで運命がその人を連れていく場所、運命が手招きすることというものがあるのかもしれない。時が、来れば、その人の。

偶然の再会

その日は、突然にやって来た。三十二歳の誕生日を少し過ぎたある日のこと。私は、その時に仕事をしていたクライアントに新規事業の提案をする企画書と調査報告書を持って会社を出て電車に乗った。クライアントの会社のある駅のホームを歩いている時だった。何気なく前方を見ると、とても懐かしい顔の人がホームの向こうから歩いてきたのだ。私は心臓のバクバクという音が聞こえるほど驚いた。

懐かしい人は、十年ぶりに会ったかつての婚約者だった。大学の音楽クラブで一緒だった私たちは、卒業して何年かたったら結婚する予定だった。私は、自分が自立してできそうな仕事を見つけたら、ゆくゆくは彼と結婚しようと思っていた。女性は手に職をつけないと、出産、育児期間が社会復帰をする上でマイナスになると思っていたから、私は何としても結婚前にライフワークになりそうな仕事を見つけたかったのだ。しかし、彼は就職したとたんに九州勤務になり、東京勤務だった私と彼との間には、だんだん隙間風が吹くようになり、いろいろな葛藤や出来事があって結局、結婚の約束は解消された。互いにもう二度と会うことはないだろうと思って別れた人だった。

　その十年後。東京の、とある駅のホームでばったり顔を合わせてしまったのだ。彼は、その時は名古屋勤務だったようで、出張で東京に来ていた。私は少しドギマギしながら最初の言葉を探した。

「どうしたの？　こんなとこで、一体」

　変な挨拶《あいさつ》だった。もっと気のきいたことが言えないものだろうか。十年ぶりの再会だというのに。

「出張。名古屋からの」

「あ、そう」

　なんともそっけない会話。少し時間があるのでお茶でも飲もうか、ということになった。何をしゃべったらいいのだろう、どんな表情を見せればいいのだろう、こんな時って。ものすごく照れくさい。せめてカウンター席だったらよかったのに。対面式のテーブルなんて一番緊張を強いる位置関係ではないか。

「すごい疲れた顔してるな、お前。働き過ぎじゃないのか。顔もきつくなったし。あの頃はそんな顔してなかったのにな」

　ガーン！　すごいショックだった。結婚もせず、肩肘《かたひじ》張って仕事をしてきたこの十数年の歳月をすっかり見透かされたようで、私は急に悲しくなってしまった。いい笑顔で仕事をしている自分どころか鉄火面みたいな顔になっていたのだろう。心はクタクタ、からだはボロボロ、それでも元気なふりをして必死に生きていた頃だった。彼の一言はショックだったが、同時に肩からすーっと力が抜けてゆくのを感じた。張り詰めていた糸がようやく緩んだ。

「自立と自己実現」を目指して、がんばり続けてきた二十代の歩き方では、もう一歩も前に進めなくなっていた。三十代に入ってからの私は完全に仕事に行き詰まっていた。それだけでなく、プライベートでも別離の苦しみから立ち上がることができず、私は長い間うつ状態が続いていた。自分が生きているのか死んでいるのかよくわからない日々を生きていた。彼に十年ぶりで再会したのは、私が、燃えカスのような人生を生きている時だった。

「どこにも弱音を吐ける場がなかったんだろ。もう無理するな、倒れるぞ」

「……」

この時のこの一言は効いた。弱った心を直撃した。泣きそうになる自分を必死になって抑えた。彼の言う通りだった。何年にも亘り、公私ともにつらいことばかりだった私は、どこにも、誰にも、弱音を吐くことができなくて苦しくて仕方がなかった。私はやはりこの人と結婚しよう！ それが一番いい。あの時は、まだ、時期尚早だったのだ。やっと「その時」が来たからこそこんなふうにして偶然再会したのだろう。これは偶然を装った「必然」に違いない。

今思うと信じられないのだが、この時の私は、露ほどにも彼が既婚者になっているかもしれないなんて思わなかったのだ。三十代の男であれば普通はまず左手の薬指をチェックするのが独身女の本道だろう。

しかし、この時の私はそれをチェックすることさえ忘れていた。この信じられないような偶然の再会は、私たちが結婚する運命にあることを教えてくれているのだとしか思わなかったのだ。本当になんというおめでたさ、自分勝手さだろうか。とにかくこの時、私の頭の中ではすでにウエディングベルが高らかに鳴り出してしまったのだ。

もしあの日、電車が一本ずれていたら再会することもなく、互いに別の人と結婚して、別の人生を歩んでいたのかと思うとすごく不思議な気がする。本当に深い縁のある人とは、たとえ、一時《いっとき》離れていたとしても、また出会うようになっているのだろうか。縁とか、出会いって、なんという神秘なのだろう。人生を変えてしまうような出会いや再会というのは、決まって、予想もしていなかったようなかたちでやってくるのだ。出会い、巡り合いというものが人間《じぶん》の計画の及ばないところで起こるものであるのならば、きっと、これは、神さまのお仕事なのだろう。

内側から聴こえてくる微《かす》かな声

私たちは、この予想外の偶然の再会をきっかけに結婚した。私は、夫の会社が名古屋だったので、本当は結婚を契機に退職しようと思っていたのだ。ところが会社から「東京―名古屋間の新幹線代は出すので、結婚しても仕事は続けてほしい」と言われ、機を逸してしまった。ここまで自分を必要としてくれているのかと思うと「退職したい」とはとても言えなくなってしまった。

それで結局はまたずるずると仕事を続けることを私は選択してしまったのだ。妊娠七ヵ月目まで、週の半分は東京―名古屋を新幹線通勤しながら仕事をしていた。残りの半分は家で仕事をして、原稿や企画書や調査報告書などをファックスで東京の会社にバンバン送っていた。優柔不断な生き方は最も私が良しとしないものなのに、そんな選択をしてしまったのは、たぶん私のコンプレックスと心の弱さと、私を育ててくれた人たちを裏切ることになるという罪悪感だった。

「私には何の才能もないんだ。私なんか何やってもダメなんだ」と自暴自棄になっていた私にたくさんのチャンスを与えてくれて、私の中で眠っていた才能を引き出してくれた会社の上司たちは、私にとって本当に感謝の対象だったのだ。もちろん長く勤める中では、会社に対しいっぱい不満も違和感も出てきたが、それらのことに目をつぶれるほど、私にとっては自分の居場所ができた喜びの方が大きかった。

「私はこの会社にとってなくてはならない存在なのだ」と思えたことは、私の自尊心を十分満たしてくれた。この満足感に比べたら多少のからだの不調や日々の葛藤など取るに足らないものだった。人から認めてもらうこと、必要とされることが、こんなにもうれしいことなのかと思った。

だから、あの頃の私は、それこそのめりこむようにして仕事をしたのだと思う。私は今でこそ、自分がワーカホリックの会社人間だったということが理解できるけれど、渦中にいる時は自分のことをそんなふうに思ったことなど一度もない。自分に与えられた仕事をただ一生懸命やっているだけだと思っていたのだ。小さな会社だったので、十二時間労働や、週に一度や二度の徹夜なんか当たり前だった。それすら全然苦とも思わずに働いていた。夜明け頃、会社のソファで二～三時間、仮眠して、すぐまた次の仕事にとりかかっていた。休日も家で仕事をし、私生活なんてどこにあるのかといった日々だった。私も、同僚の女性たちもみんなからだに変調をきたしながら働いていた。みんながそういう状態で働いていたので、半病人の集団だったのに、それを異常と感じる感性さえ失っていたのだ。働いてお金をいただくというのは、そのくらい厳しいものなのだと思っていた。私は、山積み状態の仕事を次から次へとこなしていくのに精一杯で、自分のからだの悲鳴なんか完璧に無視して、生活も生き方も全く変えようともしなかった。自分の内側から微《かす》かな声が聴こえてきたら、私は、その声を頭で強引にねじ伏せていた。その声はその頃の私にとっては、不都合な声だったのだ。

しかし、そんな不自然なことは長く続くはずもなかった。だんだん私は、ストレスによって不眠になり、心は、閉塞感、無力感、強迫観念に襲われるようになっていった。心の深い部分では、「仕事も職場も生き方も全とっかえしたい」と思い始めていたのに、どうやって自分の人生の軌道修正をしていいのかわからなかったのだ。

そんな時に縁あって結婚し、妊娠したものだから「これでやっと休める！」「もしかしたら新しい人生が始まるかもしれない」と、私はこの機会を千載一遇のチャンスと思った。今にして思うと、夫はまるで私が過労死するのを止めるために私の人生に再び登場してくれたのではないかとさえ思う。

第5章 人生の再編集

人生を深く生きようとする人の旅というのは〝巡礼〟みたいだと思う。そんな旅を私もしてみたい。

世界は、生にあふれているかのように見える。そして、誰もが生きることを考えている。

しかし、生の輝きを見る意識だけでなく、死を眺める意識というのも、人生の深さや、真の喜び、この世界の美しさに深く触れていく意識の水路なのではないかと思える。

* *

何もない静かな時間がとても心地いい。沈黙は祈りに似ていると思う。

雨が降りそうになってくると、空気の匂いが変わるということにも気づいた。空気の中に、土の匂いが混じるのだ。大地が雨を待つからだろうか。

自然の音と匂いに包まれていると自分が何かとても大きなものに包まれている安心感を覚える。

「大丈夫だよ」と言ってもらっている感じがする。

ずっとずっとこの感覚を求めて生きてきたように思う。大きな大きなものに自分は守られているという感覚、見守られているという安心感。

また脳に影が……

今年もまた、一年に一回の脳の検査の日がやってきた。ここの病院は、ＣＴよりもさらに精度の高いＭＲＩ検査をしてくれた。一年目、二年目は無事パスしてほっとした。三年目になったら前任の医師は他の病院に行ったらしく、新しい先生になっていた。

医師は何枚もあるＭＲＩ写真を真剣な顔で見ていた。一年目、二年目の写真とも比較している。すると、ある写真の前でゆっくり腕を組み、「うーん」と唸《うな》った。しばらく無言。沈黙の時間がこれほど苦痛だったことはない。その重さに耐えられず、私の方から口を開いた。

「あのー、再発でしょうか」

「うーん、ちょっと気になる影が出ましたね。ごく小さな影なんですが」

「……また手術でしょうか」

「いや、現段階では、すぐ緊急開頭手術をしなければならないということではありません。要観察ですね。経過を見ましょう。しばらくしてまた再検査をします」

「どうすればいいんでしょうか。前の時は、頭痛や眩暈《めまい》や顔面神経痛など諸々《もろもろ》の予兆がありましたが、今回は何もなかったんです。からだも心もいたって快調で、この三年間、健康にはすごく気をつけていたので、風邪ひとつひかなかったし、頭痛もただの一度もなかったんです」

「経過を観察しましょう。ちょっと様子を見てみます」

医師はまた同じことを冷静な口調で言った。私は頭の中が真っ白になった。私の目でも一年目、二年目にはなかった小さな影が出ているのがわかったからだ。私は、もういてもたってもいられなくなって、病院から本屋にまっしぐらに向かった。

医学や健康関係のコーナーに直行した。がん、白血病、脳腫瘍《しゅよう》、膠原病《こうげん》といった、いわゆる難病関係の生還者からの本とか、西洋医学以外のいろいろな治療法が書いてある本がいっぱいあった。目を皿のようにして背表紙を追いかけた。すると、急に視界が靄《もや》がかかったみたいに白くなって、すべての本の背表紙が見えなくなってしまったのだ。そして、ある文庫本の背表紙のタイトルだけがスコーンという感じで目の中に飛び込んできた。

『シーゲル博士の心の健康法』（新潮文庫）というタイトルだった。著者は、バーニー・S・シーゲル。全く初めての著者だった。何をしている人なのかもわからない。タイトルからすると心理学者か精神科医だろうか？　でもなぜ、私が「心の健康法」なの？　私は脳腫瘍であって、心を病んでいるわけではないのに。しかし、その本は明らかに私に読めと言っていた。著者はアメリカの有名な外科医であり、多くのがん患者さんの肉体的な治療と心の癒《いや》しに力を注いでいる医師であるということがわかった。私は、その本を手にとり、ぱっと開いたページを何気なく読んだ。一瞬、目が釘付《くぎづ》けになった。ぞーっとするような文章に出会った。

「肉体的な病気を診るとき、医者はもっぱら身体に注意を向け、患者の人格や心は別のもののように考えがちだ。だが心と身体は不可分であり、病気を理解するためには、その病気がなくては満たされないような何らかの心理的欲求を、それが満足させているのではないかと考える必要がある。（中略）このことを考え始めると、病気がなぜある特定の部位に現れるのか、また、なぜある特定の時期に起こるのかについては、理由がある場合が多いことに気がつく。身体は、自分の要求を満たすために、実に巧妙な手をつかうのだ」

何これ、どういうこと？　私があの時期に、あの病気になることを自分で選んだとでも言うの？　そんなばかな。誰があんな痛み、苦しみ、生死を彷徨《さまよ》うような体験を自分から選ぶものですか。そう心の中で言い返して、一端は本棚に戻した。しかし、他の棚に行ってあれこれ本を見ても、なぜかまたこの棚に戻って来て、この本を手に取り中を読んでしまう。気になってしょうがない。何か図星を指されてしまった感じで、すごい抵抗が起きている。どうしよう、読みたくないな、この本。そう強く思う一方で、いや、この本の中には私が学ばなければいけないことがいっぱい書いてあるという直感があったのだ。やはり、直感の方を選択。レジに直行した。

本屋の後は薬局に行き、免疫力をあげる健康食品をいくつか購入した。ものすごい種類だ。直感で三種類選んだ。公園のお母さんの中にも健康食品の仕事をしている人が何人かいたので電話で情報を仕入れてとりあえず二種類を三ヵ月試してみることにした。「奇跡は二度は起きないいんじゃないか」と思えて、ものすごく不安になっていた。頭はほとんどパニック状態だった。

病はからだの声なき声？

帰宅してからむさぼるようにして、買った本を読んだ。衝撃的な本だった。シーゲル博士の前著『奇跡的治癒とはなにか――外科医が学んだ生還者たちの難病克服の秘訣』（日本教文社）は世界的なベストセラーになった本で、『シーゲル博士の心の健康法』はこの本の続編に当たるものだった。序文にはこう書いてある。

「本書と前著で私が強調しているのは、人間には自然治癒力が備わっているという点だ。神によって与えられたこの能力を医学はあまりにも長い間無視してきた。だが自然治癒力を重視するからといって、医者に背を向けることを私が勧めているわけではない。ただ、医術だけに頼るのは間違っていると思う。近代医学と自然治癒力は、互いに相いれないものではない。どちらかをとって他方を排除するのはよくない。病気を治すためには、あらゆる方法を利用すべきだ。つまり、科学的な治療法と同時に、人間が生まれながらにして持っている治癒力を使うのだ。本書において私は自分自身と、これまでに出会った多くの例外的患者（岡部注：医者に見放された患者で奇跡的に治癒した人々）の経験にもとづいて人間に備わった治癒システムの役割をさぐる。そして、その科学的なメカニズムを説明し、なぜ愛が生理学的な効果を持つのかを明かす」

「病気は夜中に泥棒がどこかの家に忍び込むように行きあたりばったりに人を襲うわけではない。あるタイプの人間が、人生のある時点で、ある種の病気にかかるんだ。何年もこうしたことを見ていると、ほとんど予言できるようにさえなる。鋭い医者にとっては、病気は心理学者にとってのロールシャッハテストのようなもの。いわば患者の自己表現のひとつなのだ」

私はこの文章を読んだ時にある感覚を思い出していた。闘病中のあの耐えがたい痛み苦しみの最中に私は心のどこかでほっとした感覚があったことを覚えている。自分が生死を彷徨っているというのに、「ああ、助かった。これで楽になれる」と思ったのだ。そして、妊娠中にもほんの一瞬思ったことがある。私が大きな病気をして元のからだに戻れないようなことになれば、今までのことからすべて解放されると。病気になりからだに障害を持てば、役員をしていようが、どれだけの仕事を抱えていようが、誰からも非難されずに会社をやめられると思ったのだ。

しかし、なぜ私はこんな本に出会ってしまったのだろう。どう考えても、難病の人が病気を克服するための参考になる本を選びに行ってこんな小さな文庫本、ましてや、『シーゲル博士の心の健康法』なんていう平凡なタイトルの本を手に取るとは思えない。やはり、これは私が読まなければいけない本だからこそ出会ってしまったのだろうか。

「病気は、患者の自己表現」
「病気は、患者の潜在意識が創造したもの」
「人間には自然治癒力が備わっている」
「病気は、自己変革への道」

他の人が、こういったメッセージをどう受け止めるかはわからない。「何を言ってるの」と歯牙《しが》にもかけないかもしれない。世の常識では、病気は偶然の不幸で、患者である自分は、その被害者、犠牲者なのだ。素人である患者は、医師にいのちも人生も全部預けて、「先生治してください」とすがるしかない無力な存在、俎板《まないた》の上の鯉なのだ。誰が、病気が自己表現などと思うだろう。自分の中に病気を治す力があるなんて誰が信じられるだろう。

しかし、他の人がどう受け止めようとも、私自身は、この言葉にドキッとしてしまったのだ。

「病気というのは、からだの声なき声なのだろうか？」「何か大切なメッセージなのだろうか？」「病気には、意味があるのだろうか？」「心が現実を創るというのはどういうことなのだろう？」「病は、自己変革への道というのはどういうこと？」

私は、シーゲル博士の本を読み進むうちに、心や思いというものが作る病気や現実というものに対して、信じたくない、怖すぎるというネガティブな反応よりも、心というものの無限の力というものに対して、もっと知りたい、信じたいという気持ちが生まれはじめていた。これまで世間一般では、病気は悪いもの、忌まわしいもの、過去の人生の間違い、あるいは前世で行った悪行に対する「報い」「罰」といった、非常にネガティブなイメージがあった。難病に関してはなおさらそうだ。

ところが、この本を読んだことによって私は、「病から、もっと学べることがいっぱいあるのではないか？」「新しい世界に出会えるのではないだろうか？」と思うようになったのだ。シーゲル博士の本には、患者に希望と勇気を与えてくれるメッセージがいっぱいあった。

「人間である以上、何かを失ったり悲しんだりすることは避けられない。しかし、新たな愛と、真の治癒は苦しみによってもたらされるのだ。苦痛は自己変革のために利用することを学ばなければ、長生きは何の幸せも生まない。自己変革の道は険しいが、これを歩むことにより、至福のときを経験することができる」

「病気と死は、敗北のしるしではない。真に生きることができない人こそ敗北者なのだ。生きること、それも愛情豊かな楽しい人生を送ることを学ぶのが私たちの目標だ。病気はしばしばそれを教えてくれる」

「真に癒された人たちは、苦しみや逆境の価値を知っている。病気という象徴的な経験の中に、自己変革と自然治癒、そして健康な心身へ通じる道が隠されていることを知っているのだ。私たちもその道を歩み始めようではないか。病気を利用して、自分の人生を癒すのだ。真の自分を発見するための第一歩を踏み出そう。今すぐに」

ＭＲＩ写真に写っていた影に怯《おび》えてパニックになった私が、偶然にも本屋で見つけたシーゲル博士の本。博士の本は、私の人生の新しい扉を開けるための鍵だったのだ。

新しい世界が始まる予感

本気で思い、本気で決意、決断すると、コトは動く。これまでの人生で何かコトが大きく動き出した時というのは、私の思いが本気であり、本気で決意、決断した時だったように思う。私が、Dr・ゴーマンや、カルマ支部長に腹を立てて、「もういい、自分で治す！」「私の人生は、私が責任を取る！」と決心した時から、マッサージの先生に出会い、気功や鍼灸《しんきゅう》に出会い、シーゲル博士の本に出会うまで、何か自然に導かれるような感じでコトが動き出した感じがする。

ある日、不思議な案内状が突然、私宛に届いた。中を開けてその案内を読み進むうちにびっくりした。なぜよりによって今、これが私に届けられたのだろう。それは名古屋にある「東海ホリスティック医学振興会」というところの活動案内だった。私にとっては初めて知る組織、存在だ。この案内を送ってくれたのは、名古屋在住の鶴田紀子さんだった。鶴田さんご夫妻は、私がかつて勤めていたシンクタンクが主宰していた、社会潮流と消費動向の関係性を学ぶ研究会の会員だった。私は毎月、この会で所長と共に講演をしていたのだ。

案内状の余白にさりげなく「お元気ですか？　またお会いしたいですね！　これ、もしご関心があったらどうぞ」と手書きのメッセージが添えられていた。関心があるもないも私はすでにこの世界に大いに手も足も突っ込みはじめた矢先なのだ。案内を読むと、私のアンテナにビンビン触れてくる感覚がまたあった。私の中で何かが新しく始まる時には必ずこのビンビンかピーンがあるのだ。感じるのだ。共鳴装置が作動する感覚といったらいいだろうか。〝鳴った〟と感じた瞬間から〝始動〟である。「行ってみよう！」と思った。

ゴールの向こうに広がる青空

何か〝予感〟のようなものがあった。朝、玄関を出た瞬間に不思議な高揚感があったからだ。この日は、東海ホリスティック医学振興会に初めて行く日だった。

「いい出会いがあるといいな。私に合う場所だったらいいんだけど……」

私は少しドキドキしながら振興会の扉を開けた。初めてお会いした恒川洋先生（東海ホリスティック医学振興会会長・恒川クリニック院長）は、ごくごく普通のお医者さんだった。私はほっとした。もし、恒川先生が教祖様っぽい雰囲気の人だったらここに関わるのはやめておこうかなあと思っていたのだ。

私は、恒川先生の開口一番のメッセージに励まされ「ああ、やっぱり、来てよかった」と思った。恒川先生は、ニコニコ笑いながらこんな言葉を患者たちに投げかけてくれた。

「医療の主役は医者ではなく、まぎれもなく患者さんなのです。グラウンドに立ち、ゴールを目指し、ボールを蹴る。ゴールの向こうに広がる青空を信じて、ひたすらボールを蹴り続けるんです。グラウンドとは患者さんの人生そのもの。医者も家族も友人もグラウンドに立つことはできないのです。サポーターとして応援し続けることしかできないのです。みなさんのからだには、〝治す力〟が、心には〝癒す力〟があるんですよ。その〝内なる治癒力〟を高めていく方法を学び、体験していきましょう」

私はすでにシーゲル博士の本で、自然治癒力のことを学んでいたので、恒川先生のお話は何の違和感もなく心にすっと入ってきた。ホリスティック医学は、人間を丸ごと診る〝全人的医療〟と言われている。丸ごとというのは、身体性、精神性・霊性すべてに働きかけて、病を治癒に導くことだという。身体性、精神性、霊性という言葉を、〝からだ・心・魂〟と言い換えてみた。私は、なんとなくこっちの方がしっくりくる。私のすべて、人間丸ごとと思える。

ホリスティック医学は、現代西洋医学以外の代替療法、治療法、健康法も積極的に治療に取りいれる。そして病を「気づきの機会、自己変革、自己成長の道」と捉《とら》えている。

恒川先生は、日本の医療を根底から変えていく力があるのは、患者の意識変革だと言う。そのためだろうか。恒川先生は、患者の持っている固定観念を崩すような知識や情報をたくさん与えてくださった。

「国民死亡率第一位を続けている疾病は、ご存知のようにがんです。がんで亡くなる方は増加の一途です。今や、三人に一人はがんで亡くなっています。五十代、六十代の二人に一人は、がんで亡くなっています。医学の進歩は日進月歩と言われているのにこれはどういうことでしょうか。これまでのがん医療を見直さなければいけないということではありませんか。とにかく今や、がんは特殊でも、特別な病気でもないんです。まして、運の悪い人が不幸にも偶然遭遇してしまうような病気じゃない」

確かにマスコミは、がんというと決まり文句のように、〝不治の病〟〝凄絶《せいぜつ》な闘病生活〟〝壮絶死〟といった言葉で形容する。社会に蔓延《まんえん》しているこの恐ろしいイメージに患者はまず先に負けてしまうのだと思う。本当にこの病名にまとわりついているイメージは、絶望的なほど暗過ぎる。患者はこの圧倒的に暗く悲惨なイメージによって、さらに免疫力を落とし、病気を治りにくくしているのではないだろうか。

恒川先生は言う。

「患者さんが固定観念として持っている、〝病気はすべて医者が治してくれるもの〟という考え方をまず変えなければね。自分は俎板の上の鯉なので先生にすべてお任せしますという依存心のかたまりでは、がんをはじめとする難治性疾患に立ち向かうことはできませんよ」

「患者さんの〝自立と自律〟、自分で作った病気は、自分が治すという意志こそが大事なんですよ。食習慣をはじめとする生活改善や心の持ち方、生き方を全く変えずに薬やサプリメントにばかり頼ったり、代替療法家や宗教家に縋《すが》って、〝治して下さい助けて下さい、癒して下さい〟という依存的な患者でいる限り治癒は難しい。これでは、結局、縋る対象を変えただけでしょう？　西洋薬を漢方やサプリメントに、医者から代替療法家に鞍替《くらが》えしたに過ぎない」

どの俎板に載るかは、鯉が選ぶということなのか。確かに、無力な鯉になっては難病に立ち向かえないというのは、至極、当然のことに思えた。「お任せします」という言葉も患者という弱者のお縋りからでた言葉なのか、その医師に対する心からの信頼感から出た言葉なのかでは、その意味合いは全く違ったものになるだろう。

「病をきっかけに自分を見つめ直すことで、自己への〝気づき〟が深まり、結果として、病の治癒を超えて、自分の〝あり方〟や〝生き方〟が大きく変わっていった人を僕は沢山見てきました。そうすると、苦しい病は、本当は天からの何か大切なメッセージなのではないかと思えるのです」

恒川先生のこのメッセージが私の胸にとても響いてきた。私も生死に関わるような腫瘍を自分の頭の中に作ってしまったのだから、ここでやっている患者の自己治癒力を高める方法は私が取り組む必要があるものばかりだと思った。私はもっと勉強し自分でやれることはやっていこうと思った。私のからだなんだし、私の人生だもの。

からだはこんなにも治りたがっている

「ちょっと見てほしいものがあります。この写真です。なんだと思います？　これはからだの中にあるがん細胞をやっつけるために、ＮＫ《ナチュラルキラー》細胞や、キラーT細胞、マクロファージといった免疫細胞たちが、コミュニケーションをとりながら、日夜総動員でがん細胞と戦っている電子顕微鏡写真です。からだは、まさにいのちがけであなたを守ろうとしている、治そうとしているんです。あなたのからだは、こんなにも治りたがっているんですよ」

恒川先生からこの話を聞いたとたん、私は突然熱いものが込み上げてきた。涙が次々にあふれてきて止まらなかった。からだは一生懸命、私を生かすために、ここまでがんばって働いてくれているんだ。からだが、こんなにまでして、自分を守ろう、生かそうとしているなんて知らなかった。からだって、なんてけなげなのだろう、なんていじらしいんだろう……。

ふと、目を閉じて、深呼吸をして、自分のからだに意識を向けてみた。からだも心も静かにふるえていた。私が意識を傾けてあげたことを、からだも心もすごく喜んでいるみたいだった。私は生まれて初めて、自分のからだをいとおしいと思った。

からだは、私が眠っている時にも、怒っている時にも、疲れている時にも、悲しんでいる時にも、心臓も、呼吸も、一瞬も休まず働き続けてくれている。文句も言わず誠実に、ただひたすら私を生かしてくれている。私が生まれてから、何十年という歳月、休むことなく働き続けてくれているこのからだ。それなのに私は、私を生かしてくれているこのからだに感謝したことなどあっただろうか。こわれたからだに文句ばかり言っていた日々。勝手に使って、使いつぶしてしまったのは私なのに。からだの悲鳴が聴こえないほど、私は一体、何の声を聴いていたのだろうか、あの頃……。

目を閉じたまま、私のからだが病んでいった日々を追想した。本当は疲れ切っていたのに、つらくて仕方がなかったのに、そんな自分にさらにプレッシャーをかけて、自分を追い込んでいった日々。まるで、からだをマシーンのように使っていた。からだが私を助けるために様々な症状を出してシグナルを送ってくれていたというのに。

私は、今まではどうしても受け入れられなかったけれど、もう認めようと思った。からだが病む前に、からだがこわれる前に、私の心が先にこわれていたことを。心が病んでいたということを……。私は泣きながら、ノートに「病気」という文章を書き綴《つづ》った。心が痛くてたまらなかった頃のことが思い出されて涙が止まらなかった。

病気というのは、やはり、その人の声なき声、言葉にならない言葉なのかもしれない。真の治療というのはまず、自分のからだの「声なき声を聴く」ことから始まるのだと思った。私が病んでいった日々の中で、からだが叫んでいた声に耳を澄ますと、確かに聴こえてくるからだの声がある。

「もうそんなに無理しないで。あなたは疲れきっているよ。いのちと引き換えにしてまでがんばらなきゃいけないものなんてあるの？」

「泣いたっていいんだよ。甘えたっていいんだよ。もうひとりでがんばらなくてもいいんだよ」

「もういやだ、疲れた。休みたい。もう限界」

「わかってほしかったんだよね。ただ、わかってほしかっただけなんだよね」

「そんなに自分を責めないで。もう十分自分を裁いてきたのだからもう自分を許してあげて。しょうがなかったんだよ。あれがあなたの精一杯だったんだよ」

「淋しかったんだよね。悲しくて悲しくてどうしようもなかったんだよね」

泣き叫んでいる細胞たち

私は、ある知識や言葉や新しい概念に出会うと、しばらくの間そのことについて徹底的に調べたり、勉強したり、深く考える時期がある。シンクタンクで働いていた頃の習い性なのかもしれない。

ある日、「がん細胞って何なのかなあー」とぼーっと考えていたら、ふと、宮崎駿のアニメの中で、私が一番好きな『風の谷のナウシカ』のイメージが浮かんできた。あの〝腐海の森〟で毒を出す樹木を守って人を寄せ付けないオームをはじめとする昆虫たちが、なぜか突然、がん細胞と重なって見えたのだ。

「火の七日間」――。それは人間が作り上げた文明を焼き尽くす恐ろしい戦争でした。それから、千年という長い長い年月が過ぎ、地球には、〝腐海〟と呼ばれる毒を出す植物たちの森が広がっていきました。腐海は、巨大化した昆虫「蟲《むし》」たちの住処《すみか》。人間はその外側、残された土地に国を作り、腐海や蟲たちに怯えながら暮らしていました。誰も近寄らないその腐海の中を、たったひとりで歩いている少女がいました。少女の名はナウシカ。ナウシカは、自然や生き物を愛するやさしい少女でした。

――『風の谷のナウシカ』（徳間書店、一九九八年）

ナウシカは、キツネリスのテトが牙をむいて、自分の指に嚙《か》みつき血を流しても「こわくないのよ、ほら、こわくない。ねっ」と言って、指を差し出し続ける。するとテトは、自分が嚙んで傷つけたために流れているナウシカの指の血を、次第になめはじめる。

「怯《おび》えていただけなんだよね。こわかっただけなんだよね」と言いながらテトに触れる。ナウシカは、こうして自分を攻撃してくるものと一瞬のうちに仲良くなってしまう。ナウシカは知っていたのだ。攻撃してくるものは怯えているものであることを。怒っているものは、傷ついているものであることを。

人間が、毒を出す森である腐海を焼き尽くしてしまおうと攻撃を始めると、腐海の王である強大な蟲《むし》オームが人間を殺そうと暴走する。ナウシカは幼生を助けて、「怒らないで、こわがらなくていいの。私は敵じゃないわ」と言ってオームを抱きしめる。オームの幼生は人間に攻撃されたため、足はちぎれ、からだから青い体液を流し続ける。目は怒りで赤く燃えている。死にかけているオームに寄り添いナウシカは言う。

「ごめん……ごめんね……。許してなんていえないよね。ひどすぎる……」

すべてを破壊し尽くすほど荒れ狂っていたオームたちも、ナウシカのやさしい語りかけによって静まってゆく。ナウシカの愛だけが、オームの怒りと凶暴性を失速させられるのだ。私はこの場面で毎回泣いてしまう。

ナウシカは知っていたのだ。腐海は、人間が汚した世界をきれいにするために生まれた森であることを。腐海の樹木は、汚れた土や水の毒をからだに取り入れて、地下で美しい水、空気、胞子、結晶を作っていたことを。腐海の蟲たちは、本当はみなその森を守る精であるということを……。

『風の谷のナウシカ』と「千島学説」が、私の中で不思議に重なった。千島学説（故・千島喜久男医学博士の学説）では、がんは、血液の汚れを警告しているものであり、がん細胞は汚れた血液の浄化装置だという考え方をしている。現代西洋医学のがんに対する考え方とは全く違う。千島学説は、血液は骨髄ではなく小腸の絨毛《じゅうもう》で作られているという学説だから、今の医学会では認められていない。この学説を認めてしまったら、現在の医学教育を根底から塗り替えなければいけなくなるからだという。

私は医療者ではないから、医学的にどちらが正しいのか、何が正しいのかはわからない。ただ、患者は〝素人〟ではあるが、〝当事者〟なわけだから「偉大なる素人」になって、自分にとってのより良い選択をしていくしかないのだ。いのちや人生がかかっているのは患者の方なのだから。

偉大なる素人でありたい私は、医学的にどちらが正しいかというより、どういう考え方が私にとってより納得できるのか、前向きになれるのか、行動に移せそうなのかという物差しで選択していくしかないのだ。そういう意味では、がん細胞＝極悪非道の超悪玉、故に、どんな手段を使ってでも殺す、叩きつぶすという、西洋医学の好戦的な考え方より、がん細胞は、血液の汚れを警告するため、血液を浄化するために生まれるのだから、まず、宿便をとって、腸の大掃除をして、腸内細菌叢のバランスを整え、血液をきれいにし、酸化したからだを中庸《ちゅうよう》に戻し、がん細胞が生きにくい体内環境を作ろうという千島学説のメッセージの方が腑《ふ》に落ちる感覚があったのだ。

西洋医学のがん医療にたいする基本的な姿勢は、がん細胞を、親の敵とばかりに憎み、抹殺するという考え方だ。西洋医学は、病気そのものを悪いものと考えているから、症状をとにかく抑える、無くす、消す、叩くということに懸命になる。西洋医学が〝対症療法〟と言われるゆえんだ。確かに西洋医学のお医者さんは、病気、病巣、症状を「叩く」という表現をよく使うし、すぐ「切りましょう」と言う。まるで、肉や魚をさばくような感じだ。なんとなく、ああいう表現って、自分のからだを乱暴に扱われている気がする。

西洋医学のがん治療の言葉に、戦争用語が多いのも気になっていた。絶滅、根絶、戦略、一網打尽、闘病……これは、感染症、伝染病のように、病気の原因が〝外〟にある時の疾病観のまま、がんという病気を考えているからではないだろうか。おそらく西洋医学は、がん細胞を外からやってきたエイリアン、悪魔、テロリストと考えるから〝悪の打倒〟という戦争医学用語になってしまうのではないだろうか。「病気は悪」という考え方が根本にあれば、必然的に、その悪・テロリストを徹底的に叩きつぶすという発想が治療の考え方になるのは頷《うなず》ける。西洋医学は、基本的に好戦的で攻撃的な医学なのだと思った。それ故、がん細胞を叩きつぶすためには、その治療でどれだけ患者が苦しもうが我慢すべきだという考え方になるのかもしれない。そう考えると、西洋医学のがん治療には、拷問に近いような痛み苦しみが多いことが納得できるのだ。

がんというものが〝死の象徴〟になっているのかもしれない。まるで、がんを叩きつぶせば死が消えてしまうかのように。死は、決してなくならないのに。がんは耐えがたいストレス、極度の疲労、遺伝子を傷つけるものの体内摂取、間違った食習慣、毒素・老廃物の体内蓄積、深い悲しみや、絶望感、無力感、自己否定感、細胞や肉体の老化、個々の患者の未知のX……。それらが、からだの抵抗力、免疫力という〝生命力〟そのものを落として発病の引き金を引くと言われている。

だから、これに追い討ちをかけるような攻撃的な治療が次々に施されるのは、患者にとってはつらいことだ。まるで傷口に塩や明太子をすり込むような治療ばかりだ。正常細胞もがん細胞もどちらも身内なのに。窮鼠《きゅうそ》ネコを嚙むじゃないけれど追い詰められればばられるほど、窮鼠（がん細胞）はバカ力を出してしまうのではないだろうか。『風の谷のナウシカ』に出てくる、あの腐海の森のオームと同じように。

私だって、自分を攻撃されれば必死になって自分を守ろうとする。ましてや自分が殺されそうになったら、何が何でも生き延びようとすると思う。私たちのからだの中にはがん細胞ができても、ちゃんとそれを消してくれる免疫細胞たちがいるのだからこの免疫細胞たちが元気になること、働き者になってくれること、いい仕事をしてくれることの方に働きかけていく治療法、健康法の方に私の関心は向かう。免疫力、生命力があることが何よりの鍵なのだ。私たちのからだには、毎日、数千、数万個のがん細胞が生まれているのだという。しかし、免疫力、生命力があれば、からだ自身が、がん細胞を退治し癒してくれるので発病には至らないのだという。

私が、からだにやさしい治療法や様々な代替医療や予防医学にこんなに関心を持ってしまったのは、やはりもう二度とあのような耐えがたい肉体的苦痛を味わいたくないからなのだ。それに女だから、髪が全部なくなるのももういやなのだ。

がんをはじめとする生活習慣病、現代病には、全員が必ずこの方法で完治するという〝決定打〟がないのだという。だったら私は、このからだで実験しながら、自分に合うものを見つけていこう。どんな治療法を選ぶかは人それぞれだけれど、私は苦痛は最小限で、あとは自然治癒力を増幅してくれるような療法を選びたい。そして自分でできるものは自分でやっていこう。

生きているということの奇跡

西洋医学は、死を敗北と考えているのだと知った時、私はものすごい違和感を持った。私たちは全員いつか必ず死ぬのに、死が敗北ってどういうこと？　私たちはみな生まれた瞬間から〝敗北者の人生〟を歩んでいるっていうこと？　なんか変だ、この考え方は。

そんなことをつらつら考えていたある日、写真家であり、作家である藤原新也の著作『メメント・モリ　死を想え』の中に、ドキッとする言葉があった。私は、二十代の初め頃に、彼の著作である『東京漂流』『印度放浪』『全東洋街道』を夢中になって読んだ時期がある。私は、彼の生死に関する洞察、人間の心の闇の深さと光を見る眼、混沌《こんとん》の中に生の本質を探ろうとする姿勢、東洋に対する眼差し、この時代への〝問い〟に、ただならぬ感性と、洞察の鋭さ、深さを感じていた。何か、私の心の深い部分をえぐられたように思った。

日本が、ひたすらアメリカの成功と栄光、豊かな消費社会に目を向けていた頃、彼は時代の風に逆行するかのように、ただ東洋を見続けていた。アジアの持っている猥雑《わいざつ》なるエネルギーと混沌、この世の行き止まりと吹き溜《だ》まりのような世界……。その地上世界の上に広がるどこまでも澄み切った天上の蒼《あお》さ、青さ。アジアの子供たちの持っている美しい目の輝き。彼は、ファインダーを通して一体何を見続けていたのだろうか。ファインダーとは、彼のスピリット、魂の眼そのものだったに違いない。私は、彼が見ようとしているもの、探そうとしているもの、求めているものを知りたかった。彼の意識が向かうものを感じていたかった。この世の果てにあるものを私も知りたかった。彼の作品を貪《むさぼ》るようにして読んでいた二十代の私には、十分な若さと時間があり欲しいものも少しずつ手に入るようになっていたのに、何かがいつも満たされていなかった。心が求めているものとは違う何か、私の存在の奥深くで求めているもの。それは、今にして思うと、私の魂の渇き、飢えのようなものだったのかもしれない。

あれから長い年月が流れ、この『メメント・モリ』には、余分なものをどんどん削ぎ落としてきた人の持つ、さらに透徹な眼差しを感じた。かつての彼の作品には本を開いた瞬間に立ち上ってくる、ある〝匂い〟があったのだけれど、それがなくなっていたことに少しだけ物足りなさを感じた。しかしそれは、物事に〝意味〟を求めずにはいられない、私自身の性分が感じてしまう物足りなさなのだろう。藤原新也は、ある時点から、物事に意味を求める人生をやめてしまったのだなと思った。

メメント・モリとは、元々、ラテン語で、〝自分が死ぬべき存在であることを思い出せ〟という意味らしい。頁を開くといきなり、「死の瞬間が生命の標準時」なんていう言葉が出てきて驚いた。

本当の死が見えないと、本当の生も生きられない。
等身大の実物の生活をするためには、
等身大の実物の生死を感じる意識をながめなくてはならない。

死は生の水準器のようなもの。
死は生のアリバイである。
MEMENTO-MORI

——藤原新也『メメント・モリ　死を想え』（情報センター出版局、一九八三年）

〝死は生のアリバイ〟……どこから出てくるんだろう、こんな言葉。〈死は、病気ではない〉、〈人間は、犬に食われるくらいに自由だ〉、〈市場《いちば》があれば、国家はいらない〉、〈誰にも氷点はある。必ずやって来る〉、〈人間の氷点を溶かしてくれるものはニンゲンだ。ニンゲンの体温だ〉、〈旅やがて思想なり〉。この人の言葉にどれだけ今までドキンとさせられただろう。人生を深く生きようとする人の旅というのは〝巡礼〟みたいだと思う。そんな旅を私もしてみたい。

世界は、生にあふれているかのように見える。そして、誰もが生きることを考えている。しかし、生の輝きを見る意識だけでなく、死を眺める意識というのも、人生の深さや、真の喜び、この世界の美しさに深く触れていく意識の水路なのではないかと思える。死は、生の一部であること、生の中には、常に死が〝包含〟されているということを〝体験〟として知り、もう一度この世界に戻ってきたという事実が私に教えてくれたことは計り知れない。

死は、ある日突然、その姿を現した。本当にあっけないほど、死はいつもの日常の前に忽然《こつぜん》と立ち塞《ふさ》がった。そして、ありふれた日常生活は一瞬にしてありえない日常の光景に取って代わった。あの時私は、自分が死ぬということ、自分が消滅するということを逃れようのない事実として突きつけられたのだ。それが、どれほど耐え難い不安と苦痛と絶望であったか……。いつかは自分も死ぬということを、〝頭でわかっていた時〟と、現実に目の前に出現した〝死の恐怖〟とは天地の差だった。想像と実感は、全く別次元なのだということを、私はあの時、痛感したのだ。

今でも時々思う。私は、あの時に死んでしまってもなんの不思議もない人間だったのだということを。あれで私の人生は「ＴＨＥ　ＥＮＤ」だったのかもしれなかったのだ。本当に人生の幕というのは突然降りて来るものなのだと思った。ものすごくリアルな〝死の感覚〟が、あの時、私のからだに刻み込まれた。私はあの時、生きているということ、存在しているということが、最大の奇跡なのだということを知ったのだ。

しかし、死んでいたかもしれない私は、まだこうして生かされている。もし、まだ私にやるべき仕事があって、出会うべき人がいて、体験すべき何かがあって、再びこの世に戻されたのだとしたら、一体、それは何なのだろう？　出会うべき人とは誰なのだろう……。

三年目の検診で見たあの小さな影は、またもや、私に死を突きつけている。私は怯えている。でも、怯えながらも、いや、またなんとかなると、どこかで思っているのだ。今度は何を突きつけられているのだろう。人生の展開が変わっていく時、こうして私は、いつも激しく何かを突きつけられる。誰の人生もそうなのかもしれないが、どうして私は最大の印籠＝死をつきつけられるのだろうか。

もうからだにメスが入るのはイヤだ

再検査の日がやってきた。やはり前回同様の影がまだ出ていた。ガッカリすると同時に腹が据わったような感じがした。私はもう頭を切開されるのはいやだったし、肉体をこれ以上切り刻みたくない。

最初の発病の時は、私は発作を起こして意識不明になったから、頭を切開されるということを事前に知らなかった。結果として、私の頭は切開されていたのだ。でも、もしあの状況の中で事前に知らされたらどうだっただろう。お腹を切開された傷の痛みを抱えた状況で、次は後頭部を切開する、側頭部にも二つ穴を開ける、助かるかどうかはやってみなければわからないなんていう手術を受ける恐怖に私は耐えられただろうか。

知らなくてよかったと後でつくづく思った。あの時の意識不明って、まるで〝神さまがくれた睡眠薬〟だったように思える。私はもうからだにメスが入るのはいやだ。頭を切開されるなんてものすごくこわい。私は、振興会で出会った、腫瘍が再発・転移をしている患者さんたち同様、自分で治そうと思った。

夫に三年目の検診でまた小脳に小さな影が出たこと、その時は要観察と言われたけれど、半年後の再検査でも同じ結果だったことを伝えた。

「なんで、影が出た時点で、すぐ言わなかったんだ！」

「あの時は要観察って言われただけだったから。再検査したら間違いだったという話はよく聞くでしょ。そうだったら、無駄な心配させたくないと思って」

「お前は、あの手術をする前も、痛みでもう意識が朦朧《もうろう》としている状態だったのに〝大丈夫、大丈夫〟って俺に言ってたんだ。意識不明になったのは、あの数時間後だぞ。そんな地獄のような痛みの中でも、お前は、〝私は大丈夫〟って言ってしまうんだ。俺は、お前の大丈夫は全然信用していない。なんでそうなんだ。この間の検診で影が出た時、不安だったんだろう？　こわかったんだろう？　なぜそういうことをすぐ俺に言わないんだ！」

夫はこわい顔をしていた。そして、だんだん悲しい顔になっていった。本当にどうしてなんだろう。自分でもわからないのだ。夫だけではない。親にも、友だちにも、一番苦しい時、不安な時、あまりに悲しい時は、何も言えなくなってしまう。心が凍りついたように固まり、言葉が全く出てこなくなるのだ。

頑強な心のクセだ。わかっているのについそうしてしまう。何か根深いものが自分の中にあるのだと思う。なぜこんな自分になってしまったんだろう。いつからこんなふうになってしまったのだろう。私が今までの人生で唱えてきた呪文は、「大丈夫、大丈夫」「平気、平気」「なんともない、なんともない」だった。つらい時ほど声に出してこれを言っていた。こんな呪文でも唱えていなければ倒れてしまいそうだった。その呪文が呪縛のようになっていて、あのような意識が朦朧としている状況でさえ口走っていたのだろうか。

「すぐ言わなくてごめん。今度からすぐ言うようにするから。私、東海ホリスティックで出会った患者さんたちと同じように自分でやってみる。もう、そう決めたの」

夫には、代替療法、自助療法（養生法）で治った患者さんたちの話や、難病から生還した人の書いた本などを見せて納得してもらった。

「お前がそうしたいのなら、俺は全く反対するつもりはないよ。でも、がんばり過ぎて、そのことがストレスになってしまったら元も子もないんだから、やるんだったらマイペースでやった方がいい。お前はすぐ無理をするから、それだけは気をつけるんだぞ」

助かった。主婦が患者である場合、最大の難関、敵が、実は夫だったという話をよく聞いていたのだ。男の人は、西洋医学しか信用していない人が多く、社会的な権威とか、有名病院、名医、科学、データというものにものすごく弱いようなのだ。

しかし、ありがたいことにうちの夫は、「お前がやりたいようにやればいい」と言ってくれている。ホリスティック医学に対しても、特別、偏見もないみたいだし。いやどうせ反対しても、私が一度言い出したら聞かない性格であることを知っているので止めないだけかもしれないが……。

人生の再編集

私は、それからというもの、振興会が開催しているものだけでなく、がんが再発・転移したり、末期がんと言われながら生還した人たち、治癒の見込みがないと言われた難病が治った人たちの講演会には、足繁く通うようになった。その病気体験と生還までの道のりを熱心に聞いては、ノートにメモをいっぱいとった。一言も聞き漏らすまいと思った。

患者会にも行って、生還者たちの生の声、体験談を聞いた。やはり、体験者の話というのは、一番説得力がある。それぞれが出会ったもの、やってきたことは違うのに生還したということは、私に合うものも必ずあるということだ。みなさんは一様に、「何か一つが効いたというより、様々なものの〝相乗効果〟で回復していったのだと思う」とおっしゃっていた。治った人たちの日常での養生法は、ほとんどの方が食生活を改めて食養生をされていたことと、ストレスを軽減することに努力されていたが、それ以外のことは人によってほんと様々だった。

入院していた病院も医師も異なるし、代替療法の治療家も違ったし、やっていた健康法も運動も、飲んでいた薬やサプリメントなども驚くほど多様だった。誰もが必ずこれで治るという健康法も万能薬もないのだということを改めて認識した。まさしくみなさん、自分のからだと感性の〝実感〟を手がかりにして、自分に合うものを見つけて日常で地道に実践されてきた人たちだった。

私は、生還された方々の発病前の生活や人生を聞いて、みなさんよく似ているなあと思った。とにかく共通していたのは、発病前の数年間、あるいは十数年に亘ってものすごいストレス下にあったということ、極度の疲労が続いていたこと、深い葛藤《かっとう》の期間が続いていたこと、ものすごくショックな出来事が発病前にあったこと、そのこだわりから抜けられなかったこと、孤独感があったこと、ストレスの処理の仕方がうまくいってなかったことなどは、どの患者さんも言っていたからだ。

そのストレスの内容は、多様で重層的で、何か一つということではなかったけれど、深いところで病の引き金を引くものは何かということが見えてきた。それは、人は愛に傷ついた時、自尊心が深く傷ついた時、深い喪失感から孤独になった時、失敗をして無力感に襲われた時、葛藤に悩み、苦しんでいる時……。人はそういう失意にまみれた時に病気になりやすいということだ。身体の極度の疲労だけでなく、怒りや悲しみや恐れが病の引き金になることもあるということ。病の根っこには、何らかの〝関係性の崩壊〟があるのかもしれない。自分との関係性、あるいは、誰かとの、何かとの関係性の崩壊。そう思って最初の発病を見てみると、私は確かに発病の数年前に自分にとって、とても大切だった人との関係が崩壊し、その後、何年もうつ状態が続いていた。私は、そういう自分を人に見せたくなくて元気なフリをしていたから、仮面うつ病だったのだろう。

怒りや悲しみの感情そのものより、怒りの抑圧と悲しみを感じ尽くしていないことの方が免疫力を落とすのだという。喜びの涙も、悲しみの涙も、共に免疫力をあげるというのが不思議だ。きっと、どんな涙も浄化のプロセスなのかもしれない。浄化して昇華させるのだろう。結局、感情も、涙も、流れなくなって滞ってしまった時に、いのちの川は澱《よど》んでいくのだ。川が流れなくなったら、澱んで腐っていくのと全く同じだ。人間のからだの細胞は絶え間ない死と再生が繰り返されているからこそ、私たちは生かされている。死ぬことで生かされているいのち。心のしこり、わだかまりを水に流すことで再生する心。

　とにかく生還された方々は一様に病気の原因になったと思われることをやめ、食習慣や仕事の仕方や生き方を変えていた。からだの毒素や老廃物を排出し浄化させ、いやなことはしなくなり、本当に好きなことをやり始めたこと。心のしこりやわだかまりを水に流されていたのは共通していた。

　みなさん、異口同音に「病気になってよかった。今はあの病気に感謝している」とおっしゃっていた。これは単に、病気が治ったからということではないだろう。病気をきっかけに、その人の〝人生の歓《よろこ》びの質〟が変わり、より自分らしく生きられるようになったからなのだと思った。そしてどの方も、一発でこれだというものに出会えたわけではなく、迷ったり、落ち込んだり、疑心暗鬼になったりしながらも、手探り状態で歩き出したら、ある時、誰かとの出会い、何かとの出会いがあったのだという。その出会いに導かれて、だんだん自分のやるべきことがわかり、歩むべき道がわかり、気がつくと、病の治癒を超えた〝新しい人生の扉〟が開かれたのだという。

　私はみなさんの話を聞いて、まずは、勇気ある最初の〝一歩〟がすべての始まりなのだと思った。その一歩を踏み出す勇気が百万馬力なのだ、誰にとっても。だって、知らない道なのだもの。不安でこわくて当たり前だと思う。

　私は生還された人たちに共通する、最も偉大な治癒へのマスターキーを発見した。それは、一人ひとりが、「人の期待に応《こた》えてがんばる生き方」を手放して、本当に自分がやりたいことをやって「人と喜びを分かち合う生き方」に、人生を再編集されたということだ。この〝人生の物語の再編集〟こそが、本当は患者と医療者との共同作業なのだと思う。

からだのSOSは心のSOS

私は、たくさんの学びの中から印象に残った言葉、勇気付けられた言葉というのを書き続けてきたノートがある。その都度《つど》、ハッとした言葉をただ書き連ねてきただけのノートだったけれど、改めて読み直すと病気というところを自分の人生の〝苦悩〟〝問題〟というふうに置き換えて読んでも大切な気づきのメッセージがたくさんあった。

◆からだのSOSは心のSOS。からだの声を聴く。心の声を聴く。自分の中で悲鳴をあげている自分がいることを知る。

◆病気は、からだの自浄作用。崩れたバランスを中庸《ちゆうよう》に戻そうとするけなげないのちの働き。病気は、からだが健康になろうとしているプロセス。

◆重い病気になる人というのは、本来、生命力がある人、エネルギーが強い人。そのエネルギーの使い方を間違うと病気になる。

◆病はメッセージ。肝心なことというのは、最後の最後にわかってくる。

◆病の根っこには、人間関係の行き詰まり、自分の仕事や、生き方への行き詰まりがある。

◆無理をしない。フリをしない。自分の心をだまさない。いい子、いい人を演じるのをやめて、自分の心に正直に生きる。
◆病とは、何かを手放しなさい、次に行きなさいというメッセージ。自分が何にとらわれているのか、何を怖れているのか、何に執着しているのかを見る。
◆病は、食習慣、生活習慣、仕事の仕方、生き方を変えなさいという、からだからの警告。警告を無視するとさらに大きな病気、問題が起きてくる。
◆生活習慣、ストレス、そんな因果関係が思い当たる病もあれば、因果関係など全く存在しない不条理な病がある。そのような病にこそ、もっと根源的な〝意味〟がある。そのことに、気づくかどうかが、その後の人生の分かれ道になる。
◆病気を避難場所にせず、解決しなければいけないのに今まで逃げてきた人生の問題、めんどうくさくて後回しにしてきたものときちんと向き合うこと。
◆病の引き金は心（感情）。その人の否定的な思い、痛みを伴った感情生活が結果としてからだの症状、病気として出る。
◆ホリスティックというのは〝つながり〟の回復。本当の自分とのつながり、人とのつながり、この自然や宇宙とのつながり。つながりが切れると人は病気になる。
◆病気を自分の要求を通す手段、関心を集める手段、愛をもらう手段、ＮＯを言う手段にせず、自分のコミュニケーション能力、表現能力を成長させて、相手にちゃんと言葉で自己表現できるようにする。

◆腫瘍というのは氷山の一角。出ているものをどんなに切っても、氷山の下に腫瘍を作る体質がある限り何度でも出てくる。体質を変えることが最優先。
◆医者は治療で腫瘍が取れると元の生活に戻っていいと言うが、元の生活の中に腫瘍を作る原因があるわけだから、元の生活に戻ったら再発する可能性が高い。
◆感情や思考や意識というのは、エネルギー。そのエネルギーが変わると、物質である肉体も当然変わってゆく。意識は物質に対して支配力がある。意識こそが、物質を作り、現実を、人生を創造していく大本。
◆病気を拒絶、逃避、退却、復讐《ふくしゅう》、休息をとる手段、愛情や承認を求める手段にしている場合、治りたい、治したいと言いながら、実は、無意識レベルでは病気にしがみついている場合がある。
◆病気というのは、家族の絆を強め、もう一度家族を再編成するためのギフト。
◆地球の環境汚染と体内の環境汚染は同根。人間が汚染した土、食べ物、水、空気によってからだが汚染されている。そして人間が作り出した物、環境、ストレス社会によって人間の免疫力が低下している。病んだ文明社会を治す医者が必要。
◆病気も、人生に起きてくる問題も、エネルギーバランスが崩れていることを教えてくれている。自分がどこでバランスを崩しているかを観て、バランスを整えることに努力する。
◆子供の病気は親へのメッセージ。親を成長させるため、親により大きな愛に目覚めさせるため、親に人生の本当の役割、使命に気づかせるという無意識の目的を持っている場合がある。

◆夫婦仲が悪かったり、家族関係に葛藤、問題が多い家庭の場合、子供が、親の不仲を仲裁するため、家庭を平和にするために、自分が犠牲になって病気になることがある。
◆子供は、自分の欲求をうまく言葉で伝えられない分、病気になることによって親の愛を求めたり、承認や、触れ合いを求めたりする。
◆病をはじめとして、人生に起こるあらゆる問題、耐えがたい苦しみは、神さまからの〝呼びかけ〟。こちらを向きなさいと肩をたたかれたということ。神さまが自分に望んでいる生き方、道を歩きなさいと言われたということ。
◆これだというものに出会えたら、ひたすら、自分が信じた〝道〟をゆく。後は道があなたを導いてくれる。
◆愛、感謝の心、喜びや安らぎ、笑い、感動、イキイキ、ワクワクすること。このような心は良い遺伝子のスイッチがオンになり、自然治癒力が働き出す。
◆人は、病むという経験を通し、自分の弱さと人のやさしさを知る。

楽しい、うれしい、心地いいが治癒へのキーワード

私は、漢字から何かを連想したり、インスピレーションが湧いてきたりすることが多いのだが、ある時、急に〝癒える〟〝癒《いや》す〟という文字が気になり出した。この文字をずーっと目を凝らして見てみた。そしてハッとした。

治癒の〝癒〟という文字と、愉快の〝愉〟が似ている！　そうか、愉《たの》しい心の状態になっていけば、覆いかぶさっていた〝やまいだれ〟が取れて病気が治るんだ！　それによく見たら、薬という字にも楽しいという字が入っている。人生を楽しむようになると元気は自然に戻ってくるのかもしれない。

もう一つの発見。薬という字は、楽の上に草冠がついている。ということは植物、野菜、薬草という〝いのちのお薬〟をありがたくいただいて、草がたくさん生い茂っているような自然の中で癒され、のんびりと薬草風呂にでも入って、からだの浄化をすればいいのかも知れない。人間は動物の一種だけれど、その動物を生かしてくれるのは植物なのではないだろうか。

確かに、最初私が病んでいった時を思い出すと、心の底から笑ったり、泣いたり、感動したりということが全くなくなっていった日々だった。〝気に病む〟ことばかりで、晴れ晴れとした気持ちや愉快に思うことなど全然なかった。病気＝diseaseの語源は、〝やすらぎのない〟という意味だというが、本当にその通りだと思う。まさに〝病は気から〟だ。

よし、私はこれから、うれしい、楽しい、心地いいという体験を自分にいっぱいプレゼントしてあげよう。私は、恒川先生が三重県に作った保養施設「湯の山ゆらぎ園」で、毎月一回週末にやっている、陶芸や絵のアートセラピー、ミュージックセラピー、ボディワークなどに積極的に参加しようと思った。

私が最初に参加したのは陶芸によるアートセラピー。これがとても楽しかった。陶芸はもともと窯《かま》巡りをやるほど好きだった。ただ、無心に土をこねて、形を整えていく。窯の赤々と燃える火をひたすら見つめる。土の感触に、火の色の力に、漲るものを感じる。何も考えずに、ただ無心になって物を作っていくプロセスは、本当に楽しい。

無心になるって、不思議な感覚だ。心が無いって書くのに、心しか感じなくなる。とても静かな心。喜怒哀楽という感情の起伏の激しい心ではなく、湖の底のような静かな心。時が止まっているような感覚。なのに、永遠の時に生きている感じがする。

絵を描くアートセラピーもあった。病気が治ったイメージの絵、病気が治ったらこんなことをやりたい、こんな所に行ってみたいという絵を描く。私は、早速、大好きな映画『ニュー・シネマ・パラダイス』のトップシーンの絵を描いた。紺碧の海、蒼い空。風に揺れるカーテン……。水彩絵の具を使って、ただ無心に色を塗っていく。すると、手がだんだん汗ばみ、額にもうっすら汗が滲《にじ》んできた。からだ全体が不思議に温かくなっていく。絵の具やクレヨンって、遠い昔の匂いがする。幼稚園のお絵かきの時間みたいだ。子供の頃に返ったような不思議な感覚。心が子供の頃に戻ると、どうしてこんなに元気になれるのだろう。たったそれだけのことなのに、生き返ったような気分になる。

気功もやってみた。ある時は、御在所岳の山並みを仰ぎ見ながら、ある時は、蒼滝の水しぶきの音を聴きながら、流れる豊かな水流を見ながら……。最高に気持ちがいい。こんな豊かな自然の中にいたら、深呼吸しなさいなんて言われなくったって、自然に深呼吸してしまう。空気がとにかく美味《おい》しい。ここの酸素を吸っているだけで体中の細胞たちがイキイキしてくるのが実感できる。湯の山の豊かな自然に抱かれているだけで、心も体も瑞々《みずみず》しくなっていくのがわかる。大地から、太陽、山空、樹木、花々から、私たちはエネルギーをいただいて生かされているのだということを実感した。

瞑想《めいそう》もしてみた。思考のおしゃべりが甚だしい私にとって、瞑想は最も苦手なことだった。黙って目を閉じていても頭の中は雑念だらけ。思考がピーチクパーチクと絶え間なくおしゃべりしている。こんなのは瞑想じゃないよなあ。ただ目をつぶって静かに考えているだけだ、これじゃ。私は黙っていても騒々しいんだ。情けない。どう考えても私には、思考や感情の動きをただ観察して、手放してなんていう技や無思考《ノーマインド》、無になるとか、宇宙との一体感を味わうなんていう瞑想の高等技は無理だった。そこで、ただ心地いい時間をひとり静かに過ごすという方に意識を切り替えることにした。このくらいなら私にでもできそうだ。感覚器官に意識を集中するというのをやってみよう。

川原に下りていって平らで座り心地がよさそうな石を見つけ、その上に座る。目を閉じて呼吸に意識を集中する。吐く息、吸う息、その一つひとつの呼吸を丁寧に感じていると思考がだんだん少なくなっていき、からだ全体がリラックスしていくのがわかる。そして、心がとても静かになっていくのだ。

今度は、聞こえてくる音に意識を傾けてみる。目を閉じると感じる力が強くなる。感じ方が深まる。川の流れる音に、遠い昔の記憶が蘇《よみがえ》る。子供の頃、住んでいた家の裏が川だった。雪の降る夜は、雪がすべての音を吸い込んでしまうので、川の流れる音がいつもよりはっきり聴こえた。雪は人工的な音は消すけれども、川の流れる音や風の音は消さない。雪が降る夜はこっそり庭に出て、川の流れる音に耳を澄ませた。川の流れる音も、〝永遠〟を感じさせてくれる。海や、空と同じように。

台風の日は、いつもの川がこわいくらいに水かさを増す。いつもは、静かに、滔々《とうとう》と流れている川なのに、台風の日は、黄土色の濁流になってすべてを押し流す荒れ狂った川に変貌《へんぼう》する。私は、小学校の始業時間ぎりぎりまで、その激しい川の流れを橋の上から見下ろしていた。心臓がドキドキした。学校がなかったら、何時間でもそこにいたかった。

台風が来るとお父さんがはりきるのが面白かった。家がこわれないように一生懸命に窓や玄関に杭《くい》を打ち付けたり、屋根の瓦《かわら》を直したり、テキパキと働き出す。台風の日は、お父さんがかっこよく見えた。停電して、ローソクの灯《あか》りだけで過ごす台風の夜は、珍しく一家が団結している感じがあった。私は、そんな台風の夜が妙に高揚感があって好きだった。

そして台風の翌朝の爽快《そうかい》感。台風一過のあの抜けるような空の青さを見ていると、遠いあの日の自分なのか、誰かの名なのかよくわからないけれど、なぜか「おーい」って呼びかけたくなった。今、目の前を流れる川の音と、遠い昔、毎日のように聴いていた川の音がひとつになって私の中を流れていった……。

今度は、耳の感覚を空に向けてみた。小鳥のさえずりが聞こえてくる。ずっと聴いているといろいろな音色があることがわかる。いっぱいいるんだ、鳥たち。何種類もの鳴き声があることがだんだんわかってくる。木々の揺れる音、葉のそよぎ、鳥の声、風の音、それらが全部微妙に混ざり合い、ひとつの音楽を奏でているような感じだ。

鼻の感覚にも意識を傾けてみた。土の匂い、森の匂い、風の匂い、お日様の匂い。自然はこんなにいろいろな匂いがあるのだ。沈黙すると、今まで聞こえなかったものが聞こえ、匂わなかったものの香りを感じ、見えなかったものが見えてくる。

何もない静かな時間がとても心地いい。沈黙は祈りに似ていると思う。雨が降りそうになってくると、空気の匂いが変わるということにも気づいた。空気の中に、土の匂いが混じるのだ。大地が雨を待つからだろうか。自然の音と匂いに包まれていると自分が何かとても大きなものに包まれている安心感を覚える。「大丈夫だよ」と言ってもらっている感じがする。ずっとずっとこの感覚を求めて生きてきたように思う。大きな大きなものに自分は守られているという感覚、見守られているという安心感。

耳は、ただ聴くことを楽しみ、目は、ただ見ることを楽しむ。鼻は、ただ香りを楽しみ、口は、ただ味わうことを楽しむ。手は、ただ触れることを楽しみ、足は、ただ歩くことを楽しむ。〝ただ、楽しむ〟ということで、こんなに豊かな気持ちになれるということ、こんなに心が満たされるものだということを、私はずっと忘れていた。子供の頃は、いつも、この〝ただ・楽しむ〟ということで、私はとても幸せになれたのに。こんな何もない静かな時間に、自分がこれほどの豊かさと幸福感を感じられるなんて思ってもいなかった。何か私の中に途方もなく満ちてくるものを感じた。この満ちてきたものは、いつかあふれていきそうだ。

とにかく毎月、毎月、ただ、湯の山の山々を歩いた。自然は、飽きることがない。逢うたびに違う表情を見せてくれる。毎回新しい発見がある。ハッとさせられる。何気ない道端の野の花に、朝露に、土の柔らかな感触に、木の芽吹きに。小さきもの、かすかなものに、心が動く、ふるえる。

山を登っていくと、ある場所、ある瞬間から、ふっと空気が変わるのを感じる。ここからはもう人間のルールが通用しない世界なのだと思う。樹木や、鳥や魚、獣のルールに従わなければいけない世界。ごめんなさい、失礼しますって言って、入らなければいけない雰囲気になるのだ。すっと空気が変わることで、それがわかる。こんなに自然と一体になって戯れる時を過ごすことなど、大人になってからは初めてかもしれない。子供の頃はこれが日常だったことを思い出す。

私が湯の山の自然の中で一番好きだったのは、蒼滝だった。滝のそばというのはとても清浄な〝気〟を感じる。滝壺《たきつぼ》では、水しぶきが光に反射して虹《にじ》がよく現れる。虹は、この世界とつながっているもうひとつの世界があることを一瞬の間、思い出させてくれる。

歩きたくなったら歩き、水に触れたくなったら触れ、花の匂いをかぎたくなったらかぎ、木に登りたくなったら登っていた。大人で木に登っている人はあまりいないので、人がいない時に、こっそりとすばやく木登りする技を覚えた。

空を見上げている人、畑に種を蒔《ま》いている人、木に触れる人、花を見つめている人、田んぼのあぜ道を歩く人、山を登る人、川原で遊ぶ子供たち、原っぱに寝そべる人、犬と散歩する老人、さえずる小鳥たち……。

すべてが調和していて、ひとつの絵のようだ。こうやって眺めていると、世界って完璧なんだなあって思う。すべての一つひとつが、存在として完結していながら、全体として何ひとつ欠けても、この一枚の絵画のような美しい世界は存在しないのだと思うとなんだか不思議な感動を覚える。

毎月、湯の山の自然に抱かれ、私のからだと心が喜ぶことをしているうちに私の無邪気さや柔らかさや遊び心がどんどん戻ってくる気がした。ふと思った。健康になるというのは、病気が治ることだけじゃないのだと。置き去りにしてきた自分、捨て去ってしまった自分、大切に育ててこなかった自分を取り戻すことなんじゃないかなって。そして、切り離されていた大地と空とのつながりを取り戻すこと。瑞々しい感性を取り戻すこと。しなやかなからだの野生を取り戻すこと。忘れていた自分を思い出すことなのかもしれない。

自然治癒力というのは、そんなふうに自分の心とからだが変わっていった時に働くいのちの力、生きる力なのだろう。錆《さ》び付いてしまった自分のいのちは、自然の豊かさや人のやさしさに触れることで蘇るような気がする。

私は、ゆらぎ園で学んだ食養生、自助療法を日常生活に取り入れはじめた。私が好きなのは、枇《び》杷《わ》の葉温灸、テルミー温熱療法、しょうが湿布、コンニャク湿布、足湯、気功などだった。とにかくからだをゆるめるもの、温めるもの、血液浄化作用があるもの、血液循環をよくするものをやることにした。

週に一回の鍼灸と指圧・マッサージも続けた。食事は、私は基本的には玄米菜食。夫は、玄米は勘弁と言うので、主食は大変だけど二種類作った。朝は、梅醤番茶、日中はビタミンCの含有量が多い無農薬の柿茶をたくさん飲みいくつかのサプリメントも取り入れていた。夜は、月明かりの下で、イメージ療法や瞑想をした。

心の奥の扉が開く

東海ホリスティック医学振興会で私が学び、体験してきたことは、今までの私の人生にはなかった世界だった。私は、振興会が主催しているいろいろな講座やイベントは皆勤賞で参加した。医学、健康関係の本もたくさん読み、相当熱心に勉強してきたと思う。時間もお金もいっぱい使ったし、楽しいこと、心地いいこともずいぶんやってきた。自分のからだの世話を精一杯やってきたお陰で、体調もずっといい感じできたのだ。

しかし、退院後、四年目の検診の結果、小さな影は相変わらずあって、少しも縮小していなくて、私はすごいショックを受けてしまった。がっかりした。生還者たちの講演では、半年、一年で腫瘍が小さくなったとか、消えたという人がいたのに、同じように一年もやってきたのに何の変化もないなんて。なんだ、こんなことやっても、やっぱりダメなんじゃないか、無駄なんじゃないかと、突然ヤケクソになり、玄米食はやめ、禁じていたからだに悪いものをヤケ食いし、不健康なことを突然いろいろやりだした。

検査結果を聞いてからは、急に気功もイメージ療法も呼吸法も瞑想もばかばかしくなってやめてしまった。こんな食べ物と中国体操とおまじないみたいなもので、やっぱり病気なんか治るわけないんだ。治った人は特別に運がよかった人、選ばれた人、一握りの成功者なんだと思って、何もする気になれない日々を送っていた。こんなに一生懸命やっているのに心もからだもちっとも変わっていない。私は、何も変わっていないいじゃないと思ったら、すごく悔しくなって涙が出てきた。無性に自分に腹が立ってきた。しばらくは、本を読む気にもなれず、気功教室も通わず、鍼灸やマッサージにも行かなくなってしまった。

ところが、そんなある日、鶴田紀子さんから、またお手紙とご案内をいただいた。

「岡部さん、手塚郁恵先生のセミナーはとてもいいですよ。私は、とても楽になりました。自分がすごく好きになりました。エネルギーが内側から湧いてくるのを感じました。岡部さんには絶対お薦めです」と手紙に書かれていた。

案内を見ると興味は湧いてきたのだけれど、なかなか腰があがらなかった。新しいことに挑戦するようなエネルギーなど、もはや何も残っていなかった。すると一ヵ月ほどして再び鶴田さんから、当時、手塚先生がやっていらしたホリスティック教育に関することを書いた小冊子とセミナーのテキストが何冊か送られてきた。

それを読むうちに、なんだか私の中でムズムズと動くものがあった。手塚先生の、「心とからだ」

「いのち」というものに対するものの見方、考え方、「自分とは何者なのか？」というものへの問い、「自分の人生を生きるということは？」「人間が成長するとはどういうことなのか？」ということへの考え方に触れるにつけ、私の中ですっかり萎《な》えていた気持ちが蘇り出したのだ。そして、鶴田さんのお話によるとなんとこの手塚先生は、末期がんから生還された先生だというのだ。

「この手塚先生という人に会ってみたい！」と、発作的に思ってしまった。ゆらぎ園で手塚先生のセミナーをやるのは初めてということだった。参加したいと思った。

なぜなら私は、病は「人生の再編集」であることには気づいたものの、実のところ私が今までやってきたのは、生活習慣の改善と代替療法、自助療法が中心で、自分の内面や生き方にはちゃんと触れていないし、深く向き合ってはこなかったからだ。

次のステージが用意された……そう思った。からだのケアの世界から、次は、心の世界、内面に向かうようにと。

第6章 心という深い海

受け入れられない感情があった。受け入れられない自分がいた。そのことこそが、実は自分を、生きづらくしていたのだということに初めて気づいたのだ。今の私に最も必要なことは、感情に、いいも悪いも付けず、あふれてくるもの、ごみあげてくるものを止めないで、ただ、感じ尽くす、味わい尽くしてみるということなのだと思った。

* *

自分の深い感情に触れていくというのは、自分の脆さ、弱さ、痛み、ウイークポイントに触れていく作業でもあるから、かなりつらい作業だ。でも、その心の作業は、脆さや弱さの奥にある、やわらかなものや、繊細なもの、温かいもの、美しいものに触れていくプロセスでもあって、私は、それに触れるたびにだんだん自分が好きになっていった。

* *

からだは無意識の世界を開く〝扉〟であり、その無意識の海そのものだった。人の限りない潜在能力が潜んでいるのも、自然治癒力といういのちの力が宿っているのも、この深い無意識の海の中なのだ。なぜなら、この無意識の底にある海は、すべての存在とつながっている海であり、宇宙の根源ともつながっている知恵の海だからだ。

橋の向こう側にあるもの

この橋を何度渡っただろう。初めてこの橋を渡る時、一気に渡り切ることができず、ちょうど橋の中央あたりで歩を止めて橋の欄干に両手をつき、下の川の流れをぼんやり眺めていたことを思い出す。川は思ったよりきれいな水で、流れはゆるやかだった。川の流れを見ていたら、水面に青い空と白い雲が映っていたので、ふと上を見上げた。あの日の空は、とてもいい空だった。

「きっと私は、この橋を何度も渡るようになるのだろうな」と思った。

橋の向こう側に渡るということが、どういうことなのかはよくわからなかったけれど、深呼吸をして「さあ、行こう」と、自分で自分を押し出したような感覚があった。湯の山の駅から、ゆっくり歩いて十分くらいのところに、「ゆらぎ園」はあった。初めて橋を渡るときに感じた通り、確かに私は、毎月、毎月、この橋を渡って「ゆらぎ園」に通うようになった。一年以上も通ったから、もうすっかり慣れて、橋の真ん中で立ち止まることもなく、まっしぐらに「ゆらぎ園」に向かうようになっていた。

ところが、この日は違った。初めてこの橋を渡った時と同じように、橋の中央の欄干から、長いこと下の川の流れを眺めていたのだ。川底が透けて見えるくらいの浅瀬の川だった。浅い川というのは、いつも小さく波立っていて、川底の石や砂や、川辺の草花たちとおしゃべりしているみたいに見える。浅ければ、浅いほど、水は流れているということがわかる。

深い川は反対だ。深い川はまるで沈黙しているように思える。一瞬、止まっているかのようにも見える。川が流れていないなんてことはありえないのに、深さというものが表面の小さな変化を吸収し、その存在感を静かに訴えてくるような感じがする。海に辿《たど》り着くまでの旅をしている川は、浅くても、深くても、いつかは、自らの源である海に還《かえ》るのだけれど、浅い川は、還ることを知らずに流れ、深い川は、還ることを拒みつつそこに止《とど》まろうとしているみたいに思える。

心というものは、深い深い海のようだ。それは、この日の手塚先生のセミナーの中で初めて感じたことだった。今まで私が触れてきた感情の体験は、浅瀬の川で水遊びをしているようなものに過ぎなかったと思った。それでも私は、その浅瀬の川の石ころに躓《つまず》き、溺《おぼ》れ、増水した時は、濁流に流されてしまった。何度も何度も。次第に水がこわくなっていった。川であっても、海であっても。

陸で転んだら、立ち上がることができる。もう一度歩き出せる。道がなかったら、自分で道を作っていくことだってできる。私は、そういうことは得意な方かもしれない。陸、大地を生きている限り、私は、妙に逞《たくま》しい。極度の方向音痴だから、迷子になることは日常茶飯事だけれど、大地に足を着けている限り、何があってもどうにかなるんじゃないかと、能天気に自分の生きる力を信じているようなところがある。でも、海はお手上げだ。呑《の》み込まれてしまう、溺れてしまう、流されてしまうというとてつもない恐怖がある。空もこわい。足が着かないところがとても苦手。飛行機に乗る度に恐怖でからだが縮こまる。自分の力ではどうにもならない世界にいるということが私はすごくこわい。海で遊ぶ時も、浅瀬の川で遊ぶ時と同じ程度にしか関わらなかった。自分が安全を感じる範囲でしか、海に触れることができなかった。それはまるで、自分の心というものに対する、私の関わり方と同じだった。海は深く潜っていけば、見たこともないような美しい魚たちがいて、自分が全く知らない異次元の世界の美しさや感動に触れられるはずなのに、私はこわがりで決して中に深く入っていこうとしなかった。

深い海の闇がこわかった。それは、心という深い海に潜っていったら、何か自分の中から、おどろおどろしいものが出てきそうな恐怖と、見たくない自分に直面させられるのではないかという恐怖と同じだった。ところが、シュノーケリングのつもりで行った手塚先生のセミナーで、気がついたら私は、酸素ボンベを背負って海に潜っていた。自然に、知らず知らずのうちに、というのが良かった。潜水するということをあらかじめ知らされていたら、私は、「泳げません、潜れません」と言って、スタコラサッサと逃げていたに違いないのだ。手塚先生のセミナーに対して、何も先入観や固定観念を持たずに行ったことがかえってよかったのだと思う。

手塚先生のやっていらっしゃることは、大脳新皮質型の頭脳学習セミナーとは全然違い、いわゆる、ワークショップという、「今・ここ」での自分の体験、体感、実感からの〝気づき〟を大切にする実習だった。知識や方法論を頭で学ぶ勉強ではなかったのだ。

手塚先生は五十年以上前、カール・ロジャーズのカウンセリングを学び、ロジャーズ全集の翻訳に関わられた。その後、サイコシンセシス（イタリアの精神科医、アサジョーリが創始した心理学）、プロセス指向心理学（アーノルド・ミンデルが創始した心理学で、通称ＰＯＰ／プロセスワーク）、フォーカシング（ユージン・ジェンドリンの創始した心理療法）、ハコミ・メソッド（ロン・クルツが創始したボディ・センタード・サイコセラピー）を学ばれた。現在は、オリジナルな「オーガニカルセラピー」（無意識と対話するセラピー）を生み出され、独自のセッションとトレーニングをされている。手塚先生は、私が初めて受けたセミナーの中で、「先生と呼ばれるのはちょっと苦手なので、郁恵さんと呼んでください」と言われたので、私はその時以来、郁恵さんと呼ばせていただいている。

自分の真実の声に寄り添う

郁恵さんのセミナーは沈黙の時間が多かった。言葉がなくなると人は感じ出す。目を閉じると内側に意識が向かい出す。自分の心とからだに意識を傾けているだけで何かが開いていくような感じがしてくる。ふだん意識というものが如何《いか》に外にばかり向いているのか、如何に思考ばかり使っているかがはっきりわかる。〝ただ、感じる〟ということに意識を集中するだけで、知らない自分に出会っていくような感じがした。

「感じることを大切にしてください。自分が感じていることは、誰がなんと言おうと〝今・ここ〟での自分の真実なのですから。自分の真実の声に寄り添って生きていけるようになると、自分のいのちは本当に喜びます。ネガティブな感情は、特に大切にしてくださいね。その下には自分の本当の欲求が隠されているし、自分が本当はどうしたいのかという答えがちゃんとありますから」

「私たちは、人に、自分をわかってほしい、認めてほしい、愛してほしいと思っているのに、自分が自分のことをちっともわかってあげてなかったり、認めていなかったり、愛していなかったりしませんか。人の一番深い淋しさは、自分が自分のことを信じていないこと、愛していないことではないでしょうか」

「何を感じてもいいいんですよ。感じるなんて、いいも悪いもないいんですから。うれしいものはうれしいし、いやなものはいやだし、好きなものは好きだし、嫌いなものは嫌いでしょ。でも、不思議なことに、いやだって思っちゃいけない、嫌いって思っちゃいけないって思っている人がいます。いやだって感じるにも、嫌いって感じるにも、きっとわけがあります。心の中に自然に湧いてくる感じは、ちゃんと感じてあげて、一緒にいてあげてください。そうしなければ、その訳もわからないでしょう？」

ネガティブな感情を感じることがとても苦手だった私は、何より、このメッセージにどれだけ救われただろうか。ネガティブな感情を嫌悪し、ダメだと決め付け、プラス思考しなければいけないという〝とらわれ〟が強かった私は、このメッセージだけで、涙があふれてきてしまった。

〝月の自分〟を育てていきたい

自己イメージの絵を描くワークがあった。人はみな、〝自分はこういう人間〟と思い込んでいる「自己像」を持っている。もちろん私にもあるのだけれど、改めてそのイメージを色や絵で表現しようとすると、「えっ、私は、私という人間を一体どう観ているのだろう？」という疑問の方が出てきて、何を描いていいかさっぱりわからずしばらくぼーっと画用紙を眺めていた。ふだん漠然と思っていることやイメージしていることを、はっきり〝意識化〟するというのはとても難しいことなのだと思った。何を描けばいいかわからずにいたのだけれど突然、黒のクレヨンを手に取った。そして、手が動くままに真っ白の画用紙を真っ黒に塗りつぶしていった。

最初は何気なしに塗っていたのにだんだん力が入っていき、なんだかよくわからない涙が急にあふれてきた。真っ黒に塗りつぶそうと思えば思うほど頭の中は真っ白になっていった。何か今までの自分を一回葬りたいという衝動がこみあげてきたのだ。なんでこんな暗い絵を描いてしまったのだろう。黒のクレヨンを真っ先に手に取った瞬間、その色を選んだこと自体に私はかなり驚いた。黒は、嫌いな色だったから。自分で塗りつぶした真っ黒な画用紙を見ていたら、だんだん悲しみがこみあげてきた。

そうしたら手が自然に赤のクレヨンに伸びた。画用紙の真ん中にマッチの頭の丸より少しだけ大きい丸を描きはじめた。赤いクレヨンの角を使って小さく小さく円を描く。丁寧に、ゆっくり。気持ちが少しだけ温かくなった。嫌いな黒を使って描けたこと自体をうれしく感じた。そして、闇の中に灯《とも》る明かりのようなポツンとした真ん中の小さな赤い丸がとてもいとおしく思えた。黒い色は、その時から嫌いな色ではなくなった。

別の月に参加した時に描いた自己イメージの絵は、青空と太陽とひまわりだった。子供の頃から周囲の人たちに、そんなふうに思われてきたし、自分でもそうありたいと思っていたから、この時は鼻歌を歌いながらスラスラと描けた。描き終わった絵を眺めて何を感じるかという時間があった。目を開けたり、閉じたりを何度も繰り返して、自分の描いた絵をよく眺めた。そうしたら急にいやになってきた。「こんなんじゃない」「これだけじゃいやだ」という気持ちがこみあげてきたのだ。

三日月と雨雲と雨を加えてみた。その時にハッとした。そうしたら自分の中が球体になったような、丸ごとになったような気がしてうれしかった。私の、明美という名前の「明」には、お日様とお月様の両方が入っているんだということに初めて気づいたのだ。私は今まで、半分の私しか認めてあげない生き方をしてきたのではないだろうか。陽の部分、プラスの部分、光の部分だけ。月の自分というのは、私が人に見せている明るくて、陽気で、元気な自分じゃない。暗くて、重くて、自信がなく、矛盾と葛藤《かっとう》だらけで、落ち込みやすく、すぐ自分を責めてしまう自分。ひとりぼっちでふるえながら膝《ひざ》小僧を抱えて泣いているような自分だ。月の自分、月の世界は、私の陰の部分だ。陰になって見えないから、意識を傾けてあげることが疎《おろそ》かになる部分。見えないから「ある」ということにさえ気づきにくい部分。月の世界、月の自分、月のからだ、月の時間。何か、月というものが象徴しているものに、私が大切にしてこなかったものがあるような気がした。

この時に、「ああ、でも、これは自分のことだけではない。私たちが今生きているこの社会も、陽の部分、光の部分、プラスの部分しか認めていないし、価値を置いてこなかったのではないか」と思った。だから、若さや健康、生きること、上昇すること、プラス思考ばかりが讃《たた》えられ、マイナスの感情や欠点や、降りること、休むこと、弱さや老い、病気、死に対しては、不安と否定、嫌悪と怖れという側面からしか見られなくなっているのだろう。私たちが生きている社会は、どこか無言で、陽の部分、光の部分だけを求めているような気がする。だから人は、自分のマイナスの部分、闇の部分を嫌悪し、許せなくなっているのではないだろうか。

私もこの側面に関しては、世間一般の、ものの見方、考え方というものをそっくりそのままとりこんで生きてきた。暗闇、マイナスの自分を受け入れられず、愛することができなかった。陽の部分、光の面だけになりたかった。そんなことは不自然だし、ありえないことなのに。長所だけの人間なんていないし、プラスの感情しか生まれないなんてこともありえないのに。

これでは〝歪《ゆが》み〟が生じる方が自然だと思う。自然というものがバランス・調和の象徴であることを考えれば、心身の不調や病気というのは、不自然であること、アンバランスな状態であることを自分に教えてくれている現象なのかもしれない。人間も自然の一部なのだから、自分がバランスを崩している時というのは、「何かが過剰になっているよ。何かが極端に不足しているよ。大切な何かを置き忘れて生きているよ」というサインなのかもしれない。

月の世界の真実、月の時間の豊かさ、月の価値観、月のエネルギーの活用、月のからだへの労《いた》わり。そう言えば、からだの〝中〟にある見えない臓器や血液には、〝月偏〟がついているものが多い。私が病んだ「脳」も、なんだか、月が悩んでいるみたいな字だ。月の自分が悩んでいたっていうのがすごく〝腑〟に落ちる感じがした。心臓、肝臓、腎臓《じんぞう》、脾臓《ひぞう》、膵臓《すいぞう》、大腸、小腸、胃、動脈、静脈。こんなに一生懸命働いている、いのちの形に、みんな〝月〟という字がついていることがとても不思議。顔や皮膚や髪は、人から見える部分だから、みんなこの部分にはよく手をかけるし、お金もかけるし、気にもかける。でも、自分でも見えない、人からも見えない、からだの中にあるものに対しては、人は、その存在にすら、そのけなげな働きにすら意識を傾けてあげることがほとんどないのではないだろうか。

太陽の世界と月の世界は、「生と死」「肉体と魂」「存在と無」の世界の象徴なのかもしれない。私は今まで、半分の私でしか生きてこなかったのだ。「私は、私の中にいる〝月の自分〟を育てていきたい」と思った。月の自分を受け入れられないこと、いつも太陽みたいな存在でいたいと思ってきたことがしんどかったのだと思った。

月は自分では光れない。太陽の存在がなければあの美しい光の瞬《またた》きはない。自分ひとりでは輝けないものがある。誰かの力や存在があって初めて輝けるものがある。月の自分は誰かとつながって輝ける自分だ。その光の存在に感謝できる自分だ。

自分が病んだ時や心が弱くなっている時に、太陽のような人が眩《まぶ》し過ぎてつらかったことがある。あまりの明るさが痛かった。そんな時は、月のようなエネルギーの人といるとほっとした。燦々《さんさん》と降り注ぐ太陽の光。心をほっと落ち着かせる月の光。どちらも美しい。どちらの光も生きていくためには必要だ。

太陽は、本当は月に癒《いや》されている。ただ、それを知らないだけなのだと思った。私は私の中の暗闇を感じてくれる人、受け入れてくれる人、ただ黙って見守ってくれる人といると、自分が自分のままでいられる感じがあってほっとする。私が落ち込んでいても、前向きになれなくても、そんな私をただ静かに見ていてくれる人といると、心がとても落ち着く。私が人と共にいてやすらいでいる時というのは、その人の中の月の世界で憩わせてもらっている時なのかもしれない。

一回目と二回目の自己イメージの絵は、全く正反対の絵を描いたわけだけれど、それで気づいたことは、太陽のように明るい存在でない自分は、人から愛されないと思い込んでいたということだった。陰気な自分、暗い自分は、人から受け入れてもらえないと思っていたのだ。

暗さや沈黙や混沌《こんとん》が苦手だった。暗さの中にあるやすらぎ、沈黙の中でこそ触れ合える豊かさ、混沌の中にある瞬間の真実。そういうものの中にある意味や価値にうすうす気づいていたのに、それがどれだけ大切なものかということに対して思いや感謝が足りなかった。私は、この時、「私の病気の根っこにあるのは、自分の〝暗い感情とのつきあい方〟がわからないことだったんだ」と思った。私は、否定的な感情というものを、どこかで〝制御不可能な魔物〟のように思っていた。感情というものがすごいエネルギーを持っていることがわかっていたから、否定的な感情をコントロールして、肯定的思考によってそれをなくそうとしてきた。でも、私がやってきたことは、感情のコントロールではなく抑圧だったのだ。抑圧されれば病むのだ、からだや心というものは。

受け入れられない感情があった。受け入れられない自分がいた。そのことこそが、実は自分を、生きづらくしていたのだということに初めて気づいたのだ。今の私に最も必要なことは、感情に、いいも悪いも付けず、あふれてくるもの、こみあげてくるものを止めないで、ただ、感じ尽くす、味わい尽くしてみるということなのだと思った。

そうやって、私は少しずつ思い出していきたい。小さな心でいっぱい感じていたことを。うれしかったことや楽しかったこと、悲しかったことや悔しかったことのすべてを。私の心がふるえていたことが今の私を形作ってきたのだから、その小さな自分を抱きしめてあげようと思った。感じないようにして生きてきたものを、もう一度ちゃんと感じ直して、追体験して、今の、大人の私に戻ってこよう。そうしたら、人生のキャンバスがまだ真っ白で、ここにどんな絵も描いていけるんだと思っていた、あの頃のエネルギーが戻ってくるような気がした。

自分で勝手に思い込んでいる〝自己イメージ〟

郁恵さんのような仕事をしている人は、講師ではなく、ファシリテーター（促す人という意味）と呼ばれるらしいが、なんとなくわかるような気がした。水先案内人、道先案内人、ガイド、そんな感じがした。

私には、今、ガイドが必要だと思った。もちろん、自分の人生の主人公は自分だし、私以外の誰も私の人生を生きることはできないのだから、問題も苦悩も自分が乗り越えていくしかないのだということはわかっている。でも、あまりにも問題が大きかったり、困難、苦難が自分ひとりの力ではとても手に負えない時には、素直に人の援助を求めていいのだと思った。人は時に、乗り越えなければいけない壁が大き過ぎて立ち往生してしまう時がある。道に迷って途方に暮れてしまう時もある。

そんな時は、ちょっと休憩して、自分の現在の立ち位置を確かめる時間と場所が必要だ。郁恵さんの仕事というのは、そういう、人生のプロセスを自然な形で変容させていく場なのだと思った。郁恵さんは言う。

「私たちは、自分で勝手に思い込んでいる〝自己イメージ〟＝「これが私」「私はこういう人間」という自己像を持っています。イメージにしか過ぎない自己像なのに、頭の中では固定化されているため、変化している自分に気づけなかったり、自己イメージからはずれる自分を認識できなかったりします。その固定化した自己イメージのとらわれから自由になると、自分の中にはもっと多様な面、多様な可能性、いろいろな人生の選択肢もあるのだということがわかってきます」

もしかしたら私は、自分が思っているような私じゃないのかもしれない。私は今まで自分のことは、自分が一番わかっていると思っていたのだけれど、どうもそうでもないみたい。案外、他人の方が見えやすかったりする。でも、長いこと付き合っている人やいつも傍にいる人に対しては、固定化した自己イメージ同様、〝この人はこういう人〟〝この人は変わらない〟という決め付けを無意識にしていたように思う。

そうやって相手を決め付けて見てしまうと、自分が思い込んでいるその人のイメージでないものは気づけなかったり、わかりたくないと思ったり、変わりはじめている相手を受け入れられなかったりする。相手が変わりはじめたことを認めてしまうと、自分を変えなくてはならなくなるから。

「人には、自分が見たいように見、聞きたいように聞くという〝知覚の法則〟があるので、〝あるがまま〟に自分や他者や物事を見るということは、言葉で言うのは簡単ですが、実はとても難しいことなのです。人間は本当に自分の都合のいいように解釈する傾向があるのです。でも、このことをちゃんと理解できていれば、簡単に人に〝レッテル〟を貼ることの傲慢《ごうまん》さと危険性に対する自覚が出てくると思います。レッテルを貼ると、それが枠になって、その人の中にある多様性や多面性が見えなくなるし、相手の変化、成長も感じられなくなるのです」

確かに人は、相手の言動を自分の都合のいいように解釈したり、自分勝手に受け取ったことをまるで事実のように思い込んでしまったり、事実を捻《ね》じ曲げて解釈して勝手に傷ついたりするということを日常茶飯事でやっているのかもしれない。

自分には自分の色眼鏡、フィルターがあって人やこの世界を見ているのだということにまず気づくことが大切なのだ。色眼鏡というのは、ある人とない人がいるのだと思っていたけれど、人間であるということはみんなそれをかけてこの世界を見ているのだ。度数の強い、弱いはあるにしろ。それにしても、自分や人や物事に対する思い込み、固定観念というのは、改めて見ていくと想像以上にありそうだ。それに一つひとつ気づいて、手放していくプロセスこそが自分を自由にしていくということなのかもしれない。

人間は両極を持てるだけの力がある

郁恵さんが、「自分の長所と短所をノートに書いてみてください」と言ったので、思いつくままに書いた。長所は五個くらいしか書けないのに、短所ならいくらでも出てきた。長所の倍以上は出てきた。

「では、自分で、長所だと思っている所、短所だと思っている所がいつも必ずそうなのか。誰と一緒にいても必ずそうなのか。どんな状況においてもそういう自分が出てくるのかをちょっと見てみてください」と郁恵さんが言ったので、じっと自分が書いたものを眺めてみた。

あれっと思った。長所だと思っているところが、必ずしもいつもそうであるとは限らない。誰といてもそういう自分が出てくるとは限らない。長所だと思っていたことが短所として出てしまうこともある。自分では長所だと思っていたところを、短所として指摘されたこともある。自分は、この短所さえなくなればと思っている所を、そこが好きだと言われたり、そういう部分があるからホッとすると言われたりすることもある。

「多くの人は、〝欠点を直しなさい、欠点を一つでも減らしなさい〟という教育を受けていますので、自己成長というと、ダメな自分をどうにかしよう、ダメなところを無くそうとして性格を変えようとします。しかし性格は個性ですし、その人が与えられた環境の中で生きていくために作り出したいのちの賢さ、知恵、働きでもあるのです。大切なのは、多くの人は、自分のある性格が偏って発達していますから、反対側の未発達の部分を育てて、バランスを取るように心がければいいのです」

確かに、私はある性格が極端に現れているために、反対側の極が未発達になっていてバランスを崩しているところが多々ある。でも、その極端な性格さえ、私が与えられた環境を生きていくために発達させてきたいのちの知恵、賢さなのだとわかるとなんだかすごく救われる思いがした。

「人は、自分が意識を集中しているものを育てるんです。欠点を無くそうと思えば思うほど、欠点に意識が注がれるわけですから、逆にその欠点を育ててしまいます。他者に対しても、その人の欠点にばかり意識を向けていたら、そればかりが目に付いてしまいイライラするわけです」

「人は、自分が〝意識の焦点〟を当てたものを〝感情〟として体験するんです。自分がいつも意識を傾けているものを〝現実〟に作るのです。それがいいものであれ、いやなものであれ。だから、自分の意識が何に焦点を当てやすいのか、今自分は何に意識を傾けているのかに気づいていることが大切です」

意識を傾けているものを感情として体験する、意識が現実を作るということは、今までの人生を振り返れば納得できる。いやだいやだと強く思っていたこと、絶対体験したくないと思えば思うほど、その体験を引き寄せてきた。逆に、いいイメージを強く持つことで、その状況を引き寄せてきたことも多々あった。意識というのは本当にすごいエネルギーなのだ。現実を変える力というのは意識にその根を下ろしているということを改めて感じた。逆に言うと、現実が変わらないということは、自分が習慣的に意識の焦点を合わせやすいものが変わっていないからなのだろう。

私は、長所や短所を、〝いい・悪い〟という「判断の視点」ではなく、ただ、自分の中にあるものという意識で、自分の内側を静かに眺めてみた。すると、先ほどノートに長所、短所として書いていた時とは全然違った感覚が生まれ、柔らかなエネルギーが流れてきた。

私の中には全部あるという感覚。いろんな自分がいるという感覚。様々な状況や環境の中で、あるいは多様な関係性の中で引き出される私、自然に立ち現れてくる私は確かに違う。私は、こうだと思い込んでいる私よりも、もっとやわらかで、多様で、多面体なんじゃないかという感覚。確かに、ある人といる時は、決して現れてこない自分が、別の人といると自然に現れてくるということがよくある。こういう環境、状況では、決して出てこないけれど、ある状況にたたされると自動的に出てくる私というものもある。自分を肯定的に見てくれる人、認めてくれている人、大切に思ってくれている人といると私のいい所は自然に出てくる。でも、私を否定的に見る人、批判的に見る人の前ではすごく意固地で防衛的で攻撃的でいやな自分がいっぱい出てくる。

長所も短所も関係性の中で生まれるものなのに、相対的なものなのに、どうしてこんなに固定したものとして私は捉《とら》えていたのだろう。他者の趣味嗜好《しこう》、好き嫌い、価値観、信念、その時の気分で、私の中にある、〝ある資質〟を、長所として感じる人もいれば短所として感じる人もいるのだ。その短所が許せないと思う人、そこが嫌いだ、直せと言う人もいれば、同じ短所を大目に見てくれる人、笑って済ませてくれる人、困った奴だなあくらいに思ってくれる人もいる。私自身も、他者のある資質に対して、ある時はそういうところが好きだなあと思う時もあれば、違うふうに感じてしまう時がある。たとえば、ある人の、ある資質を、いつもはやさしくて、やわらかな感性をしている人だなあ、この繊細さが素敵だなあと思っているのに、同じ資質を、ある場面においては、神経質に思えたり、軟弱、優柔不断に感じたりする。あるいは、この人はなんて信念や意志が強いのだろうと尊敬の念で見ていた人を、時にはそれが、ものすごい頑固さに感じたり、融通のきかない堅物に思える時もある。

もしかしたら、人の性格というのは、水の姿の変化みたいなものかもしれない。水の温度をどんどん上げていけばいつかはお湯になる。やがて、沸騰して熱湯になる。水の温度をどんどん下げていけば冷水になり、やがて氷になる。「熱湯」と「氷」は、一瞬、全くの別物に見える。でも、元は水だ。元をただせば同じもの。水の温度変化によって、状態が変わっただけ。長所と短所も、自分のある資質がよりプラスの方向に動けば長所となり、よりマイナスの方に動けば短所として出る。

リーダーシップ、カリスマ性、統率力といった資質がマイナス方向に働いていけば、支配性、傲慢さ、強引さに変わりうる。神経質で人の目を気にしてしまうという資質が、プラスの方向に働けば、他者へのきめ細やかな配慮、思いやりに変わりうる。胸が張り裂けそうな痛みを感じる心は、喜びで胸がいっぱいになる心でもある。切ないほどのいとおしさを感じる心は、切ないほどの悲しみを味わう心にもなる。人の心はいつも行ったり来たりしている。生まれたり、消えたりしている。決して、ひと所に止まってなんかいない。あるのは、ただエネルギーの変化だけなのだ。

性格も同じ。長所と短所も、本当は行ったり来たりしている。育てていくこともできる。注意深くあれば変容させていくこともできる。エネルギーがどちらかだけの極に止まってしまったり、一方の極だけしか見られなくなった時に、人は苦しくなるのだ

実際、今までの私は、長所と短所をはっきり二分して、自分の不変のものとして捉え、欠点はなくさなければいけないと思い込んでいたから、全然変わらない自分をダメな人間だと思い込んでいたのだ。でも、これは大きな勘違いだった。ある短所をなくしたらある長所まで一緒になくなってしまうのだ。大きな長所は、大きな短所になりうるし、大きな短所は、大きな長所として花開かせることもできるのだから。人間は、本来、光と闇、長所と短所、マイナスのエネルギーとプラスのエネルギー、その両極を持てるだけの力があり、両極の揺れ幅を包含してしまえる力さえ持つ存在なのかもしれない。

そう考えると、人からこう思われたいとか、こう思われたくないとか、こうあるべきと思って生きることは、何かすごく無駄な努力のように思えてきた。私は私でしかないのに、いつも何か他のものになろうとしてきた。私が私の人生を生きないで、誰が私の人生を生きるというのだろう。

振り返れば私は、いつも自分を人と比較してきたように思う。他者からの評価や、私への好意のあるなしによって心が満たされたり、満たされなかったりしたから、心はいつもジェットコースターのように上がったり、下がったりと大忙しだった。それに私は、〝楽に生きる〟ということに、どこかで罪悪感を持っていたからなおさらだ。私は、本当は人生を楽しみたいし、謳歌《おうか》したいだけ

なのに、私の頭はすぐ「そんなに楽していいのか。好きなことだけやっていていいのか。自分をそんなに甘やかしていいのか。人生を楽しむだけじゃ成長がないじゃないか」と言って私を責めるのだ。私の頭と、私のハートはまるで敵対関係にあるようだった。

私は今まで、楽に生きるということを、手抜きとか、いい加減、ぬるま湯人生、怠け者の人生だと思っていた。私は、なんという人生の貧乏症だったのだろうか。楽に生きるというのは、本当は、自分の妙なこだわりやとらわれ、自分で自分をがんじがらめにしている自縄自縛の縄をほどいて、もっと自由に、もっと自分らしく、人生を楽しんで生きるということなのに。

自分の中の「好き、楽、心地いい、ワクワクする、楽しい、私がそうしたい」という感覚で人生を選んでいったら、苦しいことや問題が起きてきた時に人のせいにすることはなくなると思った。いや、人のせいになんかできないのだ、自分が選んでいるのだから。責任転嫁は、その時には一瞬自分は楽だけれど、決して本当には自分の人生の主人公にはなれないし、自分を幸せにしないのだ。私は、この自分を縛っているもの、たくさんのとらわれ、固定観念に気づいて手放していこう。もういらないものは捨ててしまおう。もっと楽に生きよう。私が肩の力を抜いて、もっと楽に生きられれば、周りの人たちだって、きっと楽になるし、居心地がよくなるだろう。私が自分にあまりに厳しく生きていたら、一緒にいる人だってしんどいはずだから。

愛の力と意志の力

郁恵さんから聞いた〝人間は誰もが愛と意志の二大欲求を持っている〟という話も、すごく面白かった。

「人は、愛と意志をバランスよく成長させていくことが大切なのですが、多くの人はどちらか一方をより大きく発達させてしまうのです。どちらかと言うと、男性は意志を発達させ、愛を成長させることが疎かになり、女性は愛が中心になって、意志を育てていくことが二の次になる傾向があります」

「でも、人間は誰でもこの二つの大きな力と欲求を持っているのです。人間が成長していくためには、この二つの力を自分の中でうまく統合してバランスをとっていく必要があります。人はみな、〝自分でやりたい〟〝自分は、自分でありたい〟〝人と同じではいやだ〟〝この夢を実現したい〟といった意志の欲求があります。同時に人は、人を〝愛したい、愛されたい〟、人とつながりたい、仲良く生きていきたい、喜びを分かち合いたいという愛の欲求があります。一見矛盾した二つの欲求が、一人の人間の中に同時に存在しているのです」

確かに自分が、自分の人生の主人公として生きていくためには、意志の力が不可欠だ。でも、意志の欲求は、自己中心的な欲求だから、愛の力を同時に育てないと、いつしか孤独になっていくのだ。また、愛を育てるだけで、意志の力を育《はぐく》んでいかないと、自分らしく生きているという実感が持てない。愛だけに生きていると、どんなに人から、〝あなたは、やさしいね。いい人ね〞と言われても、自分自身は、ちっとも人生が楽しくないし、自分らしくイキイキと生きている実感が持てない。

よく、私は意志が弱いと言う人がいるけれど、それは、今まで意志の力を育ててこなかっただけであって、自分でこれから育てていくことができるのだ。同じように、自分には愛がない、愛が足りないという人もいるが、それは、今まで意志を発達させてくることに一生懸命で、愛がないわけではない。私たちの本質は愛そのものなのだから、自分の中に本当はある大きな愛を、これから育てていけばいいのだ。

私は肩肘《かたひじ》張って生きている自分がすごくいやだったのだけれど、育った環境や、三十代半ばまで女ひとりで生きてきた人生を考えれば、当たり前だったのだと思った。がんばらなければ生きて来られなかったのだ。つっぱってなかったら、自分が折れてしまいそうでこわかったのだ。

私は、これまでの環境の中で、「意志」を強く発達させてきたのだということがはっきりわかった。いろいろなことを達成したり、実現できたのは、この意志の力が強かったからなのだ。でも、それゆえ、力を抜くことや、リラックスすること、委《ゆだ》ねること、自分の弱さをさらけだして人に助けを求めることができなかった。

一人の人間の中には、男性性と女性性の両方があって、その資質やエネルギーを統合していくことが人間として成熟していくことなのだと、知識としては知っていた。でも心で深く納得したのは初めてのことだった。この男性性を「意志の力」、女性性を「愛の力」と捉えるとてもわかりやすい。どんな人の中にも、この両方の資質、力、エネルギーがあるわけだから、片方だけを大きく発達させてしまうと、自分の中でバランスを崩してしまうのだ。

意志の力を発達させていけば社会的に成功したり、物事を実現させる喜びはあるかもしれない。しかし愛の力が伴わないまま、意志の力ばかりを発達させれば、当然エゴが強くなり、競争と闘争の人生になってしまう。そうすると、成功はしても幸福ではない。人からの承認や賞賛は得てもいつも不安がつきまとう。そして、人と共に生きる喜び、人と力を合わせることの喜びを後回しにするから、だんだん孤独になっていく。でも逆に、愛だけに生きて、意志の力を育てることをしないと、自分がこの世に生まれた時に天から戴いた個性や才能を開花させることに対して力を注ぐことが疎かになってしまうため、いつしか心にさみしさや虚しさ、倦怠《けんたい》感が生まれてしまうものなのかもしれない。

人の幸福感や、人生の充実感、自分が自分の人生の主人公としてイキイキと生きている感覚というのは、「愛の力」と「意志の力」を共に育てていくことと、とても深い関係があるのだ。私は、意志の力と愛の力、男性性と女性性のバランスが大きく崩れていたのだろう。意志の力とは、〝自分を生きる力〟〝自分の人生を切り開いていく力〟。そして、愛の力とは、自分とは違う人間と〝共に生きる力〟、人と力を合わせて〝喜びを分かち合う生き方〟なのだろう。

おそらく、私の賢いからだは、病気を作って、その崩れたバランスを修正しようとしてくれたのだと思う。病気は私に、「自分の中の女性性をもっと大切にしなさい」「愛の力をもっと育んでいきなさい」と教えたかったのだろう。

そうする以外に生きるすべがなかった

静かで、心地よい音楽が流れながら、郁恵さんが語りかける。

「目を閉じて、ただ、自分のからだの感覚を静かに感じてみてください。どこかが緊張していたら、その緊張を感じてみてください。どこかに、痛みや、だるさ、重い感じやつらい感じがあったら、それをただありのままに感じてみましょう」

「そのからだの〝感じ〟に、ちょっと意識を集中してみてください。その〝感じ〟にもし言葉があって、何かを言っているとしたら、それは何を言っているのでしょう。あるいは、その感覚を感じていると、何か、言葉とかイメージとか、何か出てくるかもしれません。何が出てきてもＯＫです。ただ、それを注意深く感じてみましょう」

目を閉じて、深い呼吸をしながら、自分のからだの感覚や心の中で起きていることにずっと注意を向けているだけで、なぜだか涙が出てくる。私が、私をわかってあげようとしていることを、私のいのちが喜んでいるみたいに思えた。心とからだがひとつにつながって生きようとしていることを感じた。何を感じても、どんなふうに感じてもそれが許される。今、自分が感じていることを〝生きる手がかり〟にしていいんだというメッセージがすごくありがたかった。

今は、これといった身体症状がないので、私は、かつての慢性的な偏頭痛や脳腫瘍《しゅよう》の痛みに自分の意識を集中してみた。すると、私の中から「もう、イヤ!」という声が聴こえてきた。その「もう、イヤ!」という感じをさらに深く感じていったら、急に重たい感情が湧き上がってきた。本当は、からだも心も疲れ果て、つらくてつらくて仕方がなかったのに、その自分にさらにプレッシャーをかけて、自分を追い込んでいった日々の記憶が生々しく蘇《よみがえ》ってきた。

その感じを味わい続けていたら、心の深いところから悲しみがこみあげてきた。「もっと自分にやさしくしてあげて。もっと自分を大切にして」と言う声が自分の中から聴こえてきた。そうしたら涙がボロボロ流れてきた。自分を粗末に扱ってきた。自分をいっぱい批判してきた。自分の世話をしてこなかった。自分の痛みも悲しみも感じないようにして生きていた頃の私は、人の痛みも悲しみも本当には感じていなかったのだと思う。

私が、自分を大切にしていないのに、どうやって人を大切にできるだろう。私が、自分の気持ちをわかってあげないのに、どうやって人の気持ちをわかってあげることができるだろう。私が、自分を愛していないのに、どうやって人を愛せるだろう。私は、自分にやさしくすることを、自分を甘やかすことだとずっと思っていたのだ。自分を愛するなんて、ナルシシズム、エゴイズムで、恥ずべきものだと思っていた。自分はさておき、相手のために、人のために、会社のために、世の中のために生きることが良いことだと教わってきたから、そうしようと思って生きてきた。

でも本当は、自分のことしか考えていないということは、自分が一番わかっていた。だからこそ、そんな自分の偽善性が嫌いだったのだ。

「私、自分が嫌いだったんですよね」と郁恵さんに言った。

「そう、明美さんはご自分が嫌いだったのね」と郁恵さん。

「はい、嫌いなところなんか山ほどありました。気が強いし、強情だし、頑固で、頭でっかちで、わがままです。おまけに負けず嫌いで、軽率で、ガサツで、人に弱みを見せたくない見栄っ張り」

「でも、明美さんは、そうしなかったら生きて来られなかったのでしょう？　悲しいとか、つらいとか、疲れたとか、こんなのはもういやだなんて感じていたら、生きて来られなかったんでしょ。大きな病気をするくらいまで、がんばり続けてきた人生だったのでしょう。よくがんばってきたんじゃないの、明美さんは」

郁恵さんにこう言われた瞬間、涙がどーっと滝のように流れてきた。みぞおちのあたりがぎゅーっと痛くなって、そこにたまっていた痛みが絞り出されてこみ上げてきたような涙だった。

「人がね、どうして自分はこうなんだろうって思う自分の下には、傷ついた自分、そうする以外に生きるすべがなかった自分がいるの。人は、その時、その時で、精一杯の自分を生きているのだと思うの。大人だけじゃなくって、たとえ小さな子供であってさえもよ」と郁恵さんは言った。

郁恵さんの「たとえ小さな子供であってさえもよ」という言葉が胸に響いてきた。私の家庭は、母の明るさと父の善良さで救われている面があったのだけれど、この二人が極めて仲が悪かった。とにかく、ことごとくぶつかるのだ。父も母も、それぞれはすごくいい人だし、魅力的な人間なのに、パートナーとしては最悪だった。私は、父も母も好きだけれど、両親という〝対〟で見たときには、憎しみさえ覚えるほどにこの二人の関係性に悩み苦しんできた。私は、家庭内の不調和な雰囲気に耐えられなくて、ピエロの役をやったり、争い事が起きれば平和交渉に乗り出し、大きな問題が起きてくれれば判事になり、こまごまとした事件の時は使いっぱしりをやっていた。

私は、諍《いさか》いのたえない両親の間に挟まれて、父が母の愚痴を言えば、母の良いところを父に話し、若い頃に一目ぼれした母のどんなところが好きで結婚したのかを、父に聞いてみたりするような子供だった。反対に、母が父の愚痴をこぼせば、父がどんなに家族のことを思って仕事をしているか、お金を稼ぐということがどんなに大変なものか、父にどんな才能やいいところがあるかを母に話していた。「お父さんは照れ屋だから、言葉でうまく表現しないけれど、お父さんがどんなにお母さんを愛しているのか、感謝をしているのか、私にはわかるよ」という話をよく母にしていた。

おそらく母は、時々でいいから、父から、愛や感謝の気持ちを言葉で表現してほしかったのだと思う。でも、昭和一桁《ひとけた》世代の男である父は、「こっぱずかしくてそんなことといちいち言葉でなんか言えるか」と思っているみたいだった。心は見えないし、愛は形がないのだから、時々は、言葉で伝えることって大事なことなのに、どうして男というのは、それがわからないのだろう。それだけで、相手のいいところを再確認できたり、自分の中にある、「やっぱり好きだ」という気持ちに気づけたり、「自分の中にも至らないところが多々あったな」と、反省できたりもするのに。

私は、父と母に思い出してほしかったのだ。最初は、互いのことを大好きだったということを。

日々の生活に追われて、忘れてしまったこと、どんなところが気にいって結婚しようと思ったのかを。今は、それが見えなくなっているだけなのだということを。私は、姉弟の中で一番わがままで、自分勝手な人間だとずっと思っていたのだけれど、子供だった自分を思い出してみると、両親の間をとりもってばかりいた自分が、実はすごくけなげな子で、良い子をやってきたのだということを、初めて実感として感じた。そうしたら涙が次から次へあふれてきて止まらなくなった。それは、今の自分ではなくて、泣けなかった子供時代の自分がおいおい泣いているみたいだった。

同時に子供だった私は、両親の板ばさみにあうことが本当はとてもつらかったのだという〝生の感情〟が初めてこみあげてきた。母に対しては、「なぜ、父の淋《さび》しさや悲しみがわからないのか」という怒り。父に対しては、「なぜ、すぐお酒に逃げるのか。どうしてそんなに弱い人間なのか。男のくせに、大人のくせに。子供の私を保護するのが親の役目ではないか」という、父の弱さへの怒りがあった。小さかった私の心は、争いが起きる度に「家族が壊れてしまうんじゃないか」と不安でたまらなかったのだ。なぜ、父も母も、子供の私を頼りにするのか。頼りたいのは、私の方ではないか。私は子供なんだから。

私は、酔って大声を出す父の声に怯《おび》え、ヒステリーを起こす母の声を嫌悪し、なぜ大人なのに自分の感情をコントロールできないのかと本当はすごく怒っていたのだ。私が感情的な人が苦手だったり、自分の感情をコントロールできない人が嫌いなのは、こういうところから生まれたものだったのだと思った。私は、子供時代に、両親や周囲の大人たちが、感情をむき出しにして、いがみあっている姿を見過ぎてきたために、否定的な感情を嫌悪し、感情をぶつけ合うことを恐れるようになってしまったのだ。私は、思考レベルでの議論やケンカはいくらでもできる。でも、深い怒りや悲しみや不安になると感情が凍りついてしまって、全く言葉が出なくなってしまうというのは、こういうところから生まれたのかと思った。

家族と別れて暮らしはじめても、その感情処理のパターンは同じだった。それを感じていたら痛すぎる感情、生きていけない感情は、自動的に「ないこと」にして、前に進もうとする癖。それは、私の無意識が選んだ、生きていくための知恵だったのだ。家族の中で私がやってきた役割行動が見えたら、私が大人になってから人間関係の中で繰り返してきたパターンが全く同じであったことに気づいた。つまり、私にとって大切な二人が、互いに嫌いあったり、牽制《けんせい》しあったり、争ったりする間に挟まれて苦しむというパターンだ。で、なんとか二人が仲良くなれるようにと、がんばってしまう。私がなんとかできるという範疇《はんちゅう》ではないのに、つい〝調停役〟をやってしまう。よけいなおせっかいをする。自分の問題と他者の問題の境界線を見失い、感じなくてもいい責任を感じ、背負わなくてもいい責任をしょいこんでいた。そして、自分の本当の感情である、いやだという気持ち、つらいという気持ちを感じないようにして、今目の前にある〝対立〟を何とかしようとがんばってしまうのだ。

ほとんどの場面では、私は自分の意見をはっきり言うし、NOも言えるし、自己主張もはっきりしている。でも、自分にとって大切な二人の間の板ばさみ状況になると、自動的に家族のパターンが出てきて、「これは私の問題ではない。自分たちで解決して」という言葉すら言えなくなってしまう。〝私がなんとかしなければ〟という反応が私を動かすのだ。私は、子供時代からの家族の中の役割行動というものが、自分の生き方にこれほどの影響を与えていたことを知り本当に驚いた。

人間だもの、弱音を吐きたい時だってある

人は、自分や人間や人生に対してポジティブな信念を持ったり、夢を抱いたりすると同時に、痛みの体験と共に無意識に作ってしまったネガティブな信念体系と人生脚本もあるのだという。

「人は、自分が傷ついた時、つらい気持ちを味わった時に、無意識に何かを決めることがあります。自分を守るために、生き延びるために、ある信念、信条を持ってしまうのです。たとえば、親から丸ごとの自分を愛してもらえなかったら、〝私はいい子でなければ愛されない。いつもいい子でいよう〟と決め、自分の欲求を抑えて、人の期待に応《こた》える人生を選んだりします。自分の気持ちを素直に言うと、親から否定されたり、ワガママだと言われ続ければ〝本当の自分を見せたら、人から受け入れられない〟という信念を持ち、人と表面的にしか関われなくなります」

幼少時代だけではなく、人は思春期や大人になってからも、心が傷つく体験をすると同じように心の中で何かを決めることがあるのだという。たとえば、愛する人に裏切られたら〝もう私は誰も愛さない〟、〝人は必ず自分を裏切る、自分の元を去っていく〟という信念を持ったりする。誰かを深く傷つけてしまったことに対して罪悪感を持っている人は、〝自分は愛される資格、幸福になる

資格なんかないんだ〟と思い込み、自分が幸せになることを深いところでは許していなかったりする。

人は人生でつらい体験をした時に、無意識レベルで、自分とは、人間とは、人生とは、世界とはこういうものだという思い込みをしてしまうのだ。今はもう自分の環境はすっかり変わっているにもかかわらず、その〝無意識の否定的な信念〟に人生が支配され、不必要な苦しみを生み出し、その信念を証明するかのように人生に何度も同じようなつらい状況を作り出してしまうのだ。その信念がどこから形成されてきたか気づくことによって、私たちはもっと新しい、もっと柔軟な信念を選ぶことができるようになるのだ。

こういう生育歴、こういうトラウマがあるから自分はこうなったんだと人は思いがちだが、実は強い心の痛みを経験した時に自分がそこで何を間違って〝学んでしまったのか〟、自分や人や世界に対して〝どのような思い込み、信じ込み、信念〟を持ってしまったのかに気づくことが大切なのだ。気づきこそが自由と解放への道だ。それによって人は、生命の自己修復力や自己形成力が働き出し、本来の自分を生きるという目的に向かっていけるようになるのだ。

私は今まで、自分が人に愚痴や弱音を吐けないのは、見栄っ張りで、ええかっこしいの性格だからだと思っていたのだけれど、違うのだ。

私は、愚痴を聞かされ続けてきたことが本当につらくて、「私は絶対、人に愚痴なんかこぼさない」「否定的な感情を人に言うことは、人に重荷を背負わせてしまうこと。人を、自分の感情の捌《は》け口、ゴミ箱にしてはいけない」と子供心に決めたのだ。これが人は傷ついた時に何かを決めるということなのだ。私は、人の愚痴や弱音や嘆きを聞くのは、たまにだったらいくらでも聞ける。それによって相手とより深くつながれる感じがするからいやだとは思わない。私を信頼してこんなことまで話してくれたんだと、うれしくさえ思う。

実際、私が人と深くつながるのは、決してその人の〝陽の部分〟ではない。その人が自分の〝陰の部分〟、弱さや淋しさ、不安、葛藤や罪悪感や悲しみをさらけだしてくれた時、それが私にとって共感できたり、信頼できたり、いとおしいと思えたりした時なのだ。でも、たまにさらけ出すから、共感し、つながれるのであって、年がら年中聞かされる愚痴というのは、やはりたまらなかった。母は、「あんたにしかこんなこと言えない」っていつも言っていたけれど、じゃあ、私は誰に言えばいいのか。家族のゴタゴタなんか人には言いたくない。私はいつも聞かされ続けて、溜《た》まる一方ではないか。

私は、「愚痴や弱音は絶対に吐かない」という信念を持ってしまったために、人に自分の弱さをさらけ出すことが苦手だったのだということに初めて気づいた。なんでもひとりで解決して、事後承諾として、あの時はこうだったと報告するパターンを繰り返してきたのだ。たまに我慢の限界がきて、人に愚痴や弱音を吐いてしまった後は、後味が悪くて、罪悪感や後悔が生まれた。言わなきゃよかったと思った。これも自分の信念を裏切るように思うから出てくる感情であったということに気づいた。

でも、人間だもの、たまには愚痴のひとつもこぼしたくなることだってあるし、弱音を吐いて人に甘えたい時だってある。そういうことを自分に許せなかったのは、自分が傷ついた時に決めた信念が、自分の素直な感情を表現することを阻んでいたからだったなんて、ほんとにびっくりだ。

悲しみを頭で納得させることで生きてきた

自分が子供時代にちゃんと子供をやってこなかったということが、大人になった自分の人間関係や生き方にこんなに影響を与えていたなんて思いもしなかった。親を精神的に頼れないと思い込んでしまった私は、「自分のことは自分で解決するしかないんだ」「頼れるのは自分しかいない」という信念を、かなり小さいうちに持ってしまったのだ。

私の記憶は、どんどん過去に遡《さかのぼ》っていった。もう思い出すこともなくなっていたことがワークをやっていると、ふと鮮烈に浮かび上がってくることがよくあった。確か、小学校三、四年の頃だったと思う。夜中に目を覚ますと、遊びにきていた母の友だちと母が話していた。その時の母の言葉にショックを受けたことを思い出した。

「母親っていうのは、やっぱり息子がかわいいわね。末っ子は特にかわいい」

私は、この母の言葉にすごいショックを受け、私は、母に愛されていないのだと思い込んでしまったのだ。私は、あの時、母に認めてもらうために、愛されるために母の助けになることならなんでもしようと心に決めたのだと思う。

私は、母に愛されたくてしっかりものの長女をやり、いやな顔もせずに愚痴も聞き、勉強をし、クラス委員をやり、運動会でもいろいろなコンクールでも一等賞をとるためにがんばったのは、すべて母にほめてほしかったからなのだと思った。私は、母の〝自慢の子〟になりたかったのだ。

私は、高校、大学時代、ボーヴォワールや、明治時代の「青鞜《せいとう》の女たち」の生き方に大きな影響を受け、女性解放運動などのフェミニズムに密《ひそ》かに傾倒していたから、そのせいで独立心、自立心が強くなったのだとずっと思い込んでいた。しかし、フェミニズムの影響以前にすでに親との関係の中で甘えそこなったために、自分で立つしかなくて、そのために妙に自立心、独立心が強くなったのだということに気づいたのだ。

私は、本当は親に甘えたかったのだ。甘えられないことがすごく淋しかったのだ。親に無条件に甘えていたのは、末っ子の弟だけだった。実際、末っ子の弟は、憎めない性格でかわいい子だった。私と年子の弟は親に甘えそびれてしまったのだ。

年子の弟が生まれた時、私はまだ自分も乳飲み子だったのに母が乳首に唐辛子を塗って「弟が生まれたから今日でおっぱいは終わり」と一回言っただけで、二度とおっぱいを要求しなかった子供だったらしい。母は、そのことを「明美は聞き分けがいい。手がかからない」と人に自慢話をするようにして話していた。私はその話を聞く度にいつも淋しくなった。私には、一度相手から拒絶・拒否されたと思うと瞬時に心を閉ざしてしまい、もう二度と自分の要求や気持ちを言わなくなるというパターンがあるのだけれど、それはすでにこんな小さい頃から始まっていたのだ。

私は、おそらく無意識に、親の手をわずらわせない子供でいることで親からほめてもらえるということを学習していったのだろう。でも、ワークで、子供時代自分がどんなに淋しかったか、どんなに親に甘えたかったかという感情が突然あふれてきたのだ。大人になっても、人は、「未完了の感情」とか「未完了の体験」というものが記憶の中に残っていて、それは表現されること、癒されることを待っているというのはこういうことだったのかと思った。

子供時代というのは親への依存期なわけで、その時期にちゃんと親に甘えて、抱きしめられて、守られてという安心感の体験がないと、人は心の奥に脆《もろ》さを抱えてしまうのではないだろうか。私の自立心、独立心の柱は確かに脆かった。シロアリにすぐやられてしまうくらいに頼りない柱だった。自立の仮面の下に、私は、依存心や不安や脆さを隠していた。

一見、強そうに見える人、理性的《クール》に見える人、虚勢を張っている人、猛々しい人、反対に、あまりにも善い人、明る過ぎる人というのは、もしかしたら、自分のそんな脆さや弱さや淋しさを一生懸命隠し、自分の悲しみを頭で納得させることで必死に生きてきた人たちなのではないだろうか。

人は、子供時代に丸ごとの自分を愛してもらい、認めてもらい、大切にしてもらったという体験をすることで、初めて本当に自立していけるのではないだろうか。それが満たされていないと、大人になってから愛と承認をもらうために必要以上にがんばり過ぎたり、人の期待に沿うことばかりしたり、相手が自分を本当に愛しているのかどうかを試すようなことを言ったり、やったり、愛をもらいたいために与えるという自己犠牲的な生き方をしてしまうのかもしれない。

私は、これに気づいた時から、だんだん人の見方が変わっていった。第一印象だけで人を決め付けてしまうようなところがあったのだけれど、その表面の〝感じ〟の奥にある悲しみや淋しさが感じられるようになると、だんだん苦手な人や嫌いな人が少なくなっていったのだ。

自分を防衛するための鎧兜《よろいかぶと》というのは、もう二度と傷つきたくない、こんな悲しい思いはもう二度としたくないという自分を守るための繭《まゆ》のような存在だったのだ。鎧兜の厚さや堅さというのは、きっとその人の心の痛みの大きさに比例しているのだと思う。

雲の合間に見える青空

私は、自分の間違った信じ込みを完了させるために、ある時、母に思い切って、自分が感じてきたことを言ってみた。そうしたら、母は驚くようなことを私に言うではないか。

「私こそ、あんたに愛されていないんじゃないかって思っていた。あんたは、子供の頃から本当にお父さん子で、私に頼らなかったし、甘えたことがなかった。この子は、私を必要としていないんだって思っていた。私はそれがずっと淋しかったんだよ。あんたは、私を責めることはあっても、お父さんを悪く言ったことは一度もない。あんただって、お父さんのお酒でずいぶん苦労してきたはずなのに。この子は、父親だけを愛しているんだって思っていた。あんたが、自活したいからと言って、家を出ていってからは私は一年くらい、淋しくて淋しくて、飲みたくもないお酒を泣きながら飲んだりしていたんだよ。あんたに言ったことはなかったけれど」

知らなかった。母も淋しかったなんて。私は、母が、父や弟たちのことでいつも心配をしたり、頭を悩ませていたからこそ、自分だけは母に心配をかけたくない、母の手をわずらわせたくない、母を助けようと思ってがんばってきたのに。それなのに、そんな私を母は淋しく思い、自分はこの子に必要とされていないなんて思っていたなんて。信じられない。私は、三十年近くも間違った信じ込みをしてきたのだ。私と母は一緒に泣いた。初めて母と和解できたと思った。

その夜ふと「人生のアルバム」「写真」という言葉が浮かんできた。人が自分の人生のアルバムに貼る写真というのはほとんど、「はい、チーズ」のポジフィルムだ。アルバムに貼られた私の写真、家族の写真はみんないつも笑っている。何の問題もない、ご機嫌な顔、楽しそうな顔をしている家族の写真ばかり。まるでアルバムだけを見れば「太陽の家族」みたいだ。

私の、そして、家族のネガフィルムなんて一枚もない。「ネガフィルム」はみんな自分の心の中にしまいこんでいるのだ。心の中にしまわれて思い出すことさえ自分に禁じられる悲しみの写真の何枚か。アルバムに貼られた写真は、いつかセピアカラーになっていくのに、心の奥深いところにしまわれた写真たちは、しまいこんだ時の色のまま、傷ついた心のままひっそりと生き続ける。

その何枚かのネガフィルムがあるために、過去を振り返ることには心の痛みが伴う。キラキラと輝いていた日々、無邪気に笑っていた日々もたくさんあったはずなのに、思い出すことが苦しみにつながるそれらの写真が、過去を曇らせ、光にあふれていた日々さえも遠くに追いやっていたのだ。

でも、母に愛されるためにがんばっていい子をやってきたことや、両親の板ばさみにあうことが本当はつらかったのだということを母に言えたら、幼い頃のやんちゃな自分や天真爛漫《らんまん》だった自分、家族の楽しい思い出なんかをいっぱい思い出せるようになったのだ。ほんとに不思議。

心の痛みというのは、まるで雲みたいだ。つらかったことや悲しかったことをたくさん話して泣いたら、その雲がいつの間にかすーっと流れて消えて行き、気がついたら、雲の向こうに清々《すがすが》しい青空が見えたのだ。家族の痛みにばかりとらわれていた頃の私は、雲の向こうに常に存在している青空と太陽が見えなかった。つまり、父と母が、どんなに私を愛していたかという方に目を向けられなかったのだ。

青空も太陽も、私の人生に一度たりとも存在していなかったことなどないにもかかわらず。両親の愛がなければ、私は、今日まで生きてこられるはずもなかったのに。青空と太陽というのは、大きな大きな愛みたいだと思った。

親子という縦糸の愛、夫婦という横糸の愛

子供の頃からの悩みの種だった親との関係は、私の意識が内側に向き合い出したら、少しずつ変容しはじめ、昔に比べたらずいぶんと楽になってきた。もちろん両親は相変わらず夫婦ゲンカばかりしているし、弟たちも相変わらず、問題を次々にこさえてくれている。

問題が起きる度にいまだにみんなが私を頼ってくる。その度ごとに当然今まで通りの反応は起きてくる。なんでうちの家族ってこうなんだろうと、電話がかかってくる度にやはり気は重くなる。

でも、雲の向こうに青空が見えてからは、かつてのように、「じゃあ、私がなんとかしなきゃ」とか、「今度はどうすればいいのだろう、私は」といった〝深刻〟なしょいこみ方をしなくなったのだ。私がやり過ぎてしまうことは、逆に、家族をコントロールしてしまうことになるのだということにやっと気づいたからだ。

どんなに頼られようが、ちゃんと距離をとって、私にできること、できないこと、やりたくないことをはっきり言えるようになったら、ずいぶん家族との関わり方が変わってきた。反応は起きてきても、今までのように深刻にならないでいられること、反応している自分を観られるようになっただけで大分気が楽になってきた。

おそらく家族というのが、この世で無償の愛というものを学ぶための最大の修行なのかもしれない。親子という縦糸の愛、夫婦という横糸の愛。この二つの糸が織りなす悲喜こもごもの愛憎ドラマが、まさに人間関係の修行なのだろう。チベットとかヒマラヤの山奥にこもって瞑想《めいそう》修行している方がよっぽど楽なことなのだと思う。

愛という言葉は心地よいけれど、実はこの言葉はかなり曲者《くせもの》でもある。愛という名の支配、コントロール、束縛、依存、執着がいっぱいあるからだ。本当は、愛は相手を自由にしてあげること、幸せにしてあげること、幸せを願うことなのに。相手の喜びや幸せが自分のことのようにうれしいことであるはずなのに。愛が呪縛《じゅばく》になるから人は苦しむ。愛が自分のニーズを満たして欲しいという相手への要求になるから、人は愛に苦しみ、同時に相手をも苦しめてしまう。一体、人はどれだけ泣くのだろう。痛い思いをするのだろう。愛を学ぶために、愛を知るために。親子の愛、夫婦の愛というものが、人が無償の愛を学ぶための最大のレッスンであるとするならば、そのメンバー、相手は一筋縄ではいかないタイプであることの方が多いのかもしれない。

とにかく自分に向き合い出したら、まず最初に直面しなければいけなかったことは、親との関係だった。「自分とは誰か？」というものを見ていけばおのずと自分のルーツである親との関係、家族関係にぶちあたってしまうのは当然のことなのかもしれない。幼かった頃の心の痛みに触れることは苦しかったけれど、涙が流れる度に、私の中でしこりになっていたものが、一つひとつ終わっていくような気がした。

感情には層がある

私は、ワークを受けてみて「感情には層がある」ということに気づいた。ワークをする中で、自分では怒りだと思っていたものが、その怒りを感じ尽くし表現してみると、怒りの奥にあった感情は、淋しさだったり、悲しみだったり、恐れや痛みだったりした。そのさらに奥には愛があったということに気づいた時には泣けてしょうがなかった。

怒りの奥にある本当の気持ちを素直に伝えれば、人と人はもっとわかり合えるのに、表層の感情である怒りをぶつけてしまうから互いを傷つけ合ってしまうのだと思った。でも、人は怒りを感じている時は、そのずっと奥にある自分の本当の感情に気づけないのかもしれない。ネガティブな感情の奥には、自分の心の痛みや真実の欲求や願いが隠されているというのも本当だった。その本当の欲求や願いや心の痛みを感じ尽くし、表現してみると、確かにネガティブな感情は流れていった。

流れてしまうと、からだがふっとゆるみ、呼吸が深くなり、「ああ、もうあのことはいいや」と思えるのが不思議だった。すべてきれいさっぱりというわけではなかったけれど、その〝もういいや〟という感覚が自分を楽にしてくれる感じがした。私がものすごく嫌っていたネガティブな感情は、こんなにも私にわかってほしかったのかと思った。それにしても、なんで、こんなに簡単に涙が出てくるのだろうと思うくらいに、自分の真実に触れた瞬間というのは、一瞬の時差もなく涙があふれてきた。

自分の深い感情に触れていくというのは、自分の脆さ、弱さ、痛み、ウイークポイントに触れていく作業でもあるから、かなりつらい作業だ。でも、その心の作業は、脆さや弱さの奥にある、やわらかなものや、繊細なもの、温かいもの、美しいものに触れていくプロセスでもあって、私は、それに触れるたびにだんだん自分が好きになっていった。

そして、やっと、自分の今までの人生を肯定できるようになった。そうしたら、また涙がこみあげてきた。その時、郁恵さんから、「明美さん、その涙は、明美さんのいのちが喜んでいる涙なのよ。もう、ひとりでがんばらなくてもいいのよ、明美さん」と言われ、その途端、またどっと涙があふれてくるのだった。

私に、さらに大きな視点の変化をもたらしてくれたものの一つが、郁恵さんから学んだサイコシンセシスだった。サイコシンセシスというのは、イタリアの精神科医、アサジョーリが創始した〝精神統合〟の心理学で、フロイトの〝精神分析〟の反対をいくものだ。

私はサイコシンセシスの中でも特に「サブパーソナリティと自己の同一化（同化）」のことがまさに目からウロコだった。

私は、かつてどれほど心身がボロボロになっていても、休めず、立ち止まれず、「苦しい」の一言も言えなかった。人から心配されても、条件反射のように「大丈夫」と言っていた。そんな私は、あるサブパーソナリティに完璧に自己同一化＝同化していたということがわかったのだ。サイコシンセシスでは、自分の中の〝ある一面〟、いろいろな自分、たくさんの小さな自分のことを〝サブパーソナリティ〟という。あるサブパーソナリティに自分を同化していると、そのサブパーソナリティこそが自分と思い込んでいるために、他のサブパーソナリティを仕切ってしまい、その欲求を聴いてあげなくなってしまうのだ。

私が同化していたサブパーソナリティがはっきり見えてきた。それは、明るくて元気でがんばり屋の自分。行動力があって努力家で根性がある自分。いつも前向きでプラス思考で向上心が強い自分だった。この私でなかったら、私ではないというくらい、このサブパーソナリティが私のすべてを仕切っていたのだ。

同化しているサブパーソナリティというのは、確かに自分の特徴的なある資質ではあるけれど、同時にそれは親や周囲の人たちからの「愛と承認」を得るために育ててきた自分でもあるのだという。それゆえ、自分でもそれが自分の本質だと思い込み、他者も自分が同化しているそのサブパーソナティをその人の本質のように感じていることが多いのだという。そうすると同化しているサブパーソナリティ以外の自分（他のサブパーソナリティ）は、表現されることも、大切にされることもなく、その欲求に耳を傾けてもらうこともないままで端っこに追いやられてしまうのだという。

この同化しているサブパーソナリティは、自分にとって得なことがいっぱいあるから、自分の素肌のようになってしまうのか。まさに私自身、人から自分の存在を認めてもらうため、ほめてもらうために、また社会に適応していくために、生きる知恵として身に付けてきたサブパーソナリティを自分そのものだと思い込んでいたのだ。そういえば、パーソナリティのギリシャ語の語源、ペルソナは、〝仮面〟という意味だったっけ。仮面なのに素肌だと思い込んでしまったら、確かに歪みが生まれてしまうはずだ。顔のパックは笑うとシワになるけれど、人格のパックって、シワになっていることになかなか自分では気づけないものなんだな。

もちろん、人は社会的な存在だから、仮面は時に応じ、役割に応じて必要ではあると思う。役割の顔、フリをすることは当たり前のことなのだ。社会に出て、裸で歩くわけにはいかないのだから。でも、その仮面を自分だと思い込んで生きてしまうと、行き詰まってしまった時に、突然、「私は誰なんだろう？」という、自分の存在に対する根源的な不安や懐疑が生まれる。これが、アイデンティティ・クライシスなのだろう。

私は、自分がこわれていくのを止められないほど、このサブパーソナリティに自分を同化していたのだ。もしかしたら、私の発病は、私の中で無視され、大切にしてもらえなかった自分、ぞんざいに扱われてきた自分が、結託して反乱を起こしたのかもしれない。

　郁恵さんは、あるサブパーソナリティと同化していると、どんな生きづらさが出てくるかをこう説明してくれた。

「素直ないい子、思いやりのあるやさしい人、いい人、というサブパーソナリティに自分を同化している人は、自分を主張したり、ＮＯを言うことや、自分が本当にやりたいことを言うことが、わがままで悪いことなんじゃないか、人から嫌われてしまうのではないか、相手を傷つけてしまうのではないか、という恐れと罪悪感を持ったりします」

「同じように、がんばり屋、向上心が強い、前向きというサブパーソナリティに同化している人は、休むことや遊ぶこと、気が変わることや降りること、リラックスすることに対して、さぼっているようでうしろめたいと感じたり、無責任と言われることを恐れたり、真剣さが足りない、成長が止まってしまうと考えてしまいがちです」

　本当にそうだ。私は、どんなにがんばっても、「まだだめだ。その程度で満足してるんじゃない。もっとがんばれ。一度口に出したことは、途中で翻すな。逃げるな。初志貫徹！」といった声が絶えず自分の中から聞こえてくる。アニメのイメージでいうと、『巨人の星』の星飛雄馬のお父さんみたいな人が自分の中にいて、このお父さんが、とにかく厳しいスパルタ教育の教師だった。私はこのお父さんの声が自分の中から聞こえてくると、温泉に入っていながらも、突然、ウサギ跳びを始めてしまうような条件反射の行動に出てしまう。

実際の私の父親は、全く逆で、やさしくて、私をいつもほめてくれたし、愛してくれたし、認めてくれていた。私は、父に頭ごなしに怒られたことが一度もない。うちの父と、星飛雄馬のお父さんは、まるっきり正反対のタイプなのに、どうして、私の中にこんなに厳しい教師がいるのだろうか。

私は、自分の中にいるこのスパルタ教育の教師がこわくて、途中で、何か違うなあ、もういやだなあ、やめたいなあ、休みたいなあという欲求が出てきても、それを感じないようにしてしまうのだ。でも、それをやっていると、決まって、途中でわけがわからなくなってきて、途方に暮れてしまうか、からだに何らかの症状が出てくるのだった。もちろん、この厳しいスパルタ教育の教師に逆らわないで、必死になって努力する自分がいたからこそ、達成できたこと、力がついたこともたくさんあったと思う。でも、同じくらいに、自分の中にたくさんの歪み、不調和を作ってきたのだ。

「サブパーソナリティというのは、みんな、自分のある一面であって、すべてではないのです。自分が、どんなサブパーソナリティに同化しているのかに気づいてください。同化していると、自分は〝こうでなければいけない〟という、とらわれを作り、自由さがなくなっていきます。とらわれから解放されるためには、まず、自分が何にとらわれているのかに気づくことが大切です」

自分を外側から眺める意識

自分が自分をこんなに縛っていたのだという気づきは、驚きであると同時に大きな喜びでもあった。同化の問題は、自分を制限している大きな思い込みに気づく視点としてとても勉強になることが多かった。そして、この同化の問題はサブパーソナリティだけでなく、人生のいろいろな場面でも実に人は、無意識にやっているのだという。

「会社」や「仕事」と自分があまりに同化していれば、自分＝会社・仕事になるわけだから、それがなくなるということは、自分がなくなるという恐れが生まれて執着が始まる。ワーカホリックというのはまさしくこれなのだろう。私は、かつてこれをやっていたから苦しくなり、行き詰まってしまったのだ。

妻、母、嫁という役割に同化している人は、その部分で評価されることやほめられることが自分の存在価値を確認できることだから、いい妻、いい母、いい嫁を目指してがんばってしまう。よくありがちな、子供と自分を同化している人も同じなのだろう。どんなに子供がかわいくても、子供は、自分とは別人格の人間だ。子供には、その子自身の欲求や価値観や意志があるのだから、親の思い通りになんかなれないし、親の期待通りには生きられない。

でも、子供にとっては親の存在は絶対だから、自分に対する期待と要求が大きければ無意識に子供はそれに応えようとしてしまうのだ。親からの条件付けを無意識レベルで取り込んで、親から愛される自分、認めてもらえる自分、ほめてもらえる自分というものを作っていってしまうのだろう。親から過剰な期待をかけられている子や、親に過剰に心配される子は、自分がつぶされていくような不安を感じたり、期待に応えられない自分をダメだと責めたり、自分が本当は何をしたいのか、どう生きたいのかわからなくなってしまうアイデンティティ・クライシスに陥ってしまう可能性が高いのではないだろうか。

親が自分の心の不安や空虚さを子供の存在によって埋めようとすれば、子供にとって親の存在は重しのようにのしかかってしまう。親が一人の人間としてイキイキと生きていなかったら、子供は、「自分は、自分として生きていいのだ」とは思えないだろう。両親の仲がいいこと、両親の生き方や、在り方そのものが、子供への最大の贈り物なのではないだろうか。

役割意識は自分の内側からの欲求より、外側からの要求と期待に応えていく世界だから表向きの顔ばかりになり、本来の自分からどんどん離れていってしまうのだ。会社人間だった頃の自分を振り返るとそれはとても納得できる。役割意識というのは、気づかない間に〝素肌化〟してしまい、素のままの自分がわからなくなってしまうのだろう。苦しくなってきて初めて、ある役割や、ある特定の自分（サブパーソナリティ）、ある信念、信条が素肌のようになっていたことに気づくのだと思う。そして、気づいた時にふと自分に問うのだ。「自分て、何なのだろう」「なぜこんなに苦しいんだろう」「なぜこんなに虚《むな》しいんだろう」「自分は、本当はどうしたいんだろう」と。人はそんなふうに感じた時から、同化していたものとの距離をとるという心の作業が始まるのだと思う。しかし、この〝ただ距離をとる〟ということや、〝手放す〟ということが身を引き裂かれるように痛いのだ。この心の作業は、まるで古い自分のお葬式を自分であげるみたいなものかもしれない。再生の儀式は、死の儀式でもあるのだ。

同化という問題を通して見てみると、自分が行き詰まったり、苦しみにのた打ち回った原因の多くが、〝怖れ〟や〝執着〟、〝間違った信じ込み、思い込み〟〝自分の欲〟から生まれたものなのだということがだんだん見えてきた。人は、自分が所有していると思っているものや、自分のものと思っている人（夫・妻・子供・恋人）、あるいは、同化している〝ある考えや信念や場〟に、逆に所有され、縛られ、支配され、コントロールされるということがだんだんわかってきた。

改めて、私がドツボにはまって苦しんでいた時というのは、どういう時だっただろうと自分を振り返ってみてみた。

対象との距離がなくなっている時。変化をこわがって過去にしがみついている時。心を閉ざしてしまった時。悪いことの原因を全部相手のせい、人のせいにして批判している時。愛し過ぎてしがみついている時。恐れという妄想に乗っとられている時。自分にも相手にも完璧さを求めている時。考え過ぎて深刻になっている時。人と比較・競争している時。自分を否定している時。相手に対する期待と要求が強い時。自分の本当の気持ちを押し込めて相手に合わせている時。自分の価値観や、やり方に固執し過ぎている時。自分や人を責め裁いている時。人からの期待に応えようとがんばり過ぎる時。自分に厳しすぎる時。人からの評価を気にし過ぎている時。幸福感・満足感・快感を与えてくれる人に依存している時。自分を外側から眺める意識がなくなっている時……。

まだまだあるかもしれない。苦しみの素ってこんなにあるんだ。私は、ついついクセで、この〝苦しみのだしの素〟をふりかけてしまうのだけれど、自分でやっているのだから、自分でやめることもできるのだ。もちろん人生には理不尽としかいいようのない苦しみもある。でも少なくとも、「ああ、これは自分で作っている苦しみだ」「なんだ、自分からみすみす〝ドツボの滝〟に身を投げていたのか」と気づいたものに対しては新しい〝態度の選択〟ができるのだ。

たとえば勇気を出してもう一度心を開くとか、適正な距離をとる、心から謝る、NOを言う、心をこめてありがとうを言うとか。あるいは、自分を信じる。許す。ほめる。今は忍耐する。もう手放す。自分の足で立つ。諦《あきら》める。そして、究極は、四の五の言わずはっきりと決意・決断する。大いなるものにすべてを委ねる、などなど。

言うは易し、行うは難しだけれど、少なくとも苦悩と葛藤の坩堝《るつぼ》から、自分で出ることができるのだという可能性を知っただけでも私はとても気が楽になった。これこそが〝反応〟する自分から、〝応答〟できる自分への変化ということなのだ。ネガティブな反応は無意識の条件反射だから、同じパターンを繰り返し、いつまでたっても苦しみからは解放されない。でも反応している自分を見ることができるようになれば、そこにスペースが生まれて、意識的で賢明な〝応答〟できる自分、選択できる自分にだんだんなっていけるのだ。

もちろん、これが本当にできるようになるためには、相当の場数を踏まなければならないのだろうなと思う。できれば宿題は少ない方がうれしいけれど、私の成長に必要であれば、天はきっとその宿題を私の人生に用意するのだと思う。今までの人生を振り返ってみると、見事にベストタイミングで私は宿題を出されているもの。

人生にはいろいろな苦しみがあるけれど、人の苦しみの中でも最大のものは執着なのだろう。何に執着しているかは、人それぞれに違うのだろうけれど。誰かへの執着。関係性への執着。過去への執着。自分の考えや価値観への執着。目標結果への執着。若さや肉体や快楽への執着。お金や物、会社、仕事、名誉への執着。過去の心の傷や痛みへの執着。自分への執着。生への執着。でも人は、自分が執着している最中には、自分の執着には気づきにくいのかもしれない。のっぴきならない状況が起きてきたり、どうにもこうにも苦しくなったり、重くなったりした時に、初めて自分がそれに執着していたということに気づくのだろう。

おそらく、この執着こそが人として生きている限り、何度もぶつかる壁であり、最大のレッスンなのだと思う。自分が苦しくて仕方がない時は、自分が何に執着しているのかを見ることが自由への道の第一歩なのだろう。大切に思うこと、愛すること、信じること、一途《いちず》に思うこと、一生懸命になることは知らず知らずのうちに執着を生み出す元になる。

愛と執着は紙一重だからこそ、執着に気づいても手放すことがとても難しいのだ。人が心の地獄を味わうのは、この執着が断ち切れない時なのだ。のたうち回るほどの痛みを通し、自分が一回死ぬような経験をしなければ、この執着というのは手放せないのかもしれない。比叡山《ひえいざん》の千日回峰に匹敵するような心の修行を人は誰も、人生の中で一度や二度は体験するのではないだろうか。

生きることは学びのプロセス

心の世界が、深い深い海のようだと感じた日から、少しだけ時が流れた。私は次第にその深い海の泳ぎ方を少しずつマスターしはじめている。自分を学ぶことは、他者への理解、人間に対する理解が深まっていくことにつながり、世界が広がっていく感じがして楽しい。

私は、昔から、存在の深いレベルで人と出会いたいと思っていたのだけれど、そのためには、まず私が自分自身に深く出会わなければならないのだということがだんだんわかってきた。一度いろいろなことに気づきはじめると、日常生活でも一人でワークすることが多くなってきた。

最近は、「私は、今まで何を〝前提〟として人と関わっていたのだろう」というところを見ている。「人と人はわかり合える」ということを〝前提〟にすると、わかり合えない時に苦しみが生まれるけれど、「人と人はわかり合えることの方が稀《まれ》なのだ」ということを前提とすると、人間関係の見方が全く変わる。考えてみれば、互いの人生の体験が違い、感じ方も考え方も、価値観、性格、行動パターンもそれぞれ違う人間同士なわけだから、真にわかりあえることの方が稀なのだと思う。こちらの方を前提にすると、自分の気持ちをわかってもらえたと思う時や、互いにわかりあえたと思えた瞬間がとてもうれしく貴重なことに感じて、わかってくれた人に心から感謝の気持ちがこみあげてくる。自分の傷つき方とか苦しみというのは、自分が何を〝前提〟として人と関わっているのかでずいぶん違ったものになるのだということに気づいた。相手に対して、こうしてほしい、こう言ってほしい、こういう反応を返してほしかった、こんなふうに愛してほしい、こんなふうに関わってほしい……といった「期待」と「要求」が私の側に強い時は、それに合わないことを言われたり、されたりすると、苦しみと失望はもれなく後からやってきた。

関わりを持たなければ、傷つけることも、傷つけられることもないけれど、人は孤独であることには耐えられないし、愛を求めてやまない存在だから、人間関係というのはそもそも傷を負うことは避けられないということを前提として成り立っているのだ。愛や好意や尊敬は、いとも簡単に傷や憎しみ、嫌悪や失望に変わりうることをどんな人も人生で何度かは経験しているのではないだろうか。人間関係の難しさを改めて考えている時に、郁恵さんのこの言葉に救われた。

「人間は本当に不完全な存在なのです。不完全であるがゆえに、失敗したり、おろかなことをしたり、間違ったり、ほかの人を傷つけてしまうことがあります。そんな時自分を責める声が出てくるかもしれません。そうすると、とてもつらくなってしまいます。だけど、誰だって間違うことがあります。失敗することもあります。ほかの人を傷つけてしまうこともあります」

「人はいつも完璧というわけにはいきません。失敗するからこそ、間違うからこそ、愚かなことをしてしまうからこそ、そこから学んでいけるんです。生きるということはどこまでいっても学びのプロセスなのです。だからこそ、生きることが喜びになるのです。もし自分が、失敗や間違いなど絶対しないような完璧な人間だったら、人はどこで成長できるでしょうか」

人生でも、人間関係でも、失敗ばかり、転んでばかりの私にとって「生きることはどこまでいっても学びのプロセスなのです」というメッセージに救われる思いがした。大切なのは、失敗しないことでも、常にいい関係でいることでもないのかもしれない。失敗した時、トラブルが起きた時、うまくいかない時に、そこから自分が何かを学び、あるいは態度を選び直すしかないのだろう。そして、転んでしまったら、再び立ち上がるために必要なことをきちんとやるだけのことなのだと思う。

人と人は、わかり合いたいけれど、わかり合えないものもあるのだということ。常にわかり合える関係などないこと。わかり合えない、つながれない、対立するということは、ただ、互いに大切だと思うことや、信じていることや、好きだと思うこと、求めていることが違うというだけのことなのだから。どっちが正しいとか、間違っているとかではないのだ。違うからこそ相手から学べるというのは確かにそうだと思う。私は、こういったことを了解しながら、自分を成長させることや、関係性を成熟させていくことに対して努力できる自分になりたいと思う。「つながり」が「しがらみ」にならないような、存在と存在の岸辺にちゃんと風が吹き抜けるスペースがあるような人間関係を創っていきたい。たぶん、そんな自分になるためには、私は、これからいろいろな人間関係の修行をさせられるのだろうけれど。

本当に人と人は遠回りばかりしていると思う。とてもシンプルなことをものすごく複雑にしている。いろいろお金をかけていっぱい勉強をしてきたけれど、最大の勉強というのは、ただで学ばされる、今目の前にある人間関係の勉強なのだ。

ある人間関係で起きたトラブルや失敗からちゃんと学ばないと、登場人物を変えて、人生でちゃんと学び直しをさせられるというが、自分の人生を振り返ると、それは確かにそうだと思える。「愛と人間関係」「感情と反応」「自分のエゴ・怒り・貪欲《どんよく》・執着」「頑固な考え・善悪の判断・囚《とら》われ」。これこそが、人が天から渡される最大の〝自己成長のドリル〟なのだろう。三年生のドリルをちゃんとやらないで、いきなり六年生のドリルをやろうとしても飛ばしたドリルは、後になってちゃんとやらなければいけないはめになるみたいだ。

あなたは誰ですか？

ゆったりとしたペースで郁恵さんのワークは進んでいく。

ペアになった者同士が互いに「あなたは誰ですか？」と問い続けるワークがあった。名前、年齢、家族構成、住んでいる所、生まれた場所、趣味、経歴、学校、仕事、性格など思いつくままに「これが私である」と思っていることをずっと言い続けた。

言っても言っても、ペアになった相手が私に問い続ける。

「あなたは誰ですか？」と。

もう言うことがなくなってきた。頭が真っ白になっていく。何も言えなくなって黙り込んでしまった。「それが、あなたのすべてですか？」と、突然聞かれた。何も言えなくなってしまったのに「それが、あなたのすべてですか?」と問われると、いや、これが私のすべてなんかじゃないと思う自分がいる。

でも、そう思った途端、いやそうだろうか、私は、本当は何もないんじゃないだろうか、何者でもないんじゃないかと思えて、突然、自分が空っぽになってしまったような不安が同時に生まれた。

「私って、一体、誰なんだろう?」

私は、私を知らない。どんなにこれが私ですと言っても、でも、それが私のすべてではないと思う私がいる。どんなに自分を学んでも、学び尽くせないという感覚がある。私は、妻であり、母であり、嫁だけれど、それは役割であって私そのものではない。夫も息子もかけがえのない存在だけれど、妻じゃない時も、母じゃない時も、私は、私だった。ウエイトレスをやったり、ＯＬをやったり、編集やライター、マーケッターの仕事をしたり、いろいろな仕事をしてきたけれど、なんの仕事をしようが私は私だった。プータローをしている時だって私は、私を生きていた。

人から、「あなたって、こういう人だよね」と、肯定的レッテル、否定的レッテル、いろいろなレッテルを貼られるけれど、レッテルは、それを貼る人の好き嫌い、価値観、美意識、信念、生きる姿勢、つまり、その人の物差しを表現しているのであって、人から貼られたレッテルがイコール私ではない。

では、性格が私なのだろうか。私は、確かに今まで、この性格がイコール私だと思ってきたからこそ、自分の性格の良くない部分をなんとか変えようとしてきた。でも考えてみれば、もし、「私

＝性格」だとしたら、どうやって自分の長所と短所に気づけるのだろうか？　私の長所と短所に気づいている私とは、性格を超えたものでない限り、どうやってそれに気づけるだろう。

性格と同じくらいに、これが私だと思ってきたのは、この私のからだだ。このからだは決して誰のものではなく、まぎれもなく私のものだ。私が、あの人ではないのは、からだが違うからだ。でも、もし、からだがイコール私なら、死んで遺体になった時にこのからだが私と思っていた私はどこにいくのだろう。私とからだがイコールであったならどうやって「私は、からだである」と認識できるだろう？　からだには、毎日入れ替わる細胞があり、一ヵ月周期で入れ替わる細胞もある。二、三年もたつとほとんどの細胞は入れ替わる。原子レベルでは七年で細胞は総とっかえだという。十年前の私と、今の私とでは肉体レベルでは別人なのだ。

肉体は最も確かなもの、不動のものというイメージがあるのにミクロのレベルでは最も激しく変わり続けているもので決して固定したものではないのだ。私は、小学校の時に比べて足が一本増えたとか、目が三つになったとか、そういう構造的な変化がないから、このからだが不変の私だとずっと思いこんでいたのだ。

私の本質とは、肉体でも、役割でも、性格でもないのだとしたら、感情や思考が私なのだろうか。確かに、私は、日々、泣いたり、笑ったり、怒ったり、落ち込んだりしている。でも時々、ああ、私は今とても悲しいんだ、淋しいんだ、怒っているんだと感じる時がある。では、悲しみに気づいている私は、悲しみに飲み込まれている私だろうか。怒っていることに気づいている私は、怒りに我を忘れている私だろうか。いや、怒りまくっている時だって、私は今、怒りまくっているということを知っている私がいる。

自分の感情や思考、自分の長所、欠点に〝気づいている私〟は、それそのものではない。これらのすべてをまとめて全体を生きている私、それらを観察し、全部わかっている私がいるのだ。それらのものに何も影響されずに、静かに存在している私。肉体でも役割でも性格、思考、感情でもない私。それらを眺めていられる意識であるところの私とは、一体誰なんだろう？

郁恵さんは、私のこの疑問に対して、このようなことを教えてくださった。

「私たちには、自分を超えたより大きな意識があります。その大いなる自己はたとえばオーケストラの指揮者のように、それぞれの小さな自分（サブパーソナリティ）の欲求と役割と価値をわかっていて、それらをうまく統合、調和させていく働きをしているのです。その大いなる自己、高次の自己のことをトランスパーソナルセルフ、あるいはハイヤーセルフとも言います」

私は、そのトランスパーソナルセルフの意識というものがどんなものなのか、実感としてはまだはっきりとはつかめていない。でももしかしたら、「あなたは誰ですか？」という〝問いのワーク〟をした時に感じた、「私の本質は、肉体でも役割でも、思考でも感情でも、性格でもなく、それらを超えた意識、それらを眺めている静かなる意識、この次元を超えたより大きな意識」として感じたものと同じものなのではないだろうか。

意識というのは、自分の中にありながら、同時に自分を超えた宇宙の意識でもあるのだ。意識は、自分のからだの輪郭を超えて遥かなる虚空に広がっている。私と宇宙は切り離されてはいない。私の最も深い意識は、臍《へそ》の緒として母なる宇宙の源にさえつながっているのだ。

しかし、考えれば考えるほど、魂と神さまの関係は、母親の子宮の中で臍の緒を通してつながっている母親と子供の関係に似ている。母体から分離され、自我意識が芽生えはじめる頃から人はこの〝つながりの感覚〟を見失い、分離の不安、実存の不安を抱えながら生きていくようになる。だから人はみな心の奥に〝自分はひとりぼっちだ〟という感覚があるのだ。しかし、胎児と母親が本当はつながり合っていたように、存在はみな、源である大いなる存在——神さまの意識、全体のエネルギーにつながっているのだ。この全体、源とつながっている意識こそが、人の心の最も深いところにある神性であり仏性なのだろう。

変化が起こるのは常に〝今・ここ〟

ワークというのは、今まで知的なレベルで理解していたことが、からだでわかるという体験をすることだった。まさに、〝腑に落ちる〟という感じ。

「本当に〝わかる〟というのは、〝それを生きる〟ということなのです。骨身に沁みるとか、身に付くという言葉がありますが、人は本当に学び深く理解したら、言葉や態度、呼吸や声の出し方や声のトーン、目つきや雰囲気、つまり、その人の存在の仕方や、存在からあふれているものが変わっていきます。それらが変わっていくにつれて、人間関係や人生が本当に変わっていくのです」

郁恵さんが言う、存在からあふれているものというのは、おそらく、気、波動、エネルギー、オーラと呼ばれるものだろう。確かに私は、人の想い、意識を、その存在からあふれている雰囲気＝エネルギーとして一瞬、一瞬感じている。その人を包み込んでいる空気、その人が発信している気は、隠しようもなく伝わってくるのだ。人と人は、本当はこんなにも、エネルギーで感じ合い、会話しているのだ。確かに私が誰かと対話を楽しんでいたとしても、その相手が、私のある一言やある態度で、一瞬のうちに心の扉を閉めた瞬間というのはわかる。バタンという扉を閉めた音さえ聞こえるほどに。

私たちはふだん言葉によってコミュニケーションをし、言葉が相手に伝わっていると思っているけれど、実はコミュニケーションの九三パーセントは、非言語《ノンバーバル》で伝わっているのだという。非言語とは、顔や目の表情、眼差《まなざ》し、しゃべり方、声のトーン、姿勢、呼吸、態度、仕草といったボディランゲージ、ボディアクションなどだ。言われてみれば本当にそうだ。確かに、私もそれらによって相手を感じている。人の〝有り様〟と相手の心の中で今、起きていることは、言葉よりも雄弁に非言語のメッセージとして存在から発信されているのだ。

「全身でわかるという感覚、深い気づきは、人の意識を確実に変容させていきます。でも、わからない時には、その〝わからなさ〟に留まることも大切です。わからないという感覚に留まっていると、内側にスペースが生まれ、そのスペースこそが変化と創造性が生まれてくる可能性がある場所なのです」

人は、とらわれから解放されていくと、どんどん自由になっていくが、とらわれから解放されなければと思うとまた苦しくなる。だから、ただ、〝気づく〟だけでいいのだ。すべてのとらわれから解放されることなど、普通の人はまず無理なのだから。「ああ、私はまたとらわれているなあ、つかまっちゃっているなあ」と、その都度、判断を加えずにただ気づくだけでいい。気づいた瞬間に、とらわれているものとの同化から離れられるから、確実にエネルギーが変わるのだ。

私は、宇宙の法則や真理について書かれている本を読んだり、講演を聞いたりして、物事を知的なレベルで簡単に〝わかった〟と思いがちだったが、真実が自分の〝感情を伴った体験〟からの気づきである場合、自己信頼感、自己肯定感、智恵、許し、共感能力、普遍的な愛への目覚めが生まれ、意識が確実に変容していくのがわかった。生きる歓《よろこ》びの源泉を自分の内に発見したからだ。人間はみな、生きる力も、感じる感性も、気づく知性も、すべて自分の中にあるのだ。癒しも気づきも変化も、すべて自分の中で〝起こる〟こと。そして変化が起きるのは常に〝今・ここ〟、〝この瞬間〟なのだ。

おそらく悩みや苦しみが生まれた瞬間に答えも用意されているのだろう。なぜなら答えを知らない人はテストの問題は作れないのだから。どんな方向に進みたがっているのか、何を求めているのか、何をやりたがっているのかは、自分の深い無意識がすべてわかっているのだと思う。それは、きっと大いなる〝いのちの知恵〟なのだろう。

ワークでは確かにいろいろな気づきがあるが、これが活かされるかどうかはまさに自分の現実の世界なのだ。人生の本番はまさに家庭や職場など、自分が今関わっている足元の日常にあるのだから。私は日常で起きてくる様々な問題や出来事を、次第に自分の〝成長の課題＝レッスン〟という視点から見られるようになってきた。つまり、人生に次々に起きてくる悩みや問題や状況に対して「私はこれをどう解決すればいいのだろう？」という、かつてのような〝問題解決型〟の発想ではなく、「私はこのことから何を学べるだろうか？」「これは、一体私にとって何のレッスンなのだろう？」「これにはどんな意味があるのだろう？」「このことを通し、私は自分の中の何を見なければいけないのだろう？」「今、私の人生に何が起きようとしているのだろう？」「これは本当に問題なのだろうか？」という視点から現象を見ることが、少しずつできるようになってきた。この視点の変化は、生まれて初めて自分の内側に向かうという自己探求の道に歩み出してから自然に身についたものだ。

からだは無意識の世界を開く〝扉〟であり、その無意識の海そのものだった。人の限りない潜在能力が潜んでいるのも、自然治癒力というういのちの力が宿っているのも、この深い無意識の海の中なのだ。なぜなら、この無意識の底にある海は、すべての存在とつながっている海であり、宇宙の根源ともつながっている知恵の海だからだ。心の深みの無意識、からだという無意識。それは未知との遭遇であり、最後のフロンティアだ。自分の内側に入っていくと、からだという分離した個を超えてつながっている普遍的無意識、人類の集合的無意識のネットワークにつながっていくから〝シンクロニシティ〟（共時性・意味ある偶然の一致）が頻繁に起きてくるのだろう。自分を知るということは、宇宙を知るということと同じくらいの果てしない旅なのだろう。それは今回の人生では終わらないほどの長い永遠の旅なのかもしれない。

あなたは今まで何を求めて生きてきたのか

私が、自己探求を始めるきっかけになった最初のセミナーのファシリテーターが郁恵さんだったことは、私にとってとても幸運だったと思う。なぜなら、郁恵さん自身、乳がん（両方）、子宮がん、胃がんの体験があり、特に胃がんなどステージ４の末期がんだったという。そこから生還されて二十年以上たっているという事実は、私にとって何よりの希望の光だった。郁恵さんがもう一度この世界に戻ってこられたのは、「私はこの世でやるべき自分の仕事をまだやっていない。私はまだ本当の自分を一度も生きていない。このままでは私は死ねない」という強い思いだったという。

私も、自分の死を目の前に突きつけられた時に、同じことを思った。そして、同時に何者かから、私自身が厳しく問われていることを感じたのだ。

「あなたは、今まで何を求めて生きてきたのか」

「あなたは、本当に自分のやりたいことをやって生きているのか」

「あなたは、その生き方で、本当にいい人生だったと思って死ねるのか」

「あなたは、何をするために生まれてきたのか」

この厳しい問いかけは、私の心の深い部分に刻み込まれた。平凡な日常の小さな幸せを感じている時でも、子供の健やかな成長を目を細めて喜んでいる時でさえも、この問いかけは、私の中で失われることなく生き続けていたのだ。自己の内奥へのこの大きな問いかけは、同時に、生まれて初めての大いなる存在への真摯《しんし》な問いかけでもあった。それは、私が、身体や心を超え、個をも超えた、目に見えないスピリチュアルな世界にまで歩み出さざるをえない、いのちの発動だった。

私は、自然の流れで、スタッフとして郁恵さんのセミナーをお手伝いさせていただくことになった。スタッフという立場でその場にいても、参加者と同様にいろいろな気づきがあったので、私は、「気づきのノート」というものを作って、それに毎回、詩や散文の形で文章を沢山書き綴《つづ》った。セミナーが終わって家に帰り、深夜に瞑想《めいそう》していると、たいていある単語がポンと浮かんできた。〈つながり〉〈哀しみ〉〈見守る〉〈一歩〉〈扉〉〈約束〉……。こういった言葉が、空間にふっと浮き出てくる。これらの言葉をしばらく感じていると私のからだの奥深くから、突然、湯水のごとく言葉があふれてくるようになってきたのだ。よくはわからないけれど、私は、何かとても広くて、深い場所につながりはじめたような気がした。

一般的にワークショップやセラピーやカウンセリングというのは、心の病気の治療とか、自分のダメなところを無くすとか、問題解決の答えを見つける場、あるいは自分を変える方法などを学ぶ場のように見られているのではないだろうか。しかし今の私が理解したのは、ワークショップやセラピーの最も大きな目的というのは、変えようとしなくても、ひとりでに変わっていくという「変化」を体験することなのだ。そして、同時に、本来の自分を「思い出すこと」、自分と他者と世界との「つながり」を回復して、イキイキと自分のいのちが輝く道に自然に歩み出せるようになることなのではないかと思う。自分に合ったワークやセラピーやカウンセリングを体験すると、心が何かにこだわり過ぎて生きにくくなっている状態から、こだわりやとらわれがほぐれて楽な状態に自然に変化していくのだ。

人は自分にできないことは夢見ない

ある時、郁恵さんから「明美さんは、本当は何がやりたいの？」と尋ねられた。私はこの時、思わず「郁恵さんみたいな仕事がしたいです」と言ってしまったのだ。言った後恥ずかしくて涙が出てきた。身の程知らずもいいとこだと思ってしまったのだ。何の資格もキャリアもない私に、人間の、こんな深みに触れていくような大変な仕事なんてできるわけがないのに、なんて恥知らずなことを口走ってしまったのかと、ものすごく後悔してしまった。

そうしたら、郁恵さんは、「人は、自分ができないことは夢見ないのよ」と言ってくださったのだ。そして「明美さんの経験そのものを活かして、明美さんらしさを活かした仕事を作っていけばいいじゃないの」という励ましのメッセージも下さったのだ。郁恵さんのこの言葉が、この時の私にどれだけの勇気を与えてくれたことか。

そうか、人は自分にできないことは夢見ないのか。確かに私は今までの人生でただの一度も、画家やダンサー、建築家や音楽家やスポーツ選手になりたいと思ったことがない。考えてみれば当たり前なのだ。自分に全く才能も与えられていないものに対してやる気や興味なんて湧いてくるはずないもの。でも、物書きや編集者、教師や研究者、プロデューサーやコーディネーターやカウンセラーになりたいと思ったことはある。だから、それに近い仕事は確かにやってきた。全くやってこなかったのは、この中でカウンセラーの仕事だけだ。

私が今こうして、セラピストであり、カウンセラーであり、ワークショップのファシリテーターである郁恵さんと出会ったのは、いまだ実現していない私の夢のかけらが出会いを引き寄せたのかもしれない。人がこういう自分になりたい、こういう自分でありたい、こんな仕事をしたいと思うのは、いのちの中に〝潜在能力〟としての種がすでにあるからこそ、そういう欲求が湧き上がってくるのだろう。あとは、その潜在能力をどう磨き続けるかだけだ。キーワードは「か・ら・だ」だと思った。簡単・楽・大好き、と思えるもの。

私は、私自身にしか咲かせることができない〝いのちの花の種〟に、いっぱい水や光をあげよう。花は、自らがどんな花を咲かせるかあらかじめ決まっているけれど、人間だけは、自分がどんな〝いのちの花〟を咲かせるためにこの世に生まれたのかがなかなかわからない。それを探すことが生きることであり、それを咲かすことが人生とも言えるかもしれない。だから、長い、長い道程なのだ。それを生きることに歩み出すまでは。

しかし、本当は、〝おのずから〟その人は、その人が、〝その人であるところの人〟になっていくのだと思う。そういう「自分」というものが人には必ずある。それこそがまぎれもない自分の個性〟であり、生きる意味であり、この世に携えてきた自分のいのちの贈り物（使命や役割）なのではないだろうか。

こうとしか生きられない自分、どうしてもこれが好き、これがしたいというものが、人のいのちの中にはあらかじめ種としてあるのだと思う。それは宇宙の源につながっている私の人生を創造し続ける「いのちの種」「魂の衝動」なのだろう。その種は、自ら探すのでも、自ら達成するのでもなく、〝おのずから〟そうなっていくもの。いのちの不思議さ人生の神秘はそこにある。

「よし、私は、自分の人生の応援団長になろう！」

私の人生を豊かにし、面白くし、幸福にする〝魔法の杖《つえ》〟は、自分のいのちの中にちゃんと潜んでいるのだもの。〝転ばぬ先の杖〟だけじゃ、人生は面白くないから。

自分を学ぶ、人生を学ぶということは、なんと楽しいことなのだろう。人間は学べば学ぶほど、成長すればするほど、人生が豊かになり自分の内側が深く満たされていく。誰かによって、何かによって得られる満足感や幸福感は、いつなんどき満たされなくなるかもしれないし、突然失うかもしれないのだ。しかし、自分が学び成長することで得られるこの満たされた感覚、自由の感覚は、外側の何かに、誰かに依存しないでもいい質のものなのだ。

生きることは、絶えざる気づき、新たな発見、成長と変容の連続だ。だからこそ喜びがあり、感動があり、発展があり、創造がある。そのプロセスを生きるということが人生なのだろう。感じる心の豊かさが瑞々《みずみず》しい感性になり、自分の頭でちゃんと考える力、物事を深く洞察する力が美しい理性になり、それらが統合されていった時に初めて、その人の真の個性や生き甲斐《がい》が立ち現れてくるのだろう。

私は、せっかくいただいた、この私の「からだと感性と理性」をまるごと大切にして、どの働きも活かして、自分の真の個性、私らしさを活かして生きていこう。病を超えて、自分を超えて、「今・ここ」という永遠の地平に立とう。

おそらくいのちというのは、この〝まるごとの自分を生きる力〟と〝まるごとの自分を愛する力〟、そして、心の深い海から聴こえてくる真実の願いに寄り添って生きることで輝き始めるのではないだろうか。人の心の深い海にある豊かさと静寂のエネルギーは、きっとあの広大無辺の大空のエネルギーとつながっている。そこには〝真・善・美〟への限りない宇宙（私）の欲求と意志があるような気がする。それこそが、真の意味でのスピリチュアリティなのだろう。

人はみな、人生のその時々で、学ぶべきことを学び、やるべきことをちゃんとやり続けていれば、それがすべて〝人生の堆肥《たいひ》〟となって、道がおのずと用意されるのではないだろうか。自分の準備が整った時に、思いもかけないような大切な出会いが起こるというのはそういうことなのだろう。この後、「ゆらぎ園」はこのような活動を休止するのだが、最も活発に活動していた時期にここに出会えた私は幸せだったと思う。

私も、郁恵さんが末期がんになった時に思われたように「この世でなすべき自分の仕事」を見つけたいと心の底から思った。私は、これからそのための学びの道にさらに歩み出そうと思う。この道は、「その本当の深さが想像できないほどに深い」ということだけはわかる。そして、大いなる神秘と冒険と愛に満ちた道であることも。

私は、青春時代、自分の生きたい人生をイメージしていた時に、突然、「根っこと翼」という言葉が浮かんできたことがある。根っこというのはこの大地という現実にちゃんと根を生やし、日常、暮らしを大切にしながら、家族や友人たちと一緒に幸せになっていきたい、ささやかな喜びを分かち合う人生を生きたいという気持ちを表していたのだと思う。

そして、翼というのは、同じ〝夢や志〟を持つ人たちと力を合わせて、人の喜びや幸せに貢献する仕事をしたいという気持ちを表していたのではないかと思う。私は、この大空を飛びたい。自由に、のびのびと、軽やかに。そして、限りある生を、限りない空に解き放ちたい。

これから先も私が、「私に帰る旅」を丁寧に続けていけば、いつかきっとこの大空を一緒に飛べる仲間たちと出会えるような気がする。私のいのちが輝くことが、誰かのいのちの輝きにつながる。私の喜びが、誰かの喜びにつながる。私の幸せが、誰かの幸せにつながる。そんな、生きる喜びや幸福感を人と分かち合える仕事を見つけたい。

私は、さらなる探求の道に歩み出そう。自分のこともっと深く知りたいし、この世界の広さをもっと味わいたい。そして、私の魂の願いを形にし、行動に移して生きていきたい。

心の深い海に漕《こ》ぎ出した私の目の前には、今遥かなる大海原が広がっている。この大海原は、きっと、心の世界をも遥かに超えた、悠久の魂の旅路になるだろう……。

あとがき

この本を手に取って下さった方は、病に限らず、いろいろな人生の苦難を体験してきた人たちや、自分らしく生きていく道を模索されてきた方、心の深い部分でずっと自分が生まれてきた意味や人生の目的を探求されてきた方が多いのではないでしょうか。それは、そのまま私自身の生きる姿勢と重なるものです。

多くの場合、自分自身の内面を深く探求する道に踏み出すきっかけとなるのは、〝魂の暗夜〟と言われる人生の困難や苦難に出会った時でしょう。私の場合は、そのきっかけが大病であったに過ぎないのですが、重篤な病への幾つもの「なぜ」をきっかけとして始まった自己探求は、いつしか、私自身の〝心とからだと魂の物語〟を紐解く旅になっていました。

この旅の途上で、私は、それぞれの魂の暗夜を生き抜いてきた人たちとの素晴らしい出会いにも恵まれました。暗く長いトンネルを抜け出た人たちの〝いのちの輝き〟ほど眩しく美しいものはありません。再生と復活への道は険しいけれど、いのちの痛みを経験した人は、生まれ変わって、本当のいのちの輝きを手に入れるのだと思います。

ところで、この本で私が書くことができたのは、内なる旅の、その途中までの話です。それは「からだ」をきっかけに「心」に気づいてゆく道程でした。それはまた、からだと心がいかに深くつながっているのかを発見していく驚きに満ちたプロセスでもありました。からだの病は、心の深い世界へと私を導く道標《みちしるべ》であり、経験と成長の曲がり角のようなところにあるものでした。そして私のこの旅には、次の曲がり角がありました。その曲がり角の向こう側に広がっていたのは、魂の世界《スピリチュアリティ》でした。本書には綴りきれなかった、心から魂へと向かう探求の深まりのなかで、私は自分自身への気づきだけではなく、いのちの知恵、自分の使命や役割を見つける方法、幸福の法則、宇宙の叡智を学びました。しかし何よりうれしかったのは、この探求を深めていく過程で、私の脳の中に再びできた小さな影が消えたことです。そして、ワークショップのファシリテーター、セラピストというライフワークにも出会い、その仕事を一緒にやるパートナーや素晴らしい仕事仲間、魂の友と呼ぶべき多くの友人たちに出会うことができました。

　もちろん、相変わらず新たな困難にも出会うのですが、それはそのまま人生の〝暗号解読〟の鍵になるものでした。そのことを理解するにつれ、私の意識はより魂の次元へとシフトしていきました。魂と呼ばれる、この〝理性の白夜〟のような世界を歩むにあたって私が何より気をつけたのは、現実から遊離せず、意識的に地に足を着け、より大きな視点から自己と人間とこの世界を見る目を養っていくということでした。そしてその旅と学びは、今もまだ続いています。

　本書を書き終えた今、私が思うのは、人はみなこの世にはるばるやってきた時に、目には見えないけれど、自分が自分の人生の主人公として生きていくための〝人生の杖〟も、幸せになるための〝魔法の羽根〟も共に携えて生まれてくるのだということ、そして、人生の試練の時に、自分の内側に問いを立てた人、自分を超えた大いなるものに眼差しを向けた人たちというのは、理屈では説明し切れない何かによって、遅かれ早かれ、ある〝ひとつの道〟へと呼び込まれていくのだということです。この〝ひとつの道〟は、この世に自分が生まれてきた目的を思い出させ、人生を輝かせ、心の内側に平和とやすらぎをもたらし、人と人とが存在の深いレベルでつながってゆく道です。

この後に続く私の内なる旅の道程を、いつかまた分かち合える日が来ることを願っています。この旅の途上で出会ったすべての人に、ありがとう。

岡部明美

二〇〇八年二月

新版あとがき

二〇〇八年に角川学芸出版から刊行された『私に帰る旅』が新版として学芸みらい社から刊行されるにあたり、今再び本書を読み返してみると、少し手前味噌になるが、古くささを感じない。

この本は一見自伝のようなかたちをとっているが、私は自伝を書きたかったわけではない。自伝であれば、過ぎ去った物語なのだから、時を経ればセピア色に変わり、古い手帳のようになってしまう。つまり、今はもう何の役にも立たないものになってしまうだろう。過去の遺物、あるいは思い出である。自伝は基本、誰かの人生の出来事、物語であり、著者と繋がりのない人にとっては何も興味をひくものではない。

私が書きたかったのは、生きることの本質を探求することだ。私の個人的な体験を通して、普遍的な真実を本書に書いてきたつもりである。つまり、私が私を語りながら、私を超えて、読んでくださった方の「私に帰る旅」が勝手に、自然に始まるような自己探求の本が書きたかったのだ。なぜなら、生死を彷徨う大病をきっかけに始まった私の内なる旅は、まさしく、置き去りにしてきた自分、捨て去ってしまった自分、大切に育ててこなかった自分を取り戻していく旅だったからだ。

この旅は、切り離されていた「大地と空」とのつながりを取り戻すこと。瑞々しい「感性」を取り戻すこと。しなやかな「からだの野生」を取り戻すこと。「忘れていた自分」を思い出す旅だった。

この旅の途上で私から生まれてくる言葉は、かつての自分からは決して生まれてこないような言葉だった。今読み返してみても、自分が書いたという実感があまりないのだ。

人生の新しい扉が開く前には耐え難い苦しみがやってくる。誰もがその苦しみから逃れるために、自分を救ってくれそうな人を求めたり、解決方法が書いてありそうな本を求めたり、自分の外側に答えを探そうとする。しかし真実は自分の内側にしかない。問題が起きた時点で答えはセットになっているからだ。自分の人生の問題集は、自分が取り組むしかない。

私にとって自己探求とは、自分のいのちの輝きを取り戻し、生きる歓びの在り処を発見し、聖なる権威を自分の内側に取り戻すプロセスだった。このプロセスはやがて、何をするために自分はこの世に生まれてきたのかという「魂の目的」の探求へと向かっていった。

いまだ、私は旅の途上にある。しかし、もう、気づいている。人生は生きるに値するものであり、世界は美しく、優しく、楽しく、輝きに満ちたものであることを。そして闇は光への入り口であることを——。

二〇一七年に学芸みらい社から刊行された拙著『約束された道』は、『私に帰る旅』に続く魂の旅路を書き綴ったものだ。その意味で『私に帰る旅』と『約束された道』は上下巻をなす内容だが、それぞれ単独で読める本になっていると思う。『約束された道』は多くの方が大切に読んでくださり、発刊と同時に増刷。その後も版を重ねることになった。同書を読んでくださった方が本書、新版『私に帰る旅』をひとつらなりの本として読んでくださったなら、これほど嬉しいことはない。

私が「私に帰る旅」を始めたことで何が幸せかといえば、魅力的な人、刺激的な人、素晴らしい人たちにたくさん出会えたことである。内なる旅の最大の贈り物は、「人との出逢い、巡り合い」だ。そして本書が新版となるのに際し、私にとって恩寵のような出逢いがあった。藤田一照さんが帯の推薦文を寄せて下さったのだ。藤田さんのご著書『青虫は一度溶けて蝶になる』（春秋社）に感銘を受け、とりわけ藤田さんが説いておられる内なる旅の本質は、私が本書で伝えたかったことそのものだったからだ。藤田さんはご著書の中でこう書かれている。「あたらしい目を持たないで、以前と同じ目のままで、どれほど長い旅の移動をしても、見たことのない風景をいくら見たとしても、それはほんとうの旅の発見とは言えない。風景を見る「目」それ自身が変わらないとほんとうにあたらしい世界は見えてこない」と。本書はまさに私があたらしい目を持つプロセスを綴ってきたものなので、藤田さんのご著書にとても励まされた。その藤田一照さんに帯の推薦の言葉を頂けたことに心からの感謝を捧げます。

私のこの二冊の本の編集者、学芸みらいの小島直人氏をはじめ、この旅の途上で出会ってくださった皆さん、この本で初めて出会えた皆さん、すべての方々に心からの「ありがとうございます」を捧げます。

二〇一八年三月　春の訪れがそこかしこに感じられる日々の中で

岡部明美

本書は、二〇〇八年三月に角川学芸出版から刊行された『私に帰る旅』のカバーを変更のうえ、新版として刊行するものです。

[著者紹介]

岡部明美（おかべ・あけみ）

心理カウンセラー／セラピスト、ワークショップ・ファシリテーター、企業研修講師、作家、LPL（ラビング・プレゼンス・リーダーシップ）養成講座講師、東海ホリスティック医学振興会顧問。
30代半ばまで、シンクタンクで取締役主任研究員、マーケティングプロデューサーとして活躍。36歳で長男出産直後、脳腫瘍と水頭症を発症し、死に直面したことをきっかけに自己探求の日々が始まる。心理学、哲学、東洋思想、心身医学、代替療法、様々な心理療法を学ぶ。この自己探求での気づきを『もどっておいで私の元気！』『私に帰る旅』として出版。感性論哲学の創始者である芳村思風氏との6年に亘るコラボレーション研修を経て、2008年から始まったLPL養成講座はカウンセラーやボディワーカー、コーチ、医師、看護師、教師などの対人援助職の方、あるいはそうした仕事を目指されている方、経営者やリーダー、ビジネスパーソンなど多様な人たちが受講する人気講座になり、毎期キャンセル待ちの状態。
他の著書に、上掲のロングセラー『もどっておいで私の元気！――気づきのノート』（善文社、1996年）、『約束された道――いのちの仕事に出会うとき、歓びの人生がはじまる』（学芸みらい社、2017年）がある。
■公式サイト「アナテース」：https://okabeakemi.com/
■公式ブログ「Power Of Being～存在の力～」：https://okabeakemi.com/blog/
■公式チャンネル「YouTubeあけみちゃんねる」：https://www.youtube.com/channel/UCqxEbuO1CZM2cmufsSLfsBg
講演等々のご依頼、お問い合わせはLPL@okabeakemi.com（LPL事務局）まで。

GAKUGEI MIRAISHA

私に帰る旅

2018年4月10日　初版発行
2021年11月10日　第2版発行
2023年11月5日　第3版発行

著　者　岡部明美
発行者　小島直人
発行所　株式会社 学芸みらい社
〒162-0833 東京都新宿区箪笥町31番 箪笥町SKビル3F
電話番号：03-5227-1266
HP　：https://www.gakugeimirai.jp/
E-mail　：info@gakugeimirai.jp
組　版　小宮山裕
印刷・製本　藤原印刷株式会社
装　幀　芦澤泰偉
カバー写真　撮影：星野道夫／写真提供：星野道夫事務所
本文扉写真　芦田みゆき

落丁・乱丁本は弊社宛にお送りください。送料弊社負担でお取り替えいたします。

ISBN978-4-908637-69-8 C0011